无尽的远方，无数的人们，都与我有关。——鲁迅

无尽的远方

王蒙

时潇含 著

中国大百科全书出版社　知识出版社

图书在版编目（CIP）数据

无尽的远方 / 时潇含著. -- 北京 ：中国大百科全书出版社，2021.5

ISBN 978-7-5202-0969-4

Ⅰ. ①无… Ⅱ. ①时… Ⅲ. ①散文集—中国—当代 Ⅳ. ①I267

中国版本图书馆CIP数据核字(2021)第083477号

无尽的远方　　　时潇含　著

出　版　人	姜钦云
责任编辑	李现刚　朱金叶
责任印制	李宝丰
出版发行	中国大百科全书出版社　知识出版社
地　　　址	北京市西城区阜成门北大街17号
邮　　　编	100037
网　　　址	http://www.ecph.com.cn
电　　　话	010-88390659
印　　　刷	北京天恒嘉业印刷有限公司
开　　　本	880毫米×1230毫米 1/32
字　　　数	190 千字
印　　　张	11
版　　　次	2021年5月第1版
印　　　次	2023年5月第6次印刷
印　　　数	50001—60000 册
书　　　号	ISBN 978-7-5202-0969-4
定　　　价	48.00 元

笔尖流淌的不止是快乐

汪朗

时潇含是个乐天派。在她看来，人生的意义，"就是那些短暂而真实的快乐咯"。把一截截短暂而真实的快乐拾掇一下，形成文章，便有了这本《无尽的远方》。

"无尽的远方"，出自鲁迅先生的一段话："无尽的远方，无数的人们，都与我有关。"用来作这本书的书名，很贴切。因为书中写的都是时潇含作为交换生在法国学习生活一年中的所见、所闻、所感，其中的人和事，都与这个1999年出生的女生直接相关。时潇含出的几本书，书名都挺值得说道。她的上一本专谈饮食的书《我有所念食，隔在远远乡》，就是化用了白居易的诗句："我有所念人，隔在远远乡。我有所感事，结在深深肠。"没想到，白乐天先生竟如此前卫，"远远乡""深深肠"这等词句，放到今天也不失时髦，也不知唐朝的老妪听过之后，会作何评价。不过，给时潇含的书作书名，倒是挺合适。

如今，出国留学的中国学生多了去了，写的书也不算少，时潇含的这本新书还有什么看头吗？我觉得还是有的。起码内容很有趣，还有就是文字很通透。

时潇含读书的法国里尔政治学院是培养法国公务员的地方，据说名头不小，排名在"法国总统的摇篮"巴黎政治学院之后。然而，一年中她在学业上有什么长进，获取了哪些新知识，这本书里基本没写，贯穿全书的关键词只有一个——旅食，就是吃喝与游玩。这一点，从全书四辑的篇目上便可了然。第一辑收录的文章题目依次是："多久能到里昂""在里昂喝酒""在里昂逛菜市场""在Lentilly和法国人过周末""在Thomas家吃法餐""让食物装点里尔的夜空""波德莱尔、烂馄饨和我的朋友们""平安夜吃饱之后""意面形状的里尔生活""二月里我蹭过的饭""如何浪费我一文不值的时间"。从文章的题目可以想见，这本书的内容未必很励志，但是足够有趣。吃饭本身就是一件愉悦的事情，而时潇含又是带着快乐的心情诉说着这些经历，相信读者也会感受到这种快乐。

在这本书里，时潇含谈到的食物都很家常，没有什么珍稀的食材，也没有什么复杂的烹饪技法，然而，就是这些简简单单的吃食，经过她一番细致精到的描述，顿时显得有滋有味。她这样写烤土豆："没有什么能媲美土豆，即使我柜子里的土豆争先恐后地发芽了我也还是要这样说。只要稍微烤一下，淋上一层轻盈的酱汁，土豆内敛又若隐若现的味道就散发了出来，让人恨不得咬上空气一口。烤土豆最大的秘诀在于不要削皮，温度会给它焦脆的口感，还有在牙齿间挣扎时的小声尖叫。""在牙齿间挣扎时的小声尖叫"。这是种什么感觉？我努力想象了半天，还是不得要领。看来，烤土豆吃得还不够多。类似的描写，书中还有很多。

时潇含的文字很好，对此评论家已经说了不少好话。和上一本书相比，时潇含的文字似乎更加平实，也更加内敛。她和熟识的法国男孩斗嘴，因不够伶牙俐齿吃了亏，哭了鼻子，她也只是淡淡地说，"眼睛上又蒙上了一层雾气"，不带一点煽情。她到比利时的一个小镇游玩，房东的一个小女孩十分可爱，嗒嗒嗒地带着她在大房子里到处转悠，用她一句也听不懂的荷兰话进行讲解。在他们做饭的时候，她还一直在厨房里转，直到吃了五个草莓才满足。文章的结尾是这样的：

"第二天离开的时候，房东的小女儿'嗒嗒嗒'地跑过来，牵起我的手亲了一口，'嗒嗒嗒'地冲进了在厨房做饭的房东背后，探出头来偷笑着看了我一眼。

"我不想走了，我不想努力了。"

为什么"不想努力"了？读者从阅读中自会得出答案，再做解释便是废话。留出空白，给读者以填补的空间，可以让文章更耐读，这是一个作者文字成熟的表现。

时潇含的文章很有画面感，状难写之景如在目前，这大概与她喜欢拍照有关系。她玩儿摄影，段位相当高。前一段和她吃过一次饭，完了她说要去圆明园拍照片，随身带的两部相机，有一部居然是中画幅，还是使用胶卷的，看得我一愣。这种古董相机很少有小姑娘玩儿，用起来很吃功夫，要手动测光手动对焦，胶卷和冲洗费用也挺老贵的。用这种相机拍照，自然不能噼里啪啦乱摁一气，要一张一张算计，认真构图，仔细对焦，尽量一次拍出理想的作品。否则花钱老了去了。写文章其实也是一个道理，要珍惜笔墨。对此，时潇含的体会应该更深切。

时潇含写吃喝，写游记，读起来都很有趣。但是在轻松灵动的文字下面，也能体味到她对一些复杂问题的感触，比如人性的善恶，比如中外文化心理的差异，她将这类感触融入自己的经历之中，不加评论，不做褒贬，只是引发人们的思考。

比如说，在法国读书期间，时潇含参加了一次由几个熟悉和不太熟悉的法国人组织的滑雪活动。在这些滑雪老手不到一分钟就滑下来的雪道上，她花了一个小时才慢慢挪动下来。结果，这些在雪地里等一个多小时的法国人，非但没有一点抱怨，还给了她各种表扬，其中一个人居然说她很了不起，本来需要两个多小时的滑程一个小时就完成了。这种夸大其词的赞美，未免太不靠谱，但是能让团队的气氛更融洽，谁说就一定不好？时潇含参加这次滑雪活动时，刚刚从国内回到法国，当时中国已经出现了新冠疫情，法国的巴黎等地也有了病患。这些法国人对此心知肚明，但是没有一个人主动和她说起过新冠疫情，大家在一起活动一起吃饭也没有任何防范措施，还不让这个陌生的中国姑娘平摊饭钱。当她和其中一个熟识的男孩在寒夜中谈起疫情时，那个男孩吐着白气回答说："这不是能担心的问题呀，你已经来了，对我而言是值不值得的问题。"接着就引开话题，指点她去寻找夜空中的北极星。以如此轻松的方式结束一个如此严重的话题，大概只有法国人才做得来。

这些法国人对待疫情这种大大咧咧的态度，对于抗击疫情自然不甚有利，但是他们在言谈举止中所蕴含的对于一个来自疫区的外乡人的关爱和体贴，是不是值得尊重呢？他们多年形成的为人处世的准则，我们是否应该多一些理解呢？世上许多问题，本无标准答案。对于时潇含这个二十出头的女孩子来说，能够意识到问题的存在，已经可以了。时潇含的这本书，有一辑是谈她在法国出现疫情后的生活的，这种亲身感受，远比我们隔着电视屏幕看到的法国，要真实得多，很值得一读。

时潇含读的杂书可真不少。在她的文章中可以窥见一二。她在里尔时，为了解馋，居然能翻腾出这样一段话："遇雪天，得一兔，无庖人可制。师云：山间只用薄批，酒、酱、椒料沃之，以风炉安座上，用水少半铫，候汤响一杯后，各分以箸，令自筴入汤摆熟，啖之乃随意各以汁供。"还不注明出处。

这段话出自南宋林洪的《山家清供》，有专家认为这是中国关于火锅的最早的文字记载，比起成吉思汗大军征战中用头盔煮肉创造出火锅之类的传说，要可靠得多。只不过文中提到的所涮之物并非牛羊肉，而是兔肉。这道菜还有一个动听的名字，叫拨霞供。《山家清供》虽说也算中国烹饪典籍，但知名度远不及《随园食单》《闲情偶寄》等书，顶级老饕才会翻阅，我也是当年为了写文章才翻过。时潇含居然读这类书，真不知道她的脑子里都装了什么东西。有这些杂学垫底，写出文章来自然更有嚼头。

如今，时潇含已经是中国大百科全书出版社和知识出版社的重点签约作家，先前出的两本书卖得都很好，多次加印。出版社的编辑们早早便将年纪轻轻的时潇含纳入麾下，确实很有识人眼光。只可惜，这些大编辑也有看走眼的时候，比如非要我给时潇含的新书写序。我虽然很喜欢时潇含的文章，有时看着看着还会噗嗤笑出声来，但是要从中总结出个一二三来，做出什么理论上的升华，却着实不会。万般无奈，只好写两句读后感充数。好在时潇含的作品就摆在那里，我的瞎白话儿并不会影响其阅读价值。就此交差。

目录

第一辑

热爱／孤独

如果说热爱可抵岁月漫长

那等待的岁月确实足够漫长了

里尔

里昂

多久能到里昂

终于到了里昂。我等了两年了。

甚至可以说，我与法国有关的一切都以里昂为起点，而我姗姗来迟，现在才真正到达。如果说热爱可抵岁月漫长，那等待的岁月确实足够漫长了。

去里昂的契机起源于一个无所事事的晚上。阿铉秋假期间去意大利，途经里昂回里尔，问我想不想同行。我那时才刚从西班牙回来，可以说是精疲力竭。但是，提起里昂，好像突然触动到我心里很久以前的一段回忆，我想看看被两条河流穿过的城市，想爬上山看看老城的棕色房顶，想和老朋友见一面，喝一杯在美国欠下的啤酒。

我迟疑了一秒，在键盘上敲下："好，我订票。"

其实和里昂的缘分始于我在美国旅游的时候，偶然遇到了里昂人Thomas，结伴旅行了近10天。从美国回来后，我开始学法语。他一直通过冷嘲热讽的方式，孜孜不倦地纠正我的每一个语法错误,反复向我强调里昂是一个美好的城市。本来约好再次一起旅行的我们,却因为旅行计划无法重叠而放了彼此无数次鸽子。

最终,两年后,我来了。

只是没想到,去里昂的路程异常坎坷。前一天晚上我和秋天耽误了最后一班通往马德里机场的火车,只能和一个同样不靠谱的希腊女孩儿一起打车去了机场,在机场地板上睡了一个晚上。第二天清早从马德里飞到了布鲁塞尔,再从布鲁塞尔转车回里尔,在秋天家匆匆吃了一顿饭,洗了澡。连头发都没有擦干就看到邮箱里的延误通知——从里尔到巴黎的车延误了两个半小时。而从巴黎到里昂的车依旧正常,也就是说,赶不上了。改签最快的一班车到巴黎也只剩给我5分钟时间转车。我裹着衣服伫立在里尔的寒风中,一边发抖一边给秋天打电话。秋天说:"时哥你回来吧,我家暖气都已经开好了,我躺在被子里实在是太舒服了。"

说起来很有意思,我们从西班牙回到里尔之后的第一感觉是"啊,回家了!",没想到短短的几个月,里尔对我们来说,竟然变成"家"了。

回到那个寒夜。像我所做过的许多希望渺茫的努力一样,这些没有头绪的困难只是让我更确定,我真的很想去里昂。就像我在西班牙末班地铁上,碰到气喘吁吁的女孩对我说的话一样:"要是没有赶上这班地铁的话,我就走一个小时回家,我知道一个女生深夜1点在马德里不安全,但是你不能因为恐惧就连门都不出。"

这和我在里昂的某店桥上遇到的巴黎男生所说的话如出一辙，当那天夜里第三次在老城偶遇的时候，他请我们去喝酒。他说："对待生命，你不妨大胆一点去享受，因为我们始终会失去他。过你想过的生活，可能明天我就掉到索恩河里了，所以我应该度过一个快乐的夜晚。"

我当时竟然被说服了，其实我现在也还是被说服了。

所以我明白，我真的很想去。

爬上车之后，我用磕磕巴巴的法语对着慢悠悠喝咖啡的司机解释，我只有5分钟时间转车，请问他有没有可能赶上。其实我心里想说的是，能不能把咖啡放下，我们立刻出发，但是出于中国人的温良恭俭让，我选择让他自己"领悟"。事实证明，虽然法国人的效率低得令人发指，但是办事态度还是很不错的。司机立刻打电话给公司，说他有一个时间很紧的乘客，问公司有没有什么能为我做的。挂断电话之后，他说我们到了之后会有人在站台等我，直接告诉我去哪里找下一辆车，剩下要做的就是在车出发之前赶到。最后我们提前20多分钟到了车站，司机跑下车打开行李舱，让我第一个拿行李，然后对我说："女士，提前的15分钟都是为了您！"

这毕竟是法国啊！法语大约是为数不多，还在日常生活中频繁使用"先生""小姐""夫人"等词汇的语言吧。

而和我在里昂会合的阿铉，比我更坎坷。他从都灵北上里昂，在30号的零点去到车站。拿着30号车票的他，却在零点发现日期变成了 31 号，也就是前一天晚上他的车已经开走了，而他身上只剩下两欧。好在身边的法国人主动为他付了钱，只是留下一个电话让他回去慢慢还钱。所以第二天的清晨，我们两个人顶着蜡黄的脸蛋，终于在里昂车站见面了。

我们到的时候天还没亮，只能在车站闲聊秋假的旅程，好不容易等到天色蒙蒙亮，才慢慢走去了老城。

我和阿铉的旅行，都是毫无目的地漫游，只要脚能走到的地方，我们就晃悠过去，反正本身就没有太强的目的性，所以怎么样都不会迷路。只有走在没有终点的路上，才是迷路。而我们唯一拥有的就是时间，唯一的目的就是通过研究人类生活的空虚，阿谀逢迎自己懒惰的天性。这也是里昂人最爱的生活方式。

"迷失的人迷失了，相逢的人会再相逢"，尤其是在陌生的城市，怎么样都不算错过。看看壁画，逛逛周末的集市，在咖啡店外的露台喝酒晒太阳，在公园里喂大鹅，一天的安排可以很少，却可以让人在很长的时间里无限怀念。

里昂的老城坐落在山脚下，要穿过罗纳河和索恩河才能到达，再往上走是富维耶山。这里是最好的打发时间的地方，在后来独自旅行的时间里，我不知道有多少个晚上在河岸边看着老城星星点点的灯火，望着河上的波光，听着河畔年轻人的窃窃私语，想着夜色真好。可是为了谁好？一直走到不能走，再停下来，走到酒馆空了，走到天鹅也不在岸边徘徊讨吃的了，再回家。白天解不开的结，夜里慢慢耗。

里昂

我与法国有关的一切都以里昂为起点

而我姗姗来迟

现在才真正到达

反正一个人的旅行想几点起床就几点起床，想怎么浪费时间就怎么浪费时间，我允许自己浪费自己的生命，却不能接受别人浪费我的生命。卡夫卡说："我们称之为路的，无非是踌躇。"而我所要的，也不过是一条让我能够踌躇的道路。

有一天晚上在老城散步的时候，我接到云哥的电话，东拉西扯之际，云哥跟我说："我想起我们在杭州的日子，我觉得好开心啊，真的好难得啊。"我看着索恩河平静的河面，渐渐和西湖的波光重合，我说："我也是。"这是一句平庸又经典的客套话，但是我们两个人都知道是真心的。哪怕思考再三，我们也还是这样说。

为了打发时间，我和阿铉爬上了富维耶山，山并不高，半个小时就登顶了。在陡峭的楼梯上回头，可以在墙壁的夹缝中间看到远远的城市，山上可以看到里昂的全貌。

里昂是一座平静的老城，只有三栋高楼，剩下的都是棕红色房顶的小房子。依山而建的房子高低错落，色彩错综复杂。当天的天气并不好，天空中是翻滚的云团，好像随时要掉下来。其实在里昂的这几天一直都是阴雨连绵，但恰好上山的时候看到了短暂的蓝天，临行的一天我又在公园里等到了日落，说到头来，还是什么都没有错过。

阿铉说，里昂像是微缩萧条版的巴黎，我说河边的房子像是在阿姆斯特丹，途经山旁的古罗马剧院下山的时候，崎岖的道路又让人想起布洛涅，黄色墙壁和绿色百叶窗又像意大利风格。

里昂到底像什么呢?

里昂就是里昂吧。

在山上望向城市的时候,我的喜悦掺杂了悲伤的预感。这个让我惦记了两年的城市就在眼前,这条路一走就走了很多年,到达却也意味着告别将近,告别之后我又会怎样因为不敢想念它,而梦也梦不到它。

当我最后独自离开里昂的时候,是个坐在金头公园长椅上看夕阳的下午,湖上的颜色如同琥珀,那是游荡的天鹅落在湖上的目光。身边满地黄叶,那些落叶在秋天到来让夏天把不甘通通放下了。

我对在里尔写作业的阿铉说:"我突然懂你走的那天说独自结束旅行的落寞感了,离家这么久,一路奔波疲惫,明明很想回里尔的小床上好好躺下,但是终究有点复杂的情绪在,尤其是独自一人的时候。"天空中流逝的各种颜色,他们带走了阳光,带走了时间,也带走了我。

我和阿铉在我租的房子里做完晚饭之后,和房东简短地聊了两句。房东出门聚会之后,我们在大房子里坐着聊天,我说:"你看,厨房的灯投在天花板上的影子是放射状的线条。客厅里的小烛台是一只手,长长的白蜡烛是他手里的剑。房子里全是房东的收藏,我们好像住在一个博物馆里。"

阿铉拿起一个小烛台,很兴奋地给我展示,蜡烛上面有一个镂空的旋转木马,他说:"蜡烛点燃之后的热量,会带动旁边的空气流动,木马的纸片就会转动,纸片是镂空的,还会投射出不断变换的光。"

我们对视一眼，都"哇！"了出来。多么有趣的人才能在自己房间里藏着这么多小心思。

我最羡慕的不是客厅里的整颗象牙，角落里的老座钟，还有从世界各地搜罗来的古董；而是厕所里摆着的笑话书，金色相框里房东和两个小儿子的合照，冰箱上贴着的写着"只有我喝的咖啡和我用的发胶和我一样强壮"的冰箱贴。房东这个连早餐都能烧煳的男人，却又如此会生活，这是里昂人血液里的细致入微吧！

那天晚上正好是万圣节前夜，我送阿铉去车站的路上又回到老城转转。万圣节又是一个聚会喝酒的好借口，路上到处是打扮得奇形怪状的人，反正寻开心总是要找一个借口，具体是什么托词并不重要。有戴着头套的年轻人把酒馆和饭店的门一间一间拉开冲进去尖叫，有一大群显然奔去化装派对路上的男男女女，还有坐在酒馆门口让路人蒙着眼睛剪胡子的男人。旁边的法国女生主动走上来说，这是他们的慈善活动，这个男人3个月不刮胡子，在万圣节让陌生人全部剪掉，以此来募捐。真是非常有创意的募捐方式。

那天我被塞了很多糖，每个人都变得很亲密，可能这就是节日的意义吧。

夜里的老城大雾弥漫，像是阴森古堡，阿铉和我说，这也算是应景了。雾浓浓地化不开，连山顶上的灯塔都消失了，路对面的人像是穿透了一块幕布带着滚滚浓烟走来，我们一头扎进混沌里。在往山上走的路上，透过雾气我们看到一面画满破碎玫瑰的墙。而出了老城，到了马路上，雾却踪迹全无，里昂又变成了那个喧闹的小城市。之后每天夜里，我都在老城徘徊。最后一天乱逛到教堂前，想起这就是当时我和阿铉在山顶上争论遮住圣母院的到底是雾气还是树影的地方。又突然想起，这几天晚上的圣母院都清晰可见，金色的灯光让它高耸的墙壁在夜里庄严耀眼，哪怕是在雨夜里也是如此。

又回想起那个大雾弥漫的孤零零的晚上，有些事情就是回想比经历时更多一些意思。

在里昂喝酒

Thomas 对我说："不好意思，我很想和你多度过一些时间，但是今天下午我实在想要睡觉，我们可以推迟两个小时见面吗？"

我用我说得最顺的几句法语回答了他："没有关系，别担心，我没有问题，只要请我喝酒都没有问题。"

法国人的不靠谱我早就见识过了，而且我们是多年的朋友了，原本短暂的友谊竟然不可思议地延续至今，闲着没事总要闲扯两句，直到在里昂见面了。

我和 Thomas 第一次见面是在洛杉矶，当时我刚高中毕业，他刚刚大学毕业，我们和我的堂姐一起走过了加州的圣塔莫妮卡、圣乔治，一直到犹他的纪念碑谷，再到怀俄明的黄石公园，最后在拉斯维加斯分道扬镳。当时我们的公路旅行相当让人疲惫，每天昏昏沉沉坐五六个小时的车，下车之后就开始徒步。

　　一天从斑羚彩穴回到车上之后，他走过来拍拍我身边的书包说：“可以请你的好朋友和我的好朋友坐到一起吗？”说着回头指了一下他的包，“它们应该更有共同语言。”

　　我抬头说：“我想也是。”

　　从此以后，他就成了我最好的法国朋友。

　　让我特别记忆深刻的是每天回房间休息之前，他都要站在我面前假装四处张望，问：“今天有人要喝酒吗？啊！有人不到21岁，太可惜了。”乐此不疲。在美国欠下的那杯酒，终于要还清了。

　　尤其到了拉斯维加斯的时候，我和堂姐都不到年纪，他总是取笑我们到了拉斯维加斯却只能在街上闲逛，甚至连赌场的门都进不去，只能看看演出，吃吃赌场的自助餐。

　　我总是反问他：“那你在赌场赢了什么回来？”

　　这次两年后见面，Thomas还念念不忘我们当时开的玩笑，他说：“自从我回法国工作之后就很少说英语了，而且今天我没有吃饭，希望你不介意我一会儿喝醉，喝醉之后我的英语可能更难理解。两年前我在荷兰实习的时候你就说我的英语口音很烂，今天你有特权嘲笑我。”

　　我回了一句：“英语说不好没有关系，为什么要怪在酒身上？”

　　他眨眨眼睛，说：“反正我提前说了，到时候我们就只能说法语了。”

　　Thomas一直是我法语学习之路上最岿然不动的老师，

自从我决定学法语开始，他就开始鸡蛋里面挑骨头，审视我说的每一句话，为此我不得不心惊胆战地跟他说话。因为他就像每一个法国人一样，热爱孜孜不倦地为你指明错误，甚至在你因为他们奇特的表达方式而惊叹的时候，他会说："没有办法，我把你当作法国人说话，这说明你进步很快，而且还会更快。"

哪怕我考了 16.25 分，骄傲地朝他炫耀的时候，他也会说："18 分最多算还行，20 分也只不过算不错，就算你考到满分 20 分，我也还会告诉你，你能更好一点。"

我耸耸肩膀告诉他："你很有潜力成为中国的父母，你比我爸还能絮叨。"

本来我们约过一起去希腊，或者是我在里尔开学之前见面，结果因为我们两个人都自由散漫，最后都不了了之。之前使我们感觉遥远的不是时间漫长，也不是山高路远，而是一次快乐的旅程结束之后，一切都戛然而止了。我到法国之后反而觉得总是会见面的，所以迟迟拖了两个月。直到他说："你有那么多时间去那么多地方，但是我们还没有在里昂见过面，我们两个人应该感到羞愧。"

我的第一反应是问他："你从哪里学到'我们应该感到羞愧'这种表达方式？"

结果这次刚好挑到我们两个人都精疲力竭的一个周末，他因为朋友的聚会 3 天只睡了 6 个小时，而我已经在西班牙折腾了一路。两个人连跳舞的力气——其实我连站起来的力气都没有，只想安静地坐在椅子上。但是显然 Thomas 对于酒吧的要求是很高的，他立志带我刷遍里昂所有值得一去的酒吧。

我到里昂之前收到了一条长长的消息，他说：“里昂的酒吧种类很多，有啤酒吧、游戏吧、舞吧、射击吧、朗姆酒吧、鸡尾酒吧，还有很多很多。主要取决于你喜欢喝什么酒，喜欢什么样的氛围，但是对我来说，最重要的是和喜欢的人在一起，酒吧本身不是最重要的部分。”别看法国人对工作提不起兴趣，酒吧的分类倒是很细致。

我思考了一会儿，决定放弃。每一次法国人煞有介事品红酒，品雪茄，用询问的眼神看我的时候，我都会低头深深吸一口气，用舌头顶一下上腭，抿嘴舔一下嘴唇，半晌之后说：“还不错，不是最好的，但是可以接受。”

大家纷纷点头，低头转动自己的杯子，把大鼻子挤进杯口吸气，说：“嗯，确实还可以，但是我喝过更好的。”

一定要记住，现在喝的酒绝对不能是你喝过的最好的，对于法国人来说，没有什么是最好的，但是为了保持礼貌，一定是还不错的。

这句话屡试不爽。

等走出了最开始的混沌之后，还可以在抽雪茄的时候说：“雪茄配红酒的味道固然不错，但是雪茄生来和波本威士忌是绝配，你应该尝尝它们混合之后留在嘴唇上的余味。”还有“麻烦我的 Martini 里不要放橄榄，我更喜欢纯粹的味道。”

和国内不同，野格和杰克丹尼是我们的大忌，往烈酒里面加软饮的人和我们注定形同陌路。我们的语言是烈酒，或者，啤酒。这里没有人可以命令任何人快乐，但是喜欢喝甜酒的人也不能被允许参与到我们的快乐中来。

我对 Thomas 说："我觉得普通朋友聚会随意喝点啤酒就好了，去他和朋友平时聚会的酒吧就行，这样更轻松一些。只要不喝鸡尾酒，我都没有问题。"

其实在里尔的时候，我和朋友挑酒吧只有两条标准。第一够热闹，第二够便宜，要是二者不可兼得，首选便宜的。哪有那么多讲究，酒嘛，只是媒介而已，出发点始终是和朋友度过一段时光。在酒吧里瞪着茫然的大眼睛对酒保描述你想喝的味道和感受，都比上来一杯双倍酒精的长岛冰茶好。

Thomas 在喝酒的问题上保持一贯刨根问底的精神，他说："我希望你享受在里昂的夜晚，这个晚上是你的，不是我的，比起我喜欢什么，你喜欢什么更重要。"看到这里我翻了一个白眼，他的英语真不知道是在哪里学的。

我举手投降："啤酒，啤酒吧！只要不是甜的就好，我喜欢苦啤酒。"

最后我们在一家老城的小酒馆见面了，他说这是我们今天晚上的第一站。酒馆名字叫 Les Fleurs Du Malt，意思是麦芽花，这是一个很有趣的文字游戏。我第一眼看到，就想到上一次我问 Luis 在干什么的时候，他说："我在酒吧喝酒，想着萨特和波德莱尔。"

小酒馆
对于法国人来说
没有什么是最好的
但是为了保持礼貌
一定是还不错的

而现在我正在看波德莱尔的《恶之花》，"恶之花"的法语名字就是"Les Fleurs Du Mal"，和酒吧的名字读起来完全一样。

一家叫"恶之花"的酒吧，倒是恰如其分。

可是到了酒吧之后，他又来了："可是你知道很多精酿的苦味和甜味并存，那不是甜味，而是麦芽发酵产生的味道，这不可避免，风味越强烈的酒，所谓的甜味也会更强烈。而且还有很多非常强烈的黑啤有巧克力的味道，还有奶油和咖啡的味道。你确定你不喜欢吗？"

我说："嘿！Thomas，你信不信我去吧台摆出一副外国人的疑惑脸，用法语对他们说我不知道选什么，然后我们能把你说的啤酒全部尝一遍？这样我们不就知道我喜欢什么了吗？"

10分钟之后我们拿着啤酒和面包回来了。这里可是法国，在华夫饼摊子上纠结到底焦糖奶油还是栗子奶油更好吃的工夫，张嘴问一句，摊主总会欣然让你都试一试，甚至连可丽饼的白巧克力和黑巧克力也可以试一试。可能比起让我在他们面前抓耳挠腮地比画，他们更愿意用简单的方式解决问题。我还记得我们在巴塞罗那的时候，走进了一家房东推荐的雪糕店，只是在雪糕柜前站了5分钟，店主就挖了半个柜子各种味道的雪糕给我们尝了一遍。

Thomas愤愤不平地问，他为什么从来都没有过这种待遇，我说："因为你是法国人，他们觉得你理所当然都知道啊，你没有亚洲'什么都看不懂'的游客脸作为通行证。"

他顺手打开罐头说："下一次我要假装是美国人。"

我都没来得及把嘴唇上的啤酒泡沫抿掉，说："美国人？你听听自己的英语，连我都骗不过去。"

他耸了耸肩膀，把罐头递给我，说："女士，谢谢你的夸奖。"

上一次我们两个人彬彬有礼地讲话，大概还是两年前在美国刚认识的时候。之后我们不是在彼此讽刺，就是在讲一点都不好笑的笑话。

有时候讲完之后他自己也笑了，说："我扣1分，这个笑话太差了。"

我瞪大眼睛，他竟然有自知之明？我问："有多差？"

他一副憨笑的样子说："和你一样差。"

很好。

里昂酒吧里买的小吃也很独特，不是一般酒吧的炸物，也不是西班牙酒吧特供的薯片和玉米片。我还记得在巴塞罗那去马德里的漫长夜巴上，我买了一瓶啤酒，配上一袋炸猪皮，在安静的车厢里，"嗞溜"一口酒，"咔嚓"一口猪皮，看了小半夜书。如此惬意的结果就是，我不得不乞求司机快点开到服务区让我上厕所。

里昂的酒吧提供面包，不是为了像炸物一样让你口干舌燥，喝更多的酒，而是切实让你填饱肚子，并且不醉得那么快而已。说到底还是想让你多喝一点酒，但是弯子绕得大一点，曲折含蓄一点。面包的固定搭配是腌渍的小酸黄瓜、橄榄和小洋葱。剩下的可以选择配一大块奶酪，还是一根老香肠，或者一罐肉冻。

恕我直言，这些东西都太有地域特色了。尤其是里昂人最喜欢的肉冻，肉泥、肝泥和配料一起腌起来，慢慢炖到干掉，口感和味道都很蛮横，随着咽下去的动作，内脏的味道更是在口腔里野蛮生长。

我挖了一小勺，尝了一口之后便放下勺子说："太难吃了，好像狗罐头。"

Thomas 说："别这么说，我小时候也很不喜欢，现在习惯了，配红酒更好吃。"说着挖了整整一大勺，帮我涂在面包上，笑笑说，"现在再尝尝，一定要吃一大口，一口全部吃掉才是正确的吃法。"

我勉强接过来，在他怂恿的目光下一口吃掉了。我应该早点看到他脸上不怀好意的笑容，肉冻配上面包，也还是内脏的味道啊！

看到我的脸皱成一团，他笑得特别开心，说："明天在索恩河会有集市，只有本地人才会去，卖的都是里昂人喜欢吃的东西。有一种老奶酪我很喜欢，你有空一定要试试。"第二天当我看到像树皮一样干枯发灰的老奶酪，嗅着像羊圈一样的味道，我忽然想起，他是不是在报复我在美国的时候骗他吃了一口皮蛋的深仇大恨？

我突然可以理解外国人看待很多中国食物的想法了。

最后我们一直聊到酒吧打烊，本来我们应该转战下一个酒吧，但是我们都太累了，酒吧里面温暖喧闹的空气让人只想睡觉。随性懒散如我们，当然选择回家睡觉。我们顺着索恩河散步回家，他说："以后还要一起玩哦。我弟弟离里尔不远，1月份我去看他，要是我休假的话叫上朋友一起旅游也不错。"

我说："你这说的都是经典的废话。"

他笑了笑，在空气中吐出一串白气，说："我知道。"

在里昂逛菜市场

里昂虽然被称为法国的美食之都，大街小巷动辄就能见到米其林餐厅，但是忘记自己是一个走马观花的游客之后，和里昂人一起吃家常便饭，就会发现里昂菜非常有庶民气质。

Thomas 跟我讲起里尔菜的时候，一脸难以置信的样子，他说："你知道吗？他们不用红酒或者白葡萄酒做菜，他们往菜里面放啤酒！"

因为相约一起旅行，Thomas 给我发了一份法国城市安逸度榜单，里昂只排在第五位。他愤愤不平地跟我讲："她怎么可能才第五，她明明是第一啊。"

我看到排名第一的城市是雷恩，就告诉他我们学院旅行目的地就是雷恩，他听了之后说："很好，但是你不可能让我嫉妒你们，因为我现在就在排名第一的城市。"我狠狠嘲笑他一通之后，想，要是自己也有这样的精神就好了，那我应该每天都会过得特别开心。

在里昂的第一天，当我们从山上气喘吁吁地走下来，回到老城的时候，随便找了一家小餐馆坐了下来，吃了一顿很简单的炖菜。然后我在后面的几天时间里惊奇地发现，里昂菜是以酸味作为味觉基调的。炖小牛肉是酸的，红酒炖蛋也是酸的，连香肠的蘸料也是酸的。但是这并不是单纯的醋酸，而是伴着肉质的口感，让香气走得很深。

在里昂每次吃饭都会配上一大碟面包，这种面包表皮焦脆，里面却很柔软，而且里面的空气也是不可缺少的成分之一。因为这种本来默默无名的餐食配角，可以把碟子里最后一点点带着肉香的汤汁也抹干净。柔软的瓤蘸了汤汁之后微微融化，一口咬下去汤汁会溢出来，外层很耐嚼，带来撕扯的快感。面包的麦香完全被酸味激发了出来。

虽然里昂菜久负盛名，但是对我而言，因为没有刻意寻找，反而窥见了里昂菜最本土，也最奇特的模样。比如说鸡肝蛋糕、大肠和小肠配牛肚做出来的香肠、烤小牛脑、在猪膀胱里炖出来的整只鸡。在这里每只动物都会被掏心掏肺，很快在饥饿的眼神中结束自己漂泊的一生。

Thomas 说，既然来了里昂肯定要吃里昂菜，要把对法国菜的刻板印象放下来，去最家常的菜馆里吃饭。这些餐馆都没有多么精美的装饰，很多都是简单的木桌子和红白相间格子的桌布，端出来的菜就像妈妈端出来的。最重要的是闹哄哄吵成一团，大家都在和朋友聊天，这是属于一群人短暂地通过食物被连接的地方。

但不管我去哪一家吃饭，Thomas 都会歪歪头，说："这里还可以啦，反正在里昂你找不到太差的餐馆，但这里不是我心里最好的。"反正对于法国人来说，永远不会有最好的。

最有名的保罗博古斯菜市场，有来自法国各地的不同食材，但是大部分都流于精致又大众的俗套了，对于一个普通的穷鬼来说，并不太值得停留。反正我也不需要买一只生鸡回家做烤鸡，也不喜欢吃奶酪，一整根的香肠也无从下手，糖渍水果也和我无缘。尤其是走过欧洲这么多市场之后，多少对千篇一律的陈设有些审美疲劳，只能走马观花地看一眼了。各种生鲜自然不必说，还有一碟碟的生蚝，大锅里煎着的牛蛙。还算比较特殊的是里昂人最爱吃的肉冻，虽然整个法国都爱吃，但是里昂人对于内脏做出来的肉冻还算情有独钟的。

我在国内也是一个"酒入肥肠深似海"的下水爱好者，到了里昂之后才发现，此下水和彼下水，毕竟还是不同的。唯有失去，不可替代。

我开始想念干锅肥肠、九转大肠、锡纸烤脑花、咖喱牛杂……

用肉泥混着肝泥做成的肉冻、鸭肝做的慕斯，被塞进面包里烤成一个大面包的样子，切成小片就是里昂人心中的下酒好菜。我还走在学会欣赏的漫漫长路上，Thomas 总是劝我不喜欢就不要吃了，但是我总觉得也许吃到哪一天就会喜欢上了，归程总是要比迷途长。

里昂有一种质地很厚重，夹杂了粉色果干的面包。一次只能买大大的一整个，里面还放了大手笔的糖，比巧克力慕斯还要甜甜蜜蜜，起码巧克力还有一点苦味，连 Thomas 也说他连一个切片都吃不掉。由此可以窥见法国人对糖的热爱简直到了走火入魔的地步。

Clément 告诉我他的早餐是一片甜面包，涂上巧克力酱，蘸放了两块方糖的热牛奶，最后书包里塞上一瓶甜腻的卡布奇诺。这还不算什么，他最爱吃的意面配料是蜂蜜和罗勒加奶油。

我问："这不甜吗？"他说："我放盐啊。"

里昂人对甜食也尤为偏爱，在街上随便钻进一家巧克力店，就能喝到醇厚又细腻的热巧克力，味道简直堪比在西班牙蘸油条吃的浓巧克力酱。可是他们偏偏还不长胖。

我和阿铉在一个湿冷的雨夜钻进一家面包店，买了一个热气腾腾的巧克力碎面包。买单的时候店员专门说，外面在下雨，所以一定要把面包封好，但是封上之后外皮被闷软了就不好吃了，所以要不然先吃两口，要不然回家用烤箱热一下再吃。好像真的很担心我会吃到不好吃的面包，并因此对里昂的面包制作水平产生疑问。也确实好吃，面包本身并不甜，只有小麦炙烤之后的淡淡甜味，还有巧克力带着苦味深沉的甜。外皮是脆的，里面却是嫩的，像一朵蓬松的白云，面包怎么能用"嫩"来形容呢？吃过之后就知道了。最妙的是因为面包才刚刚出炉，所以里面的巧克力还是半融化的，

集市

这个时候里昂不是什么法国的胃

只是每一个普通人生活并热爱着的地方

直接化在嘴里。

我和阿铉都感叹说，百疏一密走进这家店，要是所有面包店都有这样的觉悟就好了。我们边走边吃，只剩下四分之一装在包里，等凉了之后再拿出来，却已经坍塌了。面包被挤成一团，表皮也不脆了，而且好像因为丧失了口感，连之前层次丰富的味道也不存在了。刚刚的南瓜马车消失了，手里拿着的不过是一个"还挺好吃的普通巧克力面包"。

其实在里昂我最感兴趣的是周末沿着索恩河摆开的集市。卸去了"美食之都"的庄严头衔，集市只不过是本地人买菜的地方。沿街的大炉子里滚动着上百只烤鸡，蜂农带来自家的蜂蜜，酒商摆出自家酒庄的红酒，各种奇异的老香肠和老奶酪整齐排列，甚至有用直径一米多宽的大铁锅煮的海鲜饭，还有很多里昂本地的蘑菇，各类蔬菜水果。很多老头老太太拖着小推车，在蔬菜丛中挑挑拣拣，在生蚝摊前排成长队，把一袋又一袋的生蚝带回自家的小餐桌。我穿梭在人群之中，并不打算买什么，只是买了几颗鳄梨脆生生啃着。

这个时候里昂不是什么法国的胃，只是每一个普通人生活并热爱着的地方。他们手里提着的食物也没有那么多讲究，只是让一家人齐聚餐桌的纽带。

而我也终于要结束半个多月的折腾回到里尔为自己做饭了。到超市的第一件事，我拿了一块肉冻，也许有一天我就喜欢上了呢。

在 Lentilly 和法国人过周末

Lentilly 是里昂边上的一个小城市，是 Thomas 妈妈的家。因为我们晚些时候约好一起去梅杰夫小镇滑雪，而近期他还要工作，所以就先在他妈妈家落脚。

在我到达里昂的半个小时前，Thomas 发短信告诉我他有点不舒服，所以可能要"晚一点点"才能接我。

我叹了一口气，没说什么。结果我在里昂的车站外等了一个小时之后，手机快被冻没电了。只能打电话质问他走到哪里了，他吞吞吐吐地说："我还在房间里，但是已经在往外走了。"又快一个小时之后，他终于出现在我面前，说，"我欠你生命中的两个小时。"

我说："哈哈。"

最后总算是从里昂一路向西，路过了熟悉的老城、索恩河上的大桥，开车到了 Lentilly。

Thomas 妈妈的家是典型的法国郊外的住宅，花园前是白色的雕花铁门，进门是两排巨大的灌木，只留出窄窄的一道天空。再往里走是一间宽敞的别墅，别墅后面是一片一直延伸到森林里的花园，花园里养了两头四处闲逛的驴。

Thomas 把车停在门外，跟他妈妈打完招呼之后，第一件事就是神神秘秘地问我："你知道我为什么不把车停进车库吗？"

我沉默了一会儿，又沉默了一会儿，说："问你啊？"

他露出了很满足的笑容，说："既然你问了，我带你来看一眼吧。"说着就带着我走进车库。

大门一打开，就看到里面停了一辆大红色的福特老爷车。我不懂车，但是能看出来，这应该是会让男生骄傲的那一类车，其实看看 Thomas 脸上的表情，大概也就能猜出来了。

他说："我本来想要攒够钱全款买的，但是有一天我想，要是我今天不去买，我可能永远在等，所以那天我就把他开回家了。"

不过这种老爷车除了很酷之外，缺点也很多。比如说我们在去另外一个 20 分钟之遥的小城市的时候，车在半路上就熄火了。只能打开引擎盖，Thomas 坐回车里点火，我站在车前手动发动引擎。好不容易发动起来了，他依然很骄傲地说："你听听发动机的声音，就算不加速都这么低沉，太好听了。"

我说："那也要先能开起来，才会有轰鸣的声音吧。"

Thomas 摇摇头，一副不可与夏虫语冰的样子。

因为他的工作和汽车开发相关，而且以他对车的热爱程度，大概就是我们在路上开车的时候，他有时会没头没脑说一句："不好意思，刚刚你说什么？刚开过去的那辆美国车太漂亮了，我没听清你说话。"所以修车对他来说不算大事，一点儿都不会影响他对红色福特的热爱。

在外面兜完风回来，Thomas妈妈去喂驴，我也拿上一根西葫芦一起去凑热闹。给驴换稻草和喂水，要先去车库换上靴子，再披上一件旧外套。前段时间里昂有风暴，驴棚的顶被掀掉了，所以这段时间以来Thomas的任务就是重新搭屋顶。从半个月前他就开始干活了，可是直到现在驴棚上也只有一块篷布而已。

不愧是他。

他妈妈说："每一个小孩子放学回家的下午，都会被奖励吃蛋糕，所以小驴下午也应该有她们的奖励。"

在他们家里，驴就是信仰一样的存在，所有的水杯、碟子、毛巾，甚至家里的壁画都是驴。Thomas告诉我他小时候是和驴一起长大的，她们刚来他家的时候才出生15天，他看着她们长成大姑娘。在厨房的门口，还有一块驴形的黑板，一只耳朵上写着Thomas的名字，一只耳朵上写着他弟弟的名字。

她们的名字我没有记住。她们的鼻头又软又暖和，我伸手去抱住了一头驴的头，她就把脑袋倚在了我的胸口。她的脑袋朝我的方向偏着，头低了下来，把重量放在了我的手臂上。她的鬃毛蹭着我的脸，一呼一吸的热气打在我的手上。怀里那种沉甸甸的温暖的感觉，让我觉得被一头驴信任是一件很美好的事情。

回到房间里，我们去生火，顺便摸摸在火堆前的桌上取暖的老猫。Piano 在我和 Thomas 刚认识的时候就是一只老猫了，在后来 Thomas 滑雪把脚踝摔断的岁月里，Piano 也因为打架而失去了一只眼睛。老猫叫 Piano 是因为他的脚趾是黑白相间的，看起来就像钢琴琴键一样。Piano 最爱的事情，一个是蹿上餐桌，试图让第一个心软的人分给他一杯羹，第二是趴在任何一个暖和的地方睡觉。

Thomas 用脸蹭着 Piano 的头顶对我说："英语里把动物称为它，我很不喜欢，他们明明有自己的性别，和物品是不一样的。"所以每次见到法国人的动物，我都会努力记住他们的名字，以免有失尊重。

生火不是一件太简单的事情。要先把买来的树桩劈开，再把树皮剥下来作为点火的引子。然后把报纸搓成团，用树皮围着报纸搭出三角形的篝火形状，然后用很长的火柴点燃，等炉火开始熊熊燃烧之后，把树桩放进去。只要三根就可以烧一个晚上。

Thomas 掸着衣服上的木屑说："我不知道为什么，能一个小时又一个小时地盯着火看，永远不会厌倦。而且冬天最好的事情就是把比萨放在火炉上，一边烤火，一边等着比萨被加热。再加上一杯热巧克力，这才是冬天啊！"

光是想想这样的情景，膝头上再窝着一只从小玩到大的老猫，看着客厅里摆着的小时候的游戏机，背后的墙上是祖父和老驴的合影。再想想不远的车库里停着再也开不动的老爷车，但是车漆还是一样鲜红，一样让人很快乐。自己也变成很老的样子。

老成这样就很好。

吃完 Thomas 妈妈做的晚饭之后，我和她一起站在门口聊天，她吐出的烟雾消散在黑夜中。

我说："我喜欢农村，这里很平静。"

她说："这里的冬天有雪，里昂没有。"

问非所问，答非所答，这就是我和法国人交流的大致状况。

他们的房间在楼下，我住的房间在阁楼上，那儿原本是他弟弟的房间，但是他弟弟追随着女朋友的脚步去了里尔，所以空出来的房间暂时给我用。

他弟弟热爱一切老东西，房间里满满当当地堆着留声机、打字机、老唱片、老电话、老滑雪板，甚至还有一个旧雪橇。车库里堆着他弟弟收集的自行车，是他专门去博洛尼亚买的奇形怪状的自行车。不知道他们兄弟俩为什么对这些奇怪的车有这么大的爱好，Thomas 房间墙上挂了三辆独轮自行车，他说，他的第一辆独轮车都不舍得扔掉，因为真的太喜欢了。

我的房间是阁楼，床和桌子都刚好在屋檐下，要弯着腰才能走过去。我不知道撞了多少次头。

Thomas 下楼之前问我，要不要帮我关上阁楼的木板。阁楼并没有门，只有一块盖住梯子的木板，用一个墙上的按钮控制升降。我摇了摇头，他说："这样的话怪物可以多一个入口哦。"说着指了指我头顶上的斜窗。

我环视一圈，对他说："从镜子里和电视里也可以啊，不怕多一个了。"

他接着说："怪物的话不好说，但是今天晚上 Piano 肯定会站在床边看你。"

那也不错。

就这样，听着楼下炉火"噼里啪啦"的声音，我睡了很好的一觉。

在出发之前，她站在我们的车边各种嘱咐，Thomas 回头对我说："到了之后记得提醒我给我妈妈发短信，不然她会生气的。"笑了一声补充了一句，"因为我是金鱼，所以我都把我的朋友们当脑子用。"

结果平时一句英语都不说的 Thomas 妈妈开口了："Thomas 你说话小心点儿，我能听懂英语。"

法国人果然只在自己想要听懂的时候，才会英语。

🌸在 Thomas 家吃法餐

我一边洗菜，一边扭头问 Thomas 妈妈，她的菜和肉都是在哪里买的。

她说："这周围有很多农场，我都直接找农民买肉买菜，比索恩河的周末集市还要新鲜。"

我想起他们家摆在水果盘里带着树枝的柠檬，还有不太好看的鳄梨，切实感受到了他们所追求的自然。

Thomas 上班的时候吃午饭简单到不得了。提前一天他妈妈会做一道肉菜，将一块牛肉用黄油煎过之后，倒进洋葱炒香，接着倒半瓶白葡萄酒，再放青菜炖。她神神秘秘地放了一袋小番茄进去，颇有一些骄傲地说："虽然这道菜每个家庭的做法都差不多，但是每个人都有自己的一种秘密蔬菜，而我们家的秘密蔬菜就是樱桃番茄。"最后再用白水煮几根胡萝卜。

第二天早上他挑出两片肉，夹两根胡萝卜，再在饭盒里放一个鳄梨、两个橘子，这就是午饭了。夹胡萝卜的时候，他妈妈在边上说："是 Marcia 削的皮，沙拉也是她做的。"他面色凝重地挑了一个更小的胡萝卜。早饭更简单，一个柠檬榨汁，配一杯温水，就是这样了。不过这是 Thomas，他的行为永远都难以捉摸。

我在的时候，他妈妈拿出了堪比中国人的待客热情，让我见识一下法国的冬季食物。只有在看我过于无聊地晃来晃去的时候，让我去驴棚转一圈，或者帮忙削个皮，洗个菜。再要帮忙的话，她就从冰箱里掏出啤酒赶人了。

在 Lentilly 的第一天，Thomas 妈妈从烤箱里端出了牛角包，很用心思地在面皮里裹了芝士和火腿片。我远远地在房间里就闻到了香味，法国人吃饭又很晚，往往要等到八点之后才开饭。我只能把门紧紧关上，免得香气再传进来。

牛角包的酥皮是脆的，里层的面包是软的，芝士和火腿片更提供了软而结实的口感。芝士的香味和面包的麦香被激

发了出来，最妙最妙的地方，就是吃到最后的牛角包尖角，因为比较薄，这里的酥皮已经完全酥了，根本不能用刀切，只能用手拿起来，整个放在嘴里，听麦子在嘴里尖叫。

法国人的餐桌上不会缺席的主角是意面，Thomas 妈妈的意面也颇有"自然"的风范。不放酱汁，只是一盆光溜溜的意面拌上油，再煮一锅蔬菜，茄子、西红柿、西葫芦和洋葱，再倒半瓶白葡萄酒。炖到番茄都没脾气了，酒精也挥发光了，意面酱就做好了。最后自己撒上盐和胡椒。

牛排就更简单了，三厘米厚的牛肉，用黄油煎到七成熟就好，调味是每个人自己的事。可能由于食材源自农场里快乐生长的动物和植物，就算烹饪手法简单一点，也不会太单调。

桌边还摆着几条法棍，谁想吃了直接拿手掰一块下来，刮着盘子里的蔬菜汁吃。

吃饭的时候，Thomas 妈妈拿出了一箱桃红葡萄酒，是我觊觎已久的畅饮版本。酒用一个大纸盒装着，盒子的底部有一个龙头，那里可以涓涓不断地流出 5 升琼浆玉液，比 700 毫升的玻璃瓶来得痛快多了。在他们家，喝酒从来不分时间，早餐小酌一杯，中午也要喝酒，做饭剩下的白葡萄酒顺手就喝掉，晚饭吃牛肉喝红酒。

开饭之前他妈妈递给我一瓶绿 1664，说："我们不在里尔，很少喝比利时啤酒，在这里如果你想喝啤酒的话，这就是你会拿的酒。"

Thomas 在一旁撇撇嘴，说："绿瓶没有香味，比不上蓝瓶，跟科罗纳一个意思，还不如喝最普通的 Leffe。"

我说："那你多去里尔看看你弟弟不就能喝到了。"

他又撇撇嘴："我还是更喜欢美国蓝狗的精酿。"

法国人之所以成为法国人，就是因为他们永不满足。

在 Megève 的一个晚上，Thomas 说他有点不舒服，所以不能喝啤酒，撺掇我点了一杯当地的勃朗峰啤酒，说他只尝一下味道。他最终在酒单上犹豫了很久，选了一瓶龙舌兰调味的啤酒，振振有词地说："龙舌兰和柠檬让啤酒的味道减弱了，这就不算是啤酒了。"

这种酒叫 Desperado，即亡命之徒。这和 Thomas 的精神很像。

如果说这张餐桌上已经汇集了我对法国的所有刻板印象，那饭后就到了吃奶酪的时间了。Thomas 知道我不喜欢吃奶酪，所以笑得颇为开心地从冰箱里抱出一箱奶酪，足足有十几种，往我面前一放，一副您请自便的样子。这些奶酪除了发酵时间长短的差别，还有山羊奶、绵羊奶、牛奶的差别。

他最先拿起一块带着绿色斑纹的奶酪说："从这个开始尝试，你就会无所畏惧了。"其实这种发酵时间略长的奶酪，吃起来比闻起来好很多，闻起来有一种干燥的霉味儿，但是吃进嘴里有一种口感顺滑、味道厚重的感觉。奶香浓郁，浓郁到甚至仿佛走进了羊圈，略带一些咸味，再带一点酸酸的余味。

对我来说虽然还算不上好吃，但也不算太排斥。还是更喜欢牛奶发酵的，毕竟味道温和一些，羊的先天条件太优秀，味道超凡脱俗，不拘一格。也许在我最终离开法国之前，能学会欣赏奶酪。

家庭聚餐和在餐厅还有些差别，餐厅的甜点，奶酪和蛋糕只能二选一，家里不一样，蛋糕也是不能少的。我们刚刚回家的时候就看见他妈妈捧着一个大盒子回家——里面是国王饼。

新年是吃国王饼的时间。

国王饼其实并不复杂，也没有摆脱法国的酥皮点心家族，里面是杏仁蛋糕，外面是一层刷了糖浆并烤脆的酥皮。比较有趣的是，买国王饼的时候都会附赠一顶皇冠，而且国王饼里藏了一颗蚕豆，那个吃到蚕豆的人，象征着会在新的一年得到幸运。

最传统的家庭聚餐上，要让最小的孩子躲在桌子底下，并负责分饼，什么都看不见的小孩指定哪一块饼分给哪一个人。毕竟一年的运气这种事情容不得作弊。

其实想一下，法国和中国的这些习俗还是殊途同归的。

哪怕被认为留有中国烙印的幸运饼干，也有法国版本。在法国，新年的巧克力里总是藏了小纸条，只是不是出自隔壁阳光向上的大婶之口，而是出自加缪、福楼拜之类的大家之口。

意思都是一个意思。

Thomas的妈妈铁了心要向我普及法国文化和饮食，让

Thomas帮她翻译国王饼的来源给我听。在大概两分钟的圣经人物介绍之后，Thomas对他妈妈说："比起一千年前的起源，我觉得她应该更关心眼前的这块蛋糕。"我说，这些故事我最感兴趣了，我是一个追求食物文化底蕴的人，一边冲着他眨眨眼睛。

他立刻说："先吃吧，那些智者、国王之类的人物，我也不好解释，晚点再说。"

晚点再说，就是不会再说了。

我心想，他怎么总是知道了。

我们在雪山边的Praz-sur-Arly和他朋友一起吃午餐的时候，我对着面前毫无味道的奶酪焗意面碎配香肠无从下手。毕竟在菜单上看见Diots et croziflette的我，像看见数学题一样一头雾水，只能假装懂行地问："是本地特色吗？是的话我就要这个了。"

他把他的奶油培根焗意面给我，换走了我了无生趣的意面碎，对他的朋友美其名曰："这样大家都能尝尝新的菜。"回到车上他才开始嘲笑我手足无措的样子很搞笑。

在梅杰夫小镇吃焗芝士配土豆和熏肉沙拉的时候也是，他又一眼看出我对着淋了油的沙拉吃得很艰难。很不经意地提了一句："要是你太饱了的话，沙拉给我吃好了。"可能这就是虽然我们总是彼此挖苦，还总是朋友的原因吧。

我到兰蒂里的第一天，Thomas的妈妈就开始在餐桌上思考，等我们滑雪回来要做点什么拿手好菜，让我感受一下里昂美食之都文化的博大精深。于是我们回来的那一天，她端出了我在梅杰夫小镇就听 Thomas 提起的奶油焗土豆。

这道菜叫 Gratin dauphinois，其实非常简单，就是土豆片、盐和奶油，塞进烤箱里烤一个半小时，拿出来就是了，但是却格外好吃。我们在梅杰夫小镇的餐厅里就吃过一遍了，那碟焗土豆被 Thomas 盛赞比他妈妈做的还好吃。在他的形容里，这是一道很容易的菜，但是很难做到如此奶香浓郁，土豆顺滑，而且味道丰富，没有一般奶油的肥腻。

听完他的讲述，我除了挖走大大的一勺之外，第一句话就是："我回去就告诉你妈妈。"他翻了个大大的白眼，本来他的大眼睛就是灰绿色的，白眼总是能翻得很夸张。

那天晚饭的重头戏是用奶酪火锅的方式做的炸牛肉。奶酪火锅是法国人的冬季特供，其实这是瑞士的烹饪方式，但是现在法国也流行这样的吃法，尤其是在靠近雪山的地方。

一讲起滑雪，Antoine 就手舞足蹈地跟我说："Raclettes，Fondues，Tartiflettes 三位一体。"这三道菜简单解释起来，就是把少量的食物埋在大量的奶酪里。重中之重是一定要搭配烈酒食用。

这可是雪山上的冬天。

因为 Thomas 吃 Tartiflettes 吃恶心了，短时间内不能吃奶酪，所以我们的奶酪锅里放了油用来炸牛肉吃。

我们把下午刚从农场买回来的牛肉切了很大一块，插在吃奶酪火锅用的奶酪叉上，放进油锅里炸。一般来说大概三四分钟就好了，他们喜欢吃生一点的，血水流了一碟子，红彤彤地到处晃荡。

Thomas妈妈在我面前堆了四瓶调味酱，又拿了盐和黑胡椒，把红酒也倒上，法棍也摆起来。我的桌前堆得连Piano都无从下脚。Thomas在桌子对面小声抗议："可以给我一小勺芥末酱吗？我什么都没有。"他妈妈给他挖了一勺，立刻把罐子又放回我跟前。

我好像看到了邀请孩子的同学来家里玩的时候，那些很热情甚至有些紧张怕招待不周的姑姑大婶儿。

虽然是炸牛肉，但是吃不出来炸的味道。牛肉不需要提前处理，简单切成大块，只靠调味酱和盐调味。因为调味酱大多是酸甜的，所以也不觉得腻。也是很简单的食物，看起来很新鲜，味道倒是平平无奇，不如牛排好吃。可能更重要的是一群人围坐在一起，中间架着一个"嗞嗞"作响的炉子，每个人的叉子银光闪烁，牛肉在锅里收缩，大家一边等肉熟，一边谈笑。

从锅里拿起一块肉后，再插上一块生肉放进去，在碟子里把肉块细细切开，抹上酱料。还要小心翼翼地留下一小块碎肉，给跳上桌子的Piano分一杯羹。

反倒是奶油焗土豆被我添了一次又一次。

Thomas妈妈高兴得叫他把她的菜谱都发给我，我跟着附和："我为你感到羞愧，你妈妈做的明明比餐馆还要好吃。"捧场这件事，中法还是相通的。

Thomas 的妈妈真的太好了。

可以看出来在我们相处的时候，她很努力地放慢语速，尽量和我说些有的没的，努力向我介绍他们的生活，再问问我在里尔的生活。最重要的是，每天绞尽脑汁，翻着花样给我做饭。连早餐想吃什么都提前一天晚上问好，我一般四处看一眼，眼前有什么，就说想吃什么，倒也是其乐融融。

本来 Thomas 为滑雪垫了些钱，我在路上断断续续付了些账，还差一顿饭那么多的钱没给他。Thomas 妈妈听说之后，瞪着他说，为什么会跟女生斤斤计较这点钱。我只能打圆场说，当然是我该付的。

后来 Thomas 就死活不给我他的账号了，我当然不可能不还钱，但是这一来二去的推让毕竟还是带着点温暖的。

其实说法国人虚伪也好，客套也好，客套多了，大家也就当真了。总好过连虚伪也懒得装。

最后一天，Thomas 5 点钟起床把我送去机场，他接着回市区上班。

我们走的时候，拿了一块吃剩的国王饼，他妈妈站在门口的灯光下，笑盈盈地朝我们挥手。

我现在还在想，那颗还没被吃到的小蚕豆，到底会被谁吃到呢？

让食物装点里尔的夜空

到里尔已经半个多月了。

我的房间很小，只有一张小床、一张书桌、一个洗手池和一个小柜子，有一个大大的窗户，可以从上往下拉开。

一个睡不着的晚上我打开满是雾气的窗户，看到外面的天空全是星星。

雨后的里尔很冷，是那种潮湿阴郁的冷。从你的袖口钻进皮肤里，让人无处遁形，但是那些有星星的夜空却让人愿意打开窗户，拥抱窗外的黑夜。

有一天 Luis 站在他的窗前安静地望了窗外很久。他说他很喜欢里尔，但是长久地住在里尔总是会经历长长的夜晚，还有凛冽的冬天。他说，有时候会觉得，那些没有星星的夜晚就像注视着我们的黑色眼睛。而我们是遥远而沉默的对话者，这种若有似无的呼唤就像是我们面对大海，或者面对地平线时感受到的随时会湮灭的呼唤一样。

　　我想，其实他想说的是，黑夜凝视着我们，虚无凝视着虚无。就像是来自乌有之乡的乌有之人讲述乌有之事。

　　对我而言，填充漫长的白天和夜晚并不算太艰难，比较艰难的是一个人吃饭。毕竟找人说很多话，喝很多酒并不算太难，但是做出一顿一人份，而且称心如意的饭实在是让人为难。

　　我曾读到这样的文学："生活在城市里的我们像是被锁在自己壳中的牡蛎。"颇有一点消沉的意味，但是下一句是，"我们每个人都在抚育自己的珍珠。"好像又一把将人从深夜的边缘拉进黎明了。珍珠我不知道，但是我随时准备抚育我空空如也的肚子。

　　里尔的日落很晚，晚上 8 点多太阳才有销声匿迹的迹象。在过于漫长的白天，抵抗饥饿可以依靠冲进生活的一件又一件不靠谱的事情。但是夜晚弥漫的时候，当你坐在电脑前，告诉自己你已经准备将有关饥饿的"梦魇"统统赶走，像个健康的大人一样开始准备入睡了。忽然之间楼下的美国妹妹开始煎培根，厨艺超棒的朋友发来喜讯，庆祝土豆炖牛肉已经开始咕嘟冒泡。这个时候，一片简单的烤面包成为你脑海中一片墨黑土地上，那个血红的 A 字。那是禁忌，是刻在黑夜里的红字，也是让你毫无招架之力而选择屈服的欲望。

　　很多时候我只能读读诸如普鲁斯特所说的："带着点心渣的那一勺茶碰到我的上腭，顿时使我浑身一震，我注意到我身上发生了非同小可的变化。一种舒坦的快感传遍全身，我感到超尘脱俗，却不知出自何因。"

要不然就自欺欺人地瞟一眼："遇雪天，得一兔。无庖人可制。师云：山间只用薄批，酒、酱、椒料沃之。以风炉安座上，用水少半铫，候汤响一杯后，各分以箸，令自筴入汤摆熟，啖之乃随意各以汁供。"以求达到望梅止渴的作用。

虽然大脑可以自我催眠，但是肚子不行。唯一的选择只有飞奔下床，蹑手蹑脚走到厨房里，和楼下正在做三明治的妹妹尴尬对视一笑。虽然明明记得晚上她吃沙拉的时候，煞有介事放了一点火腿片说："我试着生活得更健康，所以我只吃一点肉就好了。"但是现在比起嘲笑她，在我脑海中浮现的是袁枚口中的火腿："其香隔户便至，甘鲜异常。"尤其是法国的火腿精多肥少，白色脂肪犹如大理石花纹。火腿在中国菜里一般只起到调味的作用，在法国一般是和沙拉做伴，或者和奶酪一起作为下酒的佳品。

我也不知道为什么这些会出现在我脑海里，但是他们就像天边毫无用处，但是在黑夜里一圈又一圈打转的星星，还略带嘲讽意味地朝你眨眨眼睛。

没有办法，有啥算啥，从冰箱里掏出明天的早饭。或者干脆奶油拿出来，黄油拿出来，奶酪拿出来。烧水壶在"咕嘟"作响，意面在锅里翻滚。蘑菇切成片，番茄对半切开，熏肉末打开，切一块黄油，一股脑丢进煎锅里。

水开了之后，倒进早就整装待发的锅里，放一个鸡蛋进去，设一个 5 分钟的闹铃。回身把意面从锅里捞出来，沥去水分之后，重新倒回锅里，奶油也倒进去。把早在一旁"嗞嗞"作响的煎锅熄火，180度大旋转。让里面的配料像《一个陌生女人的来信》里面那个孤独的孩子一样，把全部的热情聚集起来，毫无准备，一头栽进命运，就像跌进一个深渊。

闹钟响了的瞬间，用叉子小心翼翼把鸡蛋捞出来，放在水龙头下面冲半分钟，直到这颗滚烫的心终于冷却下来。而我，得到一颗漂亮的溏心蛋。

如果连溏心蛋都学会了，那还怕什么四海为家呢？

接下来略等片刻，等意面的汁稍微收浓。立刻找出一个大碗，把意面倒进去，趁热撒上一把奶酪，磨点粗盐，磨点黑胡椒。煞有介事把溏心蛋放在最顶端，让流下来的蛋黄浸染每一根面条。

如果我人生的任何时候有同样忙中有序、紧锣密鼓却不露一点破绽的能力，我肯定会比现在优秀很多。

然后就是沉寂的10分钟，那10分钟里散养"仁波切"获得了最单纯的时间。世界里除了脂肪、蛋白质、碳水的冲

击别无一物，精神上达到了空的极乐境界。回味醇厚的奶油是血液，半月形的蘑菇是眼睛，半凝固的蛋白是雪肌，半焦的小番茄则是红唇玉齿。他们是读不出来的诗行。

那天夜里的我不想看星星，只想注视着这一碗被奶酪缠绕，奶油浸染，熏肉点缀的丑意面。这碗卖相颇难以言喻的意面，大概就是司汤达所说的"萨尔茨堡的树枝"吧。原本平凡的东西，只因我爱而被镀上了一层光。

被食物治愈的瞬间，让人顿悟食物就是黑夜的反面吧。

就我的厨艺而言，这碗意面已经走到尽头了。剩下的懒惰时间，我每天都被鸡蛋和番茄包围，就像身体里缺乏某种番茄和鸡蛋的元素一样。鸡蛋番茄炒土豆，鸡蛋番茄做顶料的烤面包片，鸡蛋番茄焗饭……这两样最易得，最易操作，也最易储存的食材，很大程度上暴露出了我因为懒惰而单调的生活的冰山一角。

虽然我经常会对着朋友家的火锅、卤肉饭、日式肥牛、寿司望洋兴叹，但是从来没有丝毫动过自己动手的念头。如果朋友连炖牛肉都学会了，那我还怕什么四海为家呢？

以至于现在很多时候，我都努力蹭在朋友家吃饭。

Luis的南美舍友做了辣椒鸡丝饭，我主动申请洗碗。法国妹妹在给自己做意面，在眼神交汇的瞬间，我躲避了一下，但是挑起的眉毛泄露了天机。有中国妹妹在家做火锅，我自带蔬菜施施然而来，第二天早上还吃了别人一大碗手工水饺才又施施然离去。而当这个妹妹发出"来家里拿一条加利福尼亚卷"的邀请时,我不顾刚刚从加莱的大巴上下来的疲惫身体,挤上人满为患的地铁,20 分钟内出现在她家楼下。就像一个风雨兼程但肥胖的情人。

经过我的挑拨离间,一位会做红烧肉和云吞的朋友,要和一位会做炖牛肉和虾仁滑蛋的朋友择一良辰吉日一决雌雄。而我,将作为最公正严谨的评委,对菜肴的味道进行反复品尝得出毫无公信力的结果。仅仅是对温暖食物的幻想都足以让我抵御窗外的寒冷,还有里尔漫长的夜晚。

也许这就是为什么我永远没有办法像 Luis 一样说出"深夜凝视着我们"这种深沉的话语,也永远无法成为一个沉静深邃的人。

波德莱尔、烂馄饨和我的朋友们

可恶！今天本来想在房间安安静静看书，怎么朋友一吆喝现在我又在打开第四瓶酒了？这些美好的事情都有些懒散的成分。

在一个这样安静的夜晚，我们一群人聚在了朋友郊外的房子里。其实他们家甚至不在里尔，在一个叫作蒙桑巴勒尔的小城边缘，每天都要跨越城市去上学，不过在欧洲所谓的跨越城市也不过是半个小时的路程而已。

虽然到里尔之后交到了不少朋友，丝毫不惭愧地说，外国朋友可以一起喝酒，一起旅游，一起去博物馆，但是在寂寞又陌生的生活里，还是中国朋友给人最多温暖。我们的友谊大多以共同旅游或者吃喝玩乐开场，但是最后总是走向了一同买菜的大道。一开始我们会约着一起去老城吃饭，一起去动物园玩，可是随着我们在里尔的时间越来越长，一切娱乐活动都慢慢变成了买菜局。

还是中国人最能理解彼此的口味。

所以只要有机会，我们就会到厨艺好的朋友家蹭饭。我们在布鲁塞尔的时候就掂掇好了两个厨艺最优秀的朋友一决高下。毕竟当我每天吃永无止境的意面的时候，他们已经能够在家做出啤酒鸭、煎饺、馄饨这样的珍馐了。

对我而言，每天吃意面的时候，都会想到有一大堆平凡的日子挤在未来。意面人生着实有些凄凉。

在朗斯的时候我和同行的日本男生聊起自己在家里做什么吃。

他说："意面啊。"

我回头问阿铉他每天吃什么，他耸耸肩："法棍和意面啊。"意面好像成了我们顺理成章的唯一选择。

那个日本男生用支离破碎的英语补充道："我会每天吃不同种类的意面，用不同酱汁，放不同配料，但是你知道意面就是意面。"

对，意面永远是意面，就像不管是写下"我是一片连月亮也厌恶的墓地"，还是写下"你的明眸是映现我灵魂颤动的湖，我那成群结队的梦想，为寻求解脱，纷纷投入你这秋波深处"的人都是波德莱尔一样。

那天我们下课已经晚上 7 点半了，匆匆赶到朋友家的时候菜已经快要做好了，我们顺理成章地不劳而获。

一个朋友做了一碟加利福尼亚卷，也就是在法国被称为寿司的东西。我的南美舍友在一家寿司店兼职，她经常带回来店里剩下的寿司，每次我都要向她灌输，如果这种东西叫寿司的话，那土耳其的 Kebabs 就叫肉夹馍了。

她还端出了一盘蚝油蒜蓉生菜，蒜蓉全是靠打下手的朋友花了一个下午的时间纤手破新蒜切出来的。中式调味对我们而言是非常宝贵的。毕竟每天浸染在奶酪、奶油、番茄酱的世界里，接地点的酱油、蚝油味简直瞬间让我回到了家中，忘记我那悲惨的意面人生。蒜蓉这种我在家里要除之而后快的东西竟然变成了食之有味，弃之绝对不可以的心头好。

更不要提另外一个大厨做的卤肉饭，我们还没有坐定，大厨甚至还没有把米饭端出来，半碟卤肉已经消失不见了。大厨说卤肉也简单，只要去靠谱的肉铺买来碎肉，再去亚洲超市买来炸过的红葱头，也就是葱酥，做一锅卤肉饭就已经万事俱备了。

晚餐还没有真正开始之前，我们已经靠吃边角料半饱了。大厨忙着做啤酒鸡的时候，我们的酒也打开了。在法国生活最好的地方就是鸡肉便宜，酒也便宜。超市里一只肥鸡 4 欧，一瓶不算太差的红酒也只要三四欧，啤酒更是价廉物美。所以我们像喝水一样喝酒，让鸡肉和啤酒碰撞出香甜的泡沫。

鸡肉刚一上桌，我就抢先夹了几块到碗里，全然不顾大家不过是认识没有多久的朋友，等我扭头聊两句的工夫，再一回身，碟子里赫然只剩下了褐色的酱汁。刚刚口中叫着吃饱了的朋友们此刻都在埋头吃饭，甚至在上课的时候也未曾见过他们如此专注。

这个时候他们的舍友也下楼吃晚饭了，他们不断飘来的眼神泄露了渴望，在吃干抹净了我们仅剩的半碟卤肉之后，舍友对大厨说："陈，这太好吃了，你以后可以再做给我吃吗？"

大厨秉承着中国人的客套精神说："没问题，你想吃的时候告诉我就好了。"

显然欧洲人对客套的礼仪一无所知，他说："明天怎么样？"

大厨递给他一瓶啤酒，才算暂时堵上了他的念想。

其实大厨也是来法国之后才变成大厨的，经过一个暑假的突击培训，才勉强学会了几道菜。是来到他乡之后由于胃口的想念才让他变成了我们口中无所不能的大厨。懒惰如我，也在舍友的谆谆教诲下学会了千层面和烤鸡腿、烤花菜这样的复杂菜肴，在意面的海洋中得到一丝喘息的机会。

无所不能的背后有多少是无可奈何啊。

最后我们围坐在桌前，把做啤酒鸡剩下的酒都喝干了，来厨房做饭的舍友被熬走了一个又一个。另一个大厨的炒粉也终于出炉了，我们为了这碗加了香肠、虾仁和蟹棒的炒粉误了最后一班地铁，但是大家好像也没有很失落。毕竟刚刚和朋友聚在一起，吃了这样一顿热闹的饭，好像就有勇气面对里尔的寒夜了。

没有吃完的用小饭盒装回家，明天又是幸福的一天。

有朋友在一起终究让人觉得安心，尤其是还能偶尔一起旅行的时候。欧洲小到不可思议，从里尔去比利时坐车只要20分钟，坐飞机到西班牙或者维也纳也不过两个小时。

最巧的是，在布洛涅因为旅行认识的阿铉，竟然在比利时的小城安特卫普又跟我重逢了。我和朋友们从鹿特丹回里尔，在安特卫普转车，刚好中心车站的旁边就是中国城。我们找了一家面馆，点上一碗牛肉面，一碟虾饺，重温熟悉的中国胃口。我随手拍了一张照片发出去，阿铉问我："是方的面吗？"我说："哪里有方的面？就算在比利时面也是圆的啊。"

手机对面的阿铉肯定翻了一个白眼："是店名啊，'方的面'。"

结果我们连回程的车都是同一辆，欧洲真的太小了。

就算我和几个朋友一起走过了比利时、西班牙和奥地利，但是当大家在旅程中遇到不同选择的时候，我的朋友选择了冰岛，我选择了里昂。彼此谁也没有强求，大家都去追求自己的白月光了，真好。就算是抱团取暖的人，也没有试图走进彼此心里那一片到不了的森林，是一件好事。

有一天我和阿铉在从朗斯罗浮宫回里尔的路上，百无聊赖在一群闹着学法语里"最有趣"的词的外国同学中，突然聊到了如果需要买猪排去市中心的商场，香蕉要挑绿一点的才能吃一周，不要买鸡腿，买整只鸡更便宜。

突然他说："我现在有点理解我奶奶持家的时候为什么斤斤计较了。我现在觉得意面吃不出区别，那买最便宜的就好了，牛奶每天都要喝，那就买6瓶装的最划算，菜不好留，做起来也麻烦，干脆不吃菜只吃水果就好了。还有超市里的腊肠，一根能吃两周，还不容易坏，每次切一点放在意面里，多方便。"

他又说起："上一次我跟你说我的土豆发芽了，我是真的很难过，我真的想带到巴黎让抢包的人全部吃掉。"

我接话说："对啊，上次我扔掉了半包豆芽，吃了两三天全部都坏掉了，要我丢掉一欧我会觉得关系不大，但是扔豆芽的时候我真的有骂自己为什么不早点吃完？"

说完之后我们两个人咧咧嘴，笑得很苦涩。

我们终于变成妈妈最喜欢的样子，而且我们也喜欢这样的自己。我们成了那些在商场里东蹿西跑，把鸡蛋拿了又放下，东挑西选，变成了看到超市里的黄色减价标签就会眼前一亮，深究标签上每一百克要多少钱的"老阿姨"。也变成了厨艺日益精进，什么肉配什么菜，最起码对什么肉罐头最配什么菜罐头都了如指掌的人。

这就是在法国真实的生活，不只有光鲜亮丽的轻松旅行，更多的是每个人在普通的生活里挣扎。挣扎，但是也快乐，和朋友在一起，连省钱买菜做饭都变成了一件乐趣无穷的事情。

芥川龙之介说，人生不如一句波德莱尔。可是木心说，有时人生真不如一句波德莱尔，有时波德莱尔真不如一碗烂馄饨。

我想芥川龙之介是在说，生活不如诗；木心是在说，生活不如诗美好，但是有时诗不如生活真实。

确实如此。他们两个人都说得真好。

平安夜吃饱之后

平安夜的晚上我和 Antoine 聊天，他对我说："我不会太早回来，我要和我的家人在一起，离里尔一个半小时。"

我说："我和我的茶杯在一起。"

他说："这是一个好的开始。"

没过多久他又问："你的朋友晚上住你家吗？"

我捧起茶杯说："早就走了，这是中国人的健康聚会。"

他有点吃惊："所以圣诞节的晚上你要一个人度过了？"

我给自己倒了一杯酒，打下长长的一段话："当你在同一个国家读书，却离家两千公里。而我现在离家一万公里，甚至更远。如果有一个东西从不离开我，那就是孤独。所以我习惯啦，不用担心的。"

这段时间我实在是太闲了，放假了没有作业，却要担心签证，不能出去旅游，朋友都离开了，五层的大房子安静得不得了。

他很快回答说："孤独很酷，我喜欢和她在一起。"

我沉默了一会儿，回答说："我现在情绪很好，还是不说这个了。"再次举起酒杯的时候，我突然能理解那天在厨房里红着眼眶的 Freja 了。

她说："我马上就要回家见到家人了，但是我依然舍不得这一切，这段时间太不真实了，和我朝夕相处的人以后也许一辈子也不会再见到了。"

那天我拖着她的箱子，送她上了回丹麦的大巴，她不停对我说谢谢。最后我只能回答说："我是你在里尔遇见的第一个人，所以我也可以成为最后一个人。"

这段时间我总是在大巴站和火车站之间奔波，送走了一个又一个朋友。最终也要提上自己的箱子，站在 8 点的里尔街头，等待那一辆开往里昂的车，告别我的一个又一个朋友，等待下个学期迎接新的朋友们。

我最后一个舍友走的时候，敲开了我的房门，送了我一件旧毛衣，说她就要回圭亚那的沙滩过年了。我闻着毛衣上熟悉的味道说："Bitch on beach, what a good match。"她挑起粗粗的黑眉毛，翻了个白眼。我又加了一句："五层的别墅归我了，我终于可以带人回家开 Party 了。"

她抱住我说："都归你啦。"

然后我听着她"咚咚咚"跑下楼，又"咚咚咚"拖着箱子下了楼梯，我舒舒服服躺回床上。

只是当我下楼做饭的时候，发现她们把自己的柜子都清空了，我的柜子里堆满了她们留给我的吃的和用的，第一时间在心里说："哦嚯，赚大了。"转念一想我哪有时间解决掉这些东西啊，我也快要离开很长一段时间了啊，真是大麻烦。我只能打电话让朋友来拿走了其中的很大一部分，我朋友说："你舍友还缺舍友吗？"

我心里想，我才不换呢。

总而言之，我房间里的暖气很闷，我的床很小，里尔的雨下个不停，我的窗户只能留一条小小的缝。我的朋友来了又走，我度过了非常寂寞的许许多多个日日夜夜，我的圣诞节冷冷清清。我学会了一个人的时候喝酒，我帮 Freja 卷烟比法国人卷的还漂亮，我的红酒瓶总是在黑色垃圾袋里叮当作响。我用烤箱再也不会烫到手，我连面包机都能擦干净。

送朋友的时候我总是送到他们坐上地铁，半人高的垃圾袋我一次能提起两个，我能叉着腰告诉不讲道理的房东他休想让我在规定时间之外清理公共区域。

我不再吃炒饭和意面，我配着红酒吃老香肠，我用肉冻和鸭肝慕斯涂抹烤面包，不用酱油而用月桂和百里香、莳萝调味。

我的烤鸡提前一整天腌制，我能剥出漂亮的橘子瓣，我知道 3 欧的鸡，鸡胸比 10 欧的鸡更汁水丰盈，还知道家乐福一公斤装的意面不比意大利的 Barilla 难吃，更知道坐地铁去图尔康之后走 20 分钟到比利时可以买到便宜一半的啤酒。

我整天和法国人鬼混在一起，一个月也见不到一次中国朋友，不是聊排球就是聊滑雪，要不就是看他们怎么修被风暴吹倒的驴棚。我搬家有 Antoine 来帮忙，去机场也有 Thomas 开车送我，我看起来适应得很好，也交到了很多朋友。

但是派对总有结束的时候，尤其是圣诞节的时候，每个人都回家了，每个人都和家人在一起。这个时候我知道自己终究还是一个人，还是那个飞行二十个小时离家的穷鬼。

我很少在深夜之前入睡，总是躺在床上睁着眼睛，最后还是爬起来拔开酒瓶塞。我知道真正地融入多么困难，过于刻意地追求多么没有意义。我对自己没有要求，也没有任何人给我压力，我只是觉得无聊而已。

我的朋友为了照顾我而让我站在发球线之前发球，我因为失误丢球的时候没有人吼我。女孩儿们在猜字游戏的时候特意写下李小龙，她们炫耀我写下的中文名字。Antoine 对我说，圣诞节可以去他家，因为他不想我一个人过圣诞节。第一次见面的朋友会问我会不会介意贴面礼。

这些贴心又善意的举动时刻提醒着我们之间的距离，我比任何人都知道法国人礼貌的虚伪，当然谁都是如此。

我终归和中国人在一起更舒服。

我会说我想摸我的狗了，却不会说我想家了。

我为了用完公交卡，总是无所事事出门在市中心乱逛，我和散落世界各地的每个好朋友打长长的电话。她们有耐心看我做饭，吃饭，穿戴好，化好妆，出门一趟两个小时就为了买一个小蛋糕。我在回家的路上故意又绕了几次远路。

我还知道塞外小北大的熄灯时间是 11 点半，当我处于晚上 9 点的时候墨尔本的甲鱼该起床了，豆沙又给橘猫买了猫条。她们的缺席使许许多多个黄昏暗淡。

躺在床上看手机的我一眨眼睛就是两个小时。

但是你猜我要说什么，我想说的是，我才不换呢。

有的时候我也不是很确定，但是终点始终是不变的。

还有，在这个圣诞节的深夜，我想回家了。

意面形状的里尔生活

关于欧洲的各个国家和法国的城市我写了很多，却很少写里尔。反正人总是这样灯下黑，在自己的城市就像螃蟹一样躲在自己的壳里。

出去玩就像"使我病了一场"，而自己生活的地方，就是"热势退尽，还我寂寞的健康"。对日常生活的厌倦，就是日复一日吃意面的感觉，也是吃完意面看着脏碟子的感觉。那个糊满酱汁的碟子，就是令人厌倦。

随着在里尔的时间越来越长，我不再觉得里尔仅仅是一个平平无奇的小城市，寒冷又沉默。在尝试了无数种与它相处的方式之后，用最后一把钥匙打开了门，让里尔变成了可以把远方拉进身体的城市。

里尔"寂寞的健康"其实也不是很寂寞，也不是很健康。

Mikako 和我正式升级成了好酒友，我隔三岔五就在地铁站拎起两瓶红酒去 Mikako 的房子，因为路上太冷，短短的 5 分钟路程，酒瓶上都蒙上了水雾。到她家之后，把红酒打开醒着，从冰箱里熟门熟路掏出我们最爱的 Leffe 啤酒，一起热气腾腾做一顿晚饭。

吃完饭，披上衣服，去二楼的露台点起蜡烛坐着，一边聊天，一边喝酒。聊到月亮蒙上水雾，啤酒箱里全是空瓶子了，红酒也喝干了，我们就准备出门了。因为法国的酒吧消费很高，而我们主要是为了跳舞才过去，所以入乡随俗，我们一般都先喝到微醺，再去酒吧里点一小杯啤酒就能快乐一个晚上。

我们这些飘零已久的留学生，稍有一点快乐，就会变得非常快乐。

出门之前 Mikako 向我眨眨眼睛，在夹克里藏了一瓶啤酒，准备在地铁上喝。

她在台湾读了 3 年大学，中文很好，所以我们平时在一起都说中文，只有在去酒吧的时候才定下严格的规矩，不许说中文，只能说英语或者法语。路上我们伴着冰凉的啤酒，说着冰凉的法语。我们的法语水平差不多，一样惨不忍睹，所以交流起来问题不大。

我还记得那天只是一个平平无奇的周二晚上，没有节日，没有庆祝，夜不算深，不到半夜。结果半路突然上来一群年轻人，化着妖魔鬼怪的装，有的浑身上下缠着绷带，只留一双戴着墨镜的眼睛在外面，有的在脖子和脸上画着大大的伤口。他们一上地铁就跳上座位，拍着车顶开始唱我们听不懂的歌。一时间车厢里乱成一团，但是啤酒是我们的暗号，大

酒
快乐可以分享
但是悲伤和问题很难

家彼此一看，手里有酒，那一定都不是准备回家的人，他们上来问我们要不要一起去聚会。

我和Mikako边笑边摇头，大家说笑两句他们又一窝蜂下车了。

我们对这种情景早就习以为常了，夜班地铁是里尔最热闹的地方，如果新来的人对此瞠目结舌的话，我只能说："欢迎来北方。"

在夜半地铁上我还遇到过刚看完球赛的球迷们，大家穿着队服，披着五彩斑斓的旗子，一排一排地站在车厢里。每站都有一些人下车，下车的人高唱着，他们路过的车厢里的人也会跟着唱起来，每一个下车的人都在一阵欢呼中结束他们激动人心的夜晚。

相比之下早班的地铁就全然不同了，刚从床上爬起来赶最早班地铁上班的人睡眼蒙眬。早早就坐在路边，等着卷帘门抬起的宿醉年轻人脸色铁青。我还在人潮涌动的车厢里遇到过一个一直流眼泪的中年女人，大家硬是在满满当当的车厢里给她留出了一片扇形的空间。在法国人中并不常见这样的情绪表达，这种时候路人上前安慰或者询问也很失礼，大家只能安静地站着，听着时不时传来的抽泣声，谁也不知道发生了什么。

快乐可以分享，但是悲伤和问题很难。

Antoine跟我说："法国女生很酷、很漂亮、很聪明，她们有让人喜欢的一切，但是没有人能搞懂。她们担心的事情太多，太复杂了，不管说什么总会加上一个'但是'，实在是太累人了。"

我心想，你的话里也有"但是"啊。

法国的年轻人都很复杂，每一次我问他们为什么的时候，Clément 都会说："没有办法，因为人类就是复杂的。"想要彼此完全了解，需要两个多么浅薄的人啊。

Clément 还是一如既往的艺术生做派，我们的娱乐项目就是给彼此化妆，然后拍照。他长着希腊雕塑样式的脸，脸上需要修饰的地方并不多，并不是多么惊人的好看，但是天生别有风情。就像很多法国女生一样，离好看还有一段距离，但是并不丑，以自己的方式惊艳着。这好像是法国人特有的能力。

他的瞳孔很美，一圈黄色、一圈绿色，再一圈黄色、一圈蓝色，最后再一圈黄色。眼眶深陷，颧骨高悬，两颊消瘦。所以他只需要深色的眼影，淡淡的一层口红就足够了。

接着他在我的脸上大展身手，用他的方式给我画上绿色的眼影，眉毛涂成金色，嘴唇也涂成金棕色。

我问他："不需要粉底吗？"

他说："化妆是为了锦上添花，又不是为了掩盖你自己，当然不需要了。我们脸上都有雀斑，怎么会有人想要遮住这么可爱的东西。"

哦，原来这些都不是需要苦恼的东西。

我又想了想问他："所以对你而言关于化妆有什么是重要

的吗？"

他一边扒拉着我的眼睛给我短短的睫毛涂上睫毛膏，一边说："没有，关于化妆没有，关于什么都没有。"

想想他每天上学时的披肩长发，最爱的紫色眼影，红中透着黑色的口红，我想确实没有人需要掩饰自己，也没有什么非遵从不可的教条。

我的法国朋友们的可爱之处就在于，他们并不在乎别人喜不喜欢他们，而我们正是因为他们不在乎而喜欢他们。

木心说："谁也不懂天上的星，谁都喜欢看星星。"谁都不懂法国人，连他们自己也搞不懂，但是我的朋友们还偏偏挺招人喜欢。

有一天我们好几个朋友聚在 Antoine 家聊天的时候，我瞄到房顶上有一个镰刀和锤子的红色标志。我挑起眉毛看了他一眼，他连忙说，他妈妈说 18 岁之后他能对自己的房间做一切，所以他去买了涂鸦的喷雾，和一群朋友在墙上乱画一气，不代表任何政治立场。

他一边指给我们看墙上的银色恐龙和红色兔子。

我说："你妈妈真的很酷，她让你做你想做的任何事情。"

他说："我妈妈已经习惯我惹出的一堆麻烦了，她早就处变不惊了。我爸爸去世的时候我妈跟我说：'你爸爸去世了，起码现在他不生病了。'所以大概没有什么能让她有太大反应的事情。"

他的表情比讲述自己去攀岩的故事还要平静。说着，他从书架上成堆的《海贼王》漫画书边上拿下一只七彩独角兽，说：“我有很多独角兽，而且都是我新买的。”

我皱起眉头说：“Antoine，你是一个大孩子了 Antoine。”

他抽出衣柜里快一人高的铁锹，说：“是的，所以你们有人想去挖一个大坑的话，我这里有铲子，还有头灯。”

有朋友嚼着玉米片，说：“所以它们有什么用呢？”

Antoine 睁大眼睛，挤出四道抬头纹，说：“没用啊，我用我的车祸赔偿金买的，反正我有钱，所以我就买了。”

永远不能试图用逻辑理解法国人，因为他们什么都不在乎。法国人做事不靠谱也是相当名副其实的，当然，久久浸染在其中，我也变成了一个很不靠谱的人。

一次我和朋友约好在酒吧见面，结果从约定时间前半个小时朋友就没再回复我的消息，于是我决定等到朋友回复我再去，免得尴尬。接下来的一个小时，我恨恨地在路上乱逛，在里尔的圣诞集市转了一圈又一圈。终于决定要回家的时候，突然听到后面有人叫我，竟然就是我朋友。

她摊摊手说：“我在酒吧等了你一个小时，你去哪里了？”

听完我一通抱怨，她说：“我的流量用完了，没收到消息啊。”

最后我们决定既往不咎，反正两个不靠谱的人也不在乎一个小时，其实真正在乎的事情也不多。

好事是我终于摆脱了意面人生，不仅学会了煮饭和炒饭，甚至学会了烤鸡翅和烤饼干。看看手上不时被烤箱烫出来的疤痕，就能知道我曾经受伤，也曾经痊愈，也终于伴随着这些伤痕学会了给自己做饭。虽然做不出舍友的千层面和南瓜蛋糕，但是起码告别了煮面和放调味酱的单调生活。只是我的烤饼干不是因为没有放足够的糖而太平淡，就是因为我下楼洗衣服而烤过了头。

可是自己做的饼干毕竟是不舍得扔掉的，便把焦黑的边缘咬掉之后，津津有味吃中间残存的部分。Thomas 看了我的饼干之后说："你是为了省钱才自己做饭吗？"

我隔着手机翻了一个白眼："面包店的饼干糖和黄油太多了，而且自己烤饼干的成就感你不懂，起码我不至于让自己吃中毒。"

他说："你永远不知道。"

起码现在没有。

自己不做饭的时候，我们就去里尔的圣诞集市，在各个店铺之间穿梭，这边吃一块可丽饼，站在小篝火前望两眼，那边吃一份暖暖的烤土豆，圆满只在刹那间。虽然里尔的圣诞集市比不上近在咫尺的阿拉斯壮观，也没有布鲁日富有比利时特色的大三明治，但是胜在这是我意面形状生活里的小火花，离我只有 10 分钟的距离，这就是无可辩驳的"最好"了。

这个周末趁着天气好，莫伯日的朋友坐了两个小时火车来里尔，趁着"黑五"给妹妹买圣诞节的礼物，顺便修苹果耳机，再吃一顿汉堡王。我问他："何必跑这么远，来回 4

个小时多不值得。”

　　他把嘴里的汉堡很努力地咽下去，含含糊糊地说：“莫伯日和瓦朗西纳都没有汉堡王，苹果店也不大，所以只能来里尔啊。而且我妹妹已经有很多冰雪奇缘的玩偶了，只能到里尔的大商场才能找到不重复的。”

　　这个时候我才想起来，里尔是法国北部最大的城市，也是很多人心中很远很远，远到有汉堡王的远方了。

二月里我蹭过的饭

　　一切都要从一场购物开始，Tinka 在买东西的时候遇到了同样也是我们学校的 George 和 Giulia，从此开始了我们每周的晚饭聚会。

　　聚会的规则很简单，每周五每人带一瓶酒，还有一道菜的食材到一个人家里聚餐，到了午夜的时候，一群灰姑娘在魔法地铁停车之前，搭上最后一班地铁回家。

　　意大利的 Giulia 本科是学中文的，一直嚷嚷着想吃饺子，但是以我对自己的了解，我是做不出来饺子的。上一次我想做牛奶米布丁，本来是非常简单的菜，只要像煮粥一样把大米放进牛奶和奶油里煮熟，放足够的糖，最后煮一层焦糖撒上去就好了。这简直是最像迪士尼的完美食物，简单又满足一切想象。奶香浓郁，甜腻又有焦糖飘香，米粒略有口感但却甜糯，奶油略微烧焦，在表面形成一层淡棕色鼓起的奶皮。用 George 的形容就是："我希望我的孩子在那层温暖的奶皮上出生。"

用这支笔做饭，比我用手容易多了。

可是我边做边和 Tinka 聊天，等到回头的时候，我的米布丁已经烧出锅巴了，我又加足够的牛奶，但是米饭是有性格的，回头草是不吃的，一切补救都是为时已晚的亡羊补牢。最终这一碗米布丁寂寞地在冰箱躺了一周之后，躺进了热闹的垃圾桶。

后来我投身于曲奇研究的专业领域，在曲奇烘焙的道路上越走越远。毕竟两个素食者大大限制了我的发挥空间，能拿出手的也就只有曲奇了。

大约没人不会制作曲奇。在传统做法的基础上，我有一些小小的改良。第一是撒盐，这个不算特殊，只有单纯甜味的曲奇是很单薄的美女，看久了会疲惫，盐是幽默、是性格。第二，我会加喜欢的奶酪，比如说臭袜子味的山羊奶酪。毕竟曲奇就是一个放你喜欢食物的碟子，吃曲奇的时候我们不谈正宗，不谈一脉相承。

Tinka 说她从来不会用评判的眼光去审视曲奇，因为曲奇就是曲奇，从来不会让人失望。曲奇就是那个会改变，会让你诧异，但是你依然会说"我就喜欢它做自己"的白月光。白月光不会有错，它的错都是我的错。

第三，可以加一点点有风味的烈酒，如果不是酒精上瘾人群的话，只要加一点点增加风味的层次就好了。一般来说放朗姆酒和白兰地都不会有错，但是有人想与伏特加，还有龙舌兰共眠，我也没有二话。但是我不会这样做，想象一下，这大概和放江小白没有差别。如果要往诡异的方向走，有机会的话我不介意尝试放一点野格。

说到甜品，Giulia 是我们的拯救者，只要她做提拉米苏，再怎样平平无奇的一顿饭也有了盼头。先打四个鸡蛋，蛋黄和蛋白分离，蛋黄加糖搅拌，再加马斯卡彭奶酪，蛋白加糖打成蛋白霜，混合在一起就做好了奶油的部分。

当时我在紧张地进行烤曲奇的收尾工作，Tinka 在做汉堡，George 一如既往在百无聊赖地到处凑热闹，每个人在路过装奶油的大盆时，都不约而同地伸手进去偷偷用手指挖走一大坨奶油。George 甚至主动要求洗打蛋器，以此达到偷吃沾在打蛋器上的奶油的目的。他还很不死心地问了一句："你确定提拉米苏里面不放酒吗？"

十分遗憾，真的不放。

然后把手指饼干在咖啡里蘸一下，一层奶油一层饼干，

在最后一层奶油上筛上巧克力粉就好了。咖啡一定要浓，巧克力粉一定要苦，甜和苦两种味道齐头并进是提拉米苏的灵魂。

果然还是看别人做饭简单。更简单的就是用笔了。

提拉米苏最不好的地方就在于要足足等待两个小时，炸薯条吃完了，汉堡吃完了，曲奇吃完了，酒喝完了，"希腊神棍"George把每个人的一周运势都读完了，Giulia抱着拖把引吭高歌的退场歌曲《Baby》也唱完了，我和Tinka最爱的乐队北极猴子唱了一遍又一遍的《505》。我们又饿了，提拉米苏还在冰箱里犹抱琵琶半遮面。

不过最后一切都是值得的，提拉米苏永远值得。Tinka把提拉米苏从冰箱里捧出来的时候，虔诚地说："这是在这台老冰箱里出现过的最高贵的东西了。"我们四个无神论者，同时看见，圣母玛利亚在一块和天地同大的提拉米苏上诞下耶稣，我们对着碟子里的提拉米苏画下十字，爱Giulia直到我们生命的终点，只要她手里的打蛋器还在转动。

我还做过猪肉卷，说起来也简单。猪肉卷上肉糜，表面放上一片橙子，提供清新的味道，用绳子固定起来。在锅里滚一圈煎出焦褐色，再和蔬菜一起炖，炖到差不多的时候把肉盛出来切片，蔬菜捞出来，把酱汁收浓淋到肉上就好了。

法国的饮食，甚至欧洲的饮食在很多方面做法万变不离其宗，尤其是做底汤。蔬菜底汤就是洋葱、胡萝卜、欧芹先炒再煮，总而言之变不出太多花样。不过有一种美丽的蔬菜叫菊苣，外表普通，有些像娃娃菜，但是味道发苦，总会出其不意地出现在各种菜肴中，让人在瞬间失去对世界的信任。

吃饭的时候我总是很喜欢和吃素的 Tinka 在一起，她不会探出乱蓬蓬的脑袋，问："我可以尝一点吗？"也许这就是我们成为朋友，并要一起去波尔多、蒙彼利埃、马赛、尼斯的最大原因。

我们两个人最大的乐趣就是在酒足饭饱之余，翻看网站上的廉价航班，一切从里尔或者比利时出发、路费在 10 欧以下的地方，就是我们的目的地。

如何浪费我一文不值的时间

从德国回来之后很想念德国的猪肘，所以在家里研究了一下能不能做出类似的感觉。毕竟看到喜欢的东西，我就会变得软弱，软弱到一点反抗之心都没有。

味道就不强求完全一致了，用法国的调味料做中国的卤猪肘，最后再烤出德国猪肘的焦脆，这样应该也不错。

其实很多天前我就想做了，无奈新家搬到了里尔隔壁的小城市埃莱姆，周边没有卖猪肘的大超市。说是小城市，其实就是里尔的卫星城，从我家跨过里尔去 Antoine 家，也就是另外一个小城市洛斯，只要 20 分钟。这就是法国北部"最大"城市里尔的概念。

离家五分钟以外的超市我就很少涉足了，除非是一个月进行一次的大采购。之前都是用冰箱里剩下的材料有什么做什么，而今天特意出门买了猪蹄髈回来，准备好好做饭。蹄髈先在火上烫一下，让皮微微烧焦，与此同时切两个白洋葱放进锅里炒，炒到半透明就加入白葡萄酒。

我在布拉格吃到的猪肘是用啤酒炖出来的，但是啤酒残留的味道比较张扬，所以我还是选用温和一点的白葡萄酒。把蹄髈"灌醉"，把猪这一生没有喝过的美酒都补偿给他。

调料只能有什么放什么了。肉豆蔻粉、圣诞节吃剩的月桂、一把白胡椒、永远不会缺席的百里香、完全不辣的辣椒粉、倒两秒钟的香醋。然后加入，干葱花、蚝油、日式酱油，还有一点点糖。盐留到最后半个小时再加。

欧洲没有焯水的习惯，我也忘了，只能把煮出来的浮沫舀掉。

家里的锅盖被打碎了，只好做了一个锡纸锅盖罩着。家里的锅也是小号的，只能一个小时加一次水。就这样一直用小火咕嘟着，我在三楼每隔半个小时就下楼看一眼，翻个面，生怕我的宝贝蹄髈被煮干了。

炖蹄髈的时候不能用大火，让肉最后软嫩到能自然脱落的关键不在于火势凶猛，而在于时间漫长。重点就在于要把汤控制在微微冒着小泡泡的状态，不然最后皮和肉都分离了，就像我的成品一样。

因为晚上和 Antoine 有约，所以我有点心急，只能委屈一下蹄髈了。煮了 3 个小时之后我换了一口小锅，把蹄髈放进去，这样汤汁能完全没过蹄髈，腌一会儿让他们入味。主要是我急着出门聚会，所以找一个"经过一段时间的静置会让风味充分融合"的借口。我在巴塞罗那的时候，听房东说过，他们用鸡架炖出来的汤，就是要留到第二天早上再喝的，为了各种味道可以更加和谐。

到了 Antoine 家之后，我拿出下午烤的饼干，强迫他赞美我。他很矜持地吃了一块，嘴上说："嗯，真好吃！"然后盖上了盖子。说实话，今天的饼干因为没有放糖只放了蜂蜜而变得健康又无趣，总之如果不是这样的话，我也不会把饼干拱手让给 Antoine 了。

之前 Tinka 也做过饼干和松饼，都甜到不可思议。她做松饼的时候甚至都不放糖，直接放焦糖酱。饼干也是，先放白糖，再放香草糖，最后加一整板白巧克力。面粉的意义只是把不同形式的糖联结在一起而已。

当时郑重地告诉我，阿根廷想加入欧盟的布宜诺斯艾利斯男生和比曲奇还美好的希腊女生 Catalina，对这两盘甜到嗓子眼里的发胖驱动器赞不绝口。我猜他们真的很喜欢甜味，根本不理解我放糖时颤抖的心情。

我到现在还记得那天的一段对话。

大家又开始感叹里尔不过是一个小小的弹丸之地。Catalina 说在雅典她去上学需要半个小时，阿根廷男生说他要花一个小时才能到学校。Catalina 往嘴里塞了一块饼干，说："知道了，但是不要抢我的风头，因为我们并不关心你。"我们共同承认这句话比那天的曲奇还精彩。

这个时候我看到 Antoine 的垃圾袋下面垫了一本极厚的《古斯塔夫·勒庞传记》。是那个写《乌合之众》的勒庞，而不是又在为了大选与马克龙唇枪舌剑的勒庞。Antoine 看到我伸手去拿那本书，立刻说："不要动，整个垃圾袋就是靠着它才稳定的。"

我问他："为什么你会有这本书？"

他说："我在书店看到这本书的时候，心里就想，像我这样的人，必须拥有一本这样的书。"

我把书包里的酒拿出来，说："所以你必须拥有一本这样的书用来垫垃圾桶吗？"

他说："是的。"

Antoine 是一个很复杂的人，我不懂他。只有他和云哥在随意又放松地闲聊时，冷不防对我说过："你一个人在国外一定很难吧。"

云哥一如既往是一个多愁善感的诗人，但是也没想到一个没心没肺的小孩会说这种话。Antoine 读过艺术，书包里装着厚厚的达达主义的艺术书穿梭在地铁上，却又放弃了艺术和大学选择参加空军。

他还说想外派到中国，我说："你想法挺多的。"他又做出他的招牌动作，翘起兰花指，拿起酒杯，喝出"稀里呼噜"的声音，还眨眨眼睛。这本传记更让我搞不懂他了。

Antoine 妈妈拿来西柚和橘子杂交的水果，极力劝说我们试试。她就像 Thomas 的妈妈一样，和每一个人的妈妈都一样，全世界的妈妈应该都是相通的。劝说你吃更多的水果，劝说你的朋友也吃更多的水果。

我离开的时候 Antoine 妈妈还招招手，让我跟她去兔子窝边上，给了我三对耳环，说这是她的朋友做的，让我挑一对自己喜欢的。还仔仔细细地帮我把耳环戴上，又往我的手上塞了一个水果。一边扫地一边向我道歉说家里的兔子到处乱跑，所以地板很乱。

我心想，我还没有提我被她咬坏的鞋子呢。

第二天早上起来，冰箱里的蹄髈已经和汤汁凝结在了一起。现在只剩最后，也是最有灵魂的一步了。

炖蹄髈固然好吃，但是肉散烂了，尤其是皮和肥肉的部分比较腻，整体味道也比较淡。烤蹄髈就是为了中和直接烤和单纯炖的优点，让口感更丰富。把蹄髈放进烤箱，刷上蜂蜜和蚝油，用碟子接住烤出的汁水。先烤肉多的一面，40 分钟之后翻到皮多的一面，温度调高，把烤架调到最高层，烤半个小时。眼睁睁地看着皮上开始冒起小泡泡，逐渐有了棕黄色的焦壳。这会让原本绵软的炖蹄髈皮变得不再弱不禁风，有了一层筋骨。尤其因为刷上了一层蜂蜜，还多了些光泽。

20 分钟之后开始煮意面，刚好等意面煮好，蹄髈就能吃了。其实蹄髈应该配上大米饭呀，汁浓肉嫩简直是米饭杀手。可惜我不会煮饭，几乎没有完全成功的时候，只能继续过我的意面人生。

意面煮好之后把烤箱下层的汤汁拿出来，淋在意面上，稍微收浓，再撒点胡椒粉、蒜粉、香醋调调味。时间多的话，可以再炒一个西葫芦，毕竟烤蹄髈算是大肉，比较腻。锅里剩的汤汁冻起来，留着以后煮面吃。

　　这个时候蹄髈也好了，冒着蒸汽的庞然大物终于走出了它的"洞穴"。夹子几乎不费吹灰之力就能把肉全部分下来，我留下一顿的量，剩下的切散放进冰箱里。算起来这满满一盒，够我整整吃3天。

　　肉已经完全炖烂了，烤的过程蒸发了水分，让味道更集中，肉的口感也没有那么松散疲惫。外层的肉富有嚼劲，内层的肉还含着汁水，洋葱的甜味渗了进去，又有肉香，咸中带着微微的甜味。

　　吃蹄髈最幸福的地方就在于，蹄髈的猪味儿很浓。尤其是肥肉和皮的部分，经过炖煮和烤制，油腻的肥油已经没有了，但是还有这浓浓的香味。

　　单纯烤蹄髈的皮太硬，炖蹄髈的皮太腻，没有这种经过又炖又烤过程的外表有嚼劲、内部软嫩的口感。德国南部的烤猪蹄其实比较费牙口，完全靠烤当然没有足够的水分，而且皮会很硬，要是凉了根本咬不动，先煮一下就轻松了很多。

　　在把肘子的大骨头轻轻松松取出来之后，我用保鲜袋把骨头装起来放进冰箱，等有空的时候就用这个骨头，还有洋葱、玉米、韭葱、胡萝卜一起煲汤。这样的汤就是用来做烩饭或者是炖煮的底汤了。上次我做炸鸡腿的时候，买了5个大鸡腿，全部去骨之后，骨头丢进锅里煲汤。欧洲的一些市场会卖鸭架，因为当地人只吃鸭胸、鸭腿、鸭翅，剩下的对他们而言完全无从下手。其实鸭架还颇有一些剩余的肉，虽然说不上多，但是煲汤是绰绰有余了。而且只要4欧一只，在酒吧连一杯最小的啤酒都买不到。

再去超市买上一包配好的煲汤蔬菜，煲好的汤用保鲜盒冻起来，又可以假装过上一段幸福快乐的日子。

鸡肉用调料腌起来，翻出很久之前在亚洲超市买的炸粉，一半用鸡蛋搅拌，一半放在盘子里。鸡肉在炸粉糊里滚一圈，再滚一圈，因为我喜欢很厚的面衣，所以让他们都裹得面目全非。最后下油锅炸就好了。

值得一提的是，我发现鸡腿比鸡胸炸起来更好吃，因为鸡腿的水分更丰盈，但是鸡皮最好去掉。因为面衣比较厚，鸡皮油腻腻的反而不好吃，要是只有薄薄的面衣也许鸡皮不会这么大煞风景。

还有关于宽油，其实炸鸡腿并不需要很多油，只要基本上能覆盖炸鸡就可以了。有一些没有被油浸到的部分，只要在炸的时候多翻面，然后用勺子把油浇在炸鸡上面就好了。

比起浪费油，我更愿意浪费我一文不值的时间。

以上，就是我在睡觉和聚会之余打发时间和精力的一点小小收获。

除此之外，我每天都从屋子里看夕阳。

L'étranger

异乡人

波德莱尔

Qui aimes-tu le mieux, homme
énigmatique, dis ? ton père,
ta mère, ta soeur ou ton frère ?
– Je n'ai ni père, ni mère, ni soeur,
ni frère.
......

– L'or ?
– Je le hais comme vous haïssez Dieu.
– Eh ! qu'aimes-tu donc, extraordinaire
étranger ?
– J'aime les nuages... les nuages qui
passent... là-bas... là-bas... les merveilleux nuages !"

"谜一样的人，你最喜欢什么？你的父母手足？"
"我无父无母，无姊无弟。"
......

"黄金呢？"
"我憎恶它，正如你憎恶上帝。"
"啊，你究竟喜爱什么呢？你这个不可捉摸的异乡人？"
"我喜欢云，那些在远方悠悠流过的云，什么也比不上它。"

第二辑

碰撞／融合

大家都是好到不能再好的人

但是我们之间就是横亘着一堵难以逾越的高墙

敦刻尔克

加莱

布洛涅

莫伯日

巴黎

波尔多

伯尔瓦纳

不吃可乐鸡翅的法国人

随着假期的到来，朋友一个一个离开，舍友也各自离开了共同生活 4 个月的家，留在里尔的我日子过得越来越慢。

甚至连 Antoine 之前反复游说我都不愿去的排球俱乐部都能主动去了。依然有打发不完的时光，游记堆在手上却懒得写，只能想想这段时间的趣事。

在去奥地利之前，我和 Aurélien 聊起来，他说他对奥地利一无所知，唯一知道的就是一首拿破仑的军歌《洋葱之歌》。里面的歌词大意是："我喜欢油炸洋葱，我喜欢好吃的洋葱。一颗洋葱让我们变成雄狮。同志们，不要把洋葱给奥地利人，不要把洋葱给那些狗。"

听着歌曲里一本正经的声音，这首歌更加让人忍俊不禁，我忍住笑说："还真是热爱食物啊，恐怕只有法国人会一边唱着《洋葱之歌》一边杀敌吧？"

Aurélien 不无骄傲地说："这就是为什么拿破仑时代法

国拥有世界上几乎最强大的军队了。"

Antoine 还会问我关于独生子女的政策，聊着聊着我回头问："你怎么想？"可能那个时候由于大家还不熟，他缩起脖子，摆出欲言又止的表情，嘴里吐着白气说："我觉得中国这么大，我怎么想他们并不在乎。下定义这种事媒体和维基百科更擅长。"

接着他又问起："中国都是先结婚再生孩子的吗？"

我莫名其妙地说："是啊，法国不是吗？"

他有些扬扬得意地说："不是啊，我 7 岁的时候我爸爸妈妈才结婚的。我爸爸妈妈不在乎别人怎么看他们，我也不在乎别人怎么看他们。"

我常常会想，他们总是如此自信到底是好事还是坏事，毕竟总是觉得"我这个样子就很棒了，我爱我自己"未必总是一件好事。

哪怕我跟 Antoine 说："你很有趣，说话很像 Cyprien。"

他也会说："我只像我自己，而且我觉得自己已经很酷了。"

好吧。

随着中国朋友一个一个回国，别的交流生也都回家过圣诞节了，我已经忘记自己多久没有说过中文了。只能扎在法国人堆里一半痛苦，一半快乐地打发时间。Antoine 雷打不动每周五开车来接我去打球，完全不管我每次找的蹩脚理由。

在法国打排球是一项绝佳的社交运动，这也意味着对我来说是一个大挑战。在热身之前先和每个人贴面礼之后寒暄几句，然后聚成几组开始热身。等开始打比赛之后，先要和对手一一握手，在每次球落地之后都要和队友击掌。开始之前每个人都说是为了娱乐而玩，但是到最后每个人都打得竭尽全力，我的队友说："我没有想要赢，我只是不想输而已。"

逻辑奇才。

但是也说得通，毕竟谁都不想输得太难看。

我和队友 Mickael 之前本来是和气的好酒友，打完半场之后走到我们边上说："你们知道排球的规则是什么吗？就是球不能碰到地面，但是到处都是地面，你是球和地面之间唯一的阻碍，所以大家动起来。"这是属于法国人的讽刺。

Mickael 是最典型的法国人，表面上一切都好，一回头和我们聚在一起的时候就开始嘀嘀咕咕，"刚刚那个球对面打得太恶心了""那个发球的假动作真花哨""发球就发球甩什么膀子，他以为自己是谁呢""看他得了一分就小人得志的样子真好笑"。

我突然明白第一次来打排球之前 Antoine 硬是拉我去买一双专业室内球鞋是为什么了。从此暗下决心，虽然做队友会被 Mickael 讽刺，但是绝对不要成为被他品头论足的对象。

最后比赛结束时还要和对手一一握手，相安无事地说："您打得真好。"因为我是唯一一个亚洲人，所以在我举着红肿的手臂喝水的时候，每一个路过我的人都会再跟我握手，顺便称赞几句。

当面说什么根本不重要，我想知道他们在背后嘀咕的是什么。

之后我去了法属圭亚那舍友的生日派对，依旧全是法国人。因为是 90 年代的主题舞会，所以大家都很珠光宝气。大家抱在一起拍照，金头发蹭着黑头发，红脸蛋蹭着红脸蛋。每个人还很兴奋地让我用中文把她们的名字写下来，翻译一遍，我拿了些"爱"啊、"美"啊之类的打发过去，帮她们补充了一条新的脸书内容。猜字游戏的时候，一个男生头上还被贴心地贴上了"李小龙"。

但是就是不对，这里有一堵看不见的墙。

和法国女生相处实在是太难了，大家分享衣服裙子，化妆品也彼此借用，她喷香水的时候转头也会顺手帮你喷上，龇牙咧嘴一起烫头发。大家都是好到不能再好的人，但是我们之间就是横亘着一堵难以逾越的高墙。

尤其是只有法国年轻人的时候，我的法语不足以让我听懂聚会上一群喝醉的法国人的对话，只能披上外套去外面转转。不久之后我的舍友也披着衣服走了出来，光着的小腿在零度以下的寒夜里瑟瑟发抖。她对我说："对不起。"我正准备说没有关系，在法国说法语是理所当然的。但是她抢在前面说："我本来邀请了 20 多个人，结果今天才来了 15 个人，我太失望了。派对不够好玩，不好意思。"

我想起了 Antoine 对我说的："法国女生太复杂了，她们要担心学习、人际、外表，还有好多好多问题。"

生日派对最终还是变成了一场对自己人际关系的考验。所以球场算是最简单的社交场合了。

每周最期待的内容，就是在周五的训练之后有一个小聚餐。俱乐部的一个建立者是小学校长，所以我们借用小学的教师厨房，轮流做饭。每次进去之前要先蹑手蹑脚把小学的报警器关掉，然后被轮到的两个人就要带着食材去做饭，我们一群闲人摆摆餐具之后，开始掏出藏在地下室里的啤酒唠嗑。

我不是俱乐部成员，但是仗着 Antoine 的教父是俱乐部建立者之一，Antoine 不仅把我带来，而且还免去了我的做饭之苦。他说外面嗷嗷待哺的一群人也绝对不想我们两个人走进厨房，捧着烧煳的意面走出来。

和年纪稍长的法国人相处还是更让人舒服一些，他们不仅说话慢，而且还更顾及法语不好的我的难处。大家相约每周酒吧见面，还集资买了一张一周的滑雪套票，打算在 1 月底开车去瑞士滑一周雪。我这个从天而降的外来者，也被算在里面了。而且滑雪的最后一天还是我的生日，也是除夕，所以大家还商量好了一群法国人怎么和我一起吃奶酪火锅庆祝生日，过中国年。

当然，前提是我能拿到签证顺利返回法国。

那么和法国人不吃可乐鸡翅有什么关系呢？

之前 Thomas 一脸鄙夷地告诉我，法国北部，也就是不是里昂的地方，大家会吃啤酒烩菜，而不是像里昂一样用红酒，低俗。这两天和朋友聊天的时候，提到了我会做可乐鸡翅，他们一脸不可置信的表情说："你做了什么？"我说："可乐啊，你 15 岁混进酒吧点的可乐啊，还有鸡翅啊，叫翅膀却不能飞的鸡翅啊。"

他们连表情都没变，我耸耸肩膀说："不知道是你们的损失。"

这段时间法语没有学会多少，倒是学会了法国人把话从肚子里直接吐出来的本事。尤其是和朋友在一起，说话不用过脑子也不会冒犯谁，当然，自己也要有一颗强大到不会被冒犯的心。

Antoine 摘下眼镜，说："我觉得还可以，那我们下一次组织你做饭？"

这是一个关于困难的故事。

▶波尔多是一种颜色

我和 Tinka 刚到波尔多的那个晚上，就在公交车上看到了明天罢工的通知。

法国的游行就是这样，早早就计划好，通知所有人他们将要经过的道路，还有停运的公司，最后一群人聚在一起拿大喇叭放放音乐，也就结束了。

起码在巴黎以外是这样的。

我们在沙发客网站上认识了一个芬兰女生 Maria，她刚刚高中毕业，没有直接去大学，而是选择了间隔年，在巴黎做家教。她跟我们说，有一次她家人来巴黎看她，刚好赶上了罢工，不远处就有爆炸，街上都是燃烧的垃圾桶，他们跟着人躲进一家咖啡店，结果警察又开始放催泪弹，他们只能在锁了门的咖啡店里涕泗横流地等街上的人散去。我和 Tinka 相视一笑，她说："还好里尔不是荒蛮之地。"

没有人喜欢巴黎，我真为大家感到高兴。

不过 Maria 说，基本上人群散去半个小时之后，街上完全恢复原样，之前发生过什么完全看不出来。"可是，"Tinka 接话，"法国游行的问题在于次数太多了，大家太习以为常了，所以并没有发挥最大的作用。"也是，要是偶尔有几次全国统一的抗议游行的话，肯定会比现在连绵不绝又让人疲倦的小游行有效。

其实我们并不关心这些，我们关心一些更无聊的事情。

说起来很有趣，芬兰人叫 Finnish，和 finish 同音，所以每次服务生问 Maria："Finish？"不管她回答什么我们都会在旁边附和上一句："对，她是芬兰人。"而捷克人叫 Czechs，和 check 同音，所以 Tinka 最喜欢说的就是："等一下，我要去检查（check）一下。"

很可惜中国没有什么日常的谐音，我总不能到博物馆里，若无其事地指着瓷器对朋友说："看，中国。"

这就是我们关心的事情。

第二天我和 Tinka 路过市中心的游行队伍时，唯一的想法就是在各个队伍之间听歌，对比哪个工会的音乐品味更好一点。波尔多的游行就像波尔多的生活一样舒缓。

离开市中心的喧嚣之后，我们去到了菜市场。波尔多的菜市场是真正的菜市场，不是什么高级展馆，比起里昂的保罗博古斯更有生活气息。里面有很多自制的肉制品、熟牛肉、香肠、肉冻，还有新鲜奶制品。最吸引我们的是各种闻所未闻的蔬菜，虽然欧洲的日常蔬菜非常贫瘠，但也有一些具有本地特色的蔬菜。比如说白色、黄色、黑色的萝卜，白色的其实叫作欧防风根，还有永远含苞待放的洋蓟、圆滚滚的抱子甘蓝、酷似香菜的欧芹、状若沧桑版包菜的羽衣甘蓝、长着纤纤玉手的球茎茴香、和大葱看起来别无二致的韭葱。法国人喜欢的芦笋、甜菜根之类不必说，还有专门卖新鲜罗勒、百里香、迷迭香的商铺。还有一些叫不上名字的蔬菜，带着极大的勇气生长在土地上，人们也带着极大的探索精神把他们端上餐桌。

我和 Tinka 端着咖啡在各个店铺之间穿梭，最终走进了街角的一家奶酪店。奶酪店在法国并不稀奇，鉴别奶酪店是否地道的一大要素就是除了奶酪，店里还会售卖诸如奶油奶酪、黄油、奶油、酸奶油、牛奶、羊奶之类的相关食物。这些食物只是在各自制作的基础上稍有一点不同，比如奶油加上酪乳就变成了酸奶油，酸奶油去掉乳清之后就变成了奶油奶酪，而稍微改变一下发酵过程，再打发分离之后，就可以制作出黄油和酪乳，黄油再蒸发掉水分就变成了酥油。一家真正的商店里，肯定会有各个阶段的成品。

我们买了一块异常香浓的羊奶酪，又买了一根法棍，夹着法棍去了公园。软奶酪通常味道更加一枝独秀，也更加浓郁。我感觉南部更喜欢软奶酪，北部更喜欢硬奶酪。要是到了德国、捷克，通行的是完全可以当奶酪条一样掰着吃的硬奶酪了。

我和 Tinka 每天的日常就是起床之后，首先走街串巷寻找咖啡馆。Tinka 有一张咖啡馆地图，整个欧洲值得一去的咖啡馆都在上面。我对咖啡毫无兴趣，就跟着她一起吃蛋糕、喝热巧克力。

我们在门口堆满布袋装的咖啡豆的咖啡店里啜饮热巧克力，吃可露丽和柠檬椰子蛋糕。然后像每一个安安静静享受生活的法国人一样，靠在椅背上，望着街上的人群聊天。等到太阳完全出来，我们就去酒铺里买酒，我再买上一袋心爱的老香肠，去公园。Tinka 无数次向我感叹过，波尔多人打扮得比我们这群北方人休闲又优雅得多，大家看起来并没有很刻意搭配，但是就是把阳光倾泻的瞬间都裹挟在身上了。

哪怕是上了年纪的女人，也有自己的风韵在。那种风韵和日本精致老太太的一丝不苟还有不同，她们丝毫不避讳岁月的痕迹。脖子上皮肤松弛，但是曲线也更加明显；丰满不再，但是深深的 V 领和吊带并不只是年轻漂亮女孩的特权；头发的光泽不再闪烁，但是多了一丝凌厉的气质。也许这就是为什么杜拉斯能说出："我更爱你现在备受摧残的容颜。"Tinka 说希望自己可以坦诚地老成那样。

波尔多和勃艮第都有可以用颜色描述的词语，一个是桃红，一个是深红。

词语背后微妙的差异是法语里很情绪化的表达，用单纯的深与浅是无法表达的。比如说大部分法国人的眼睛是棕色的，在法语里叫栗色。

棕色是一种宽泛又抽象的概念。但是想想秋天挂在枝上油亮的栗子、在铁锅里翻滚的栗子、用来做香甜蛋糕的栗子，这

波尔多
这些对他们而言习以为常的微妙之处
并不多么光彩夺目
但总是无穷无尽

就是栗色，那是他们望向你的眼睛。是丰腴、是炽热、是甜蜜。

那么想想杯子里有着馥郁的果香，味道踩在红酒和桃红葡萄酒之间，酒的边缘微微透着光，玻璃杯的光泽一闪而过，这就是波尔多的桃红。

而那最浓郁，最深沉，或是带着些许烟熏味，像夜里去看海一样的酒，不是深红，而是勃艮第。

只有法国人用这种方式描述颜色吧。如果说法国人比别的人多一点点浪漫的话，那一定不存在于说过就忘的情话，还有和情感一样廉价的巧克力里，而是存在于这些对他们而言习以为常的微妙之处，并不多么光彩夺目，但总是无穷无尽。

我们在公园躺下来，Tinka 开始读在旧货市场上买到的法语书，我眯着眼睛看着天空，时不时从边上摸出一块老香肠，再灌一口红酒。因为 Tinka 不喜欢红酒，我不喜欢甜酒，所以我们一般都喝不甜的白葡萄酒，或者啤酒。我抱着最大的善意尝试了焦糖味的 Leffe，竟然还不错，于是我们两个没有鉴赏能力的里尔土老帽，在波尔多喝了很多啤酒。

前几天云哥发消息给我："和啤酒待在一起吧，啤酒是连绵不断的血液，是永恒的情人。"这是查尔斯·布可夫斯基说的。

我不知道他是谁，但是他一定是个正直的人。

躺在草地上的时候，阳光照在脸上，身旁传来远处小孩吵闹的声音，一群年轻人在不远处踢球，草地中心坐着两个弹吉他唱歌的女孩儿，树下的一对情侣依偎在一起说说笑笑，一个中年太太喋喋不休地和她的小狗讲话，池塘里的鸭子远远地应和着。

躺到饿了，我就着奶酪吃法棍，Tinka 开始倒立，太阳开始西斜。那一对难舍难分的情侣还在耳语他们说不完的话。

当我们不再被阳光笼罩的时候，我们收拾起散落一地的东西，绕过广场、绕过教堂，去到最爱的烤肉店，再拎上一瓶酒回家。路上看看教堂墙上写着"一切因爱，而不是因武力而起"以纪念"二战"中死去孩子的纪念碑，小店里印着"不好意思我迟到了，我根本就不想来"的衣服，连超市里的果汁都被织上了小小帽子。

从阁楼的小窗爬上房顶，我们每天在这里目送遥望我们一天的太阳下山。一边是尖尖的教堂，天空总是淡淡的蓝色与粉色，最后整片天一起黯淡下来。另外一侧是一片低矮的房顶，总是由明亮的橙色变成红色，最终被深蓝吞噬的天空。我们啃着烤肉卷，拿着瓶子喝着酒，聊聊那些糟糕的男生。

天空不断变化，街对面的黄色灯光逐渐明亮起来。时间被锁进灯光里，不会随着阳光的远离而离去，我们停在这样的下午。直到天气一点一点变冷，冷到夜晚把我们赶下楼的时候，才意犹未尽地回到房间。

凌晨的时候，我接到 Antoine 的电话，他说他喝多了，想要和我说话。

我说："那你一定要来波尔多。"

▶ 敦刻尔克狂欢节

闲来无事点开了以前的旧照片，看到和秋天一起走过的国家、城市、大街小巷，突然开始想念起之前的一切。

虽然云哥说，想起那些以往快乐的回忆时，会觉得自己是值得快乐的。但是我看着之前快乐的时间，却会陷入对秋天，和有秋天陪伴旅程的想念。这一次的敦刻尔克又是一个人去的，就更想念秋天了。

一个月前在博尔瓦纳的时候，Tom 告诉我，千万不要去敦刻尔克的狂欢节，因为你会被狂欢的人群拉去跳舞，然后会因为喝太多酒而失去后面的全部记忆。

在清早 6 点从波尔多回到里尔之后，我回家收拾了一下，8 点多坐上了开往敦刻尔克的巴士。下车之后遇到了一群天主教大学的台湾学生，于是就和她们一起参加节日，毕竟狂欢节和啤酒节一样，不是给一个人准备的节日，即使一个人也有一个人的快乐。

我们到得很早，狂欢节下午1点钟才开始，高潮是5点的扔鱼活动。所以我们决定先去敦刻尔克的海边。自从高中毕业之后看了《敦刻尔克》，我对敦刻尔克的这一片海就有了无限期待。在海边，我专门发信息给为了回澳洲正在从泰国"曲线救国"的甲鱼，告诉她我就在我们3年前在荧幕上看到的那片海滩上。

要是天气好的话，我抬首远眺，目力所及的尽头就是英国，好像远处的海平面马上就会冒出自发支援战斗的平民船只。《敦刻尔克》给我的震撼和感动到现在我一直也没有忘记，可能是由于那是我买过的最贵的一张电影票，而且还坐在了环形幕的第一排，全部画面都挤在眼前。

不过眼前的敦刻尔克更加夺人耳目，这里一直以风大著称，在里尔看尽狂风怒号的我以为风再大也不过如此。没有想到敦刻尔克的海风，会让人寸步难行。它有自己的意志，想让你去哪儿，你就要去哪儿，十分蛮横。风夹杂着沙子打在脸上，让人睁不开眼睛。海滩上空无一人，只有雾气笼罩着海水。即使离开海滩，城市里的风依然会抽打在脸上，这就是北方啊。

Tinka听说我要来敦刻尔克之后，告诉我敦刻尔克是一个让人失望的城市。现在看来果然如此，要是没有狂欢节的话，这里只是一个普通的北方小城，坐拥大风和冷冷的海。

随着时间慢慢接近中午，街上盛装打扮的人开始多了起来，街上洋溢着节日的气氛。我们路过一家店，老板是香港人，

听到我们说中文之后端出一盘小吃，说："都是中国人，大家随便吃一点。"我们拿着买的酒又开始四处转，不管走到哪里，都会有人很热情地打招呼，大多数人隔得远远的就会举起酒杯，遥相敬一杯酒。

敦刻尔克的狂欢节上除了乐队和扔鱼的市长和其他政府官员，剩下的全都是自发打扮好的本地人和游客。男人打扮成女人，女人打扮成男人，而且颜色越鲜艳越好，造型越怪异越好。我们身边游荡着许多张牙舞爪的秃顶仙女、啤酒肚王后。不知道多少男人借来了女儿的舞蹈纱裙，粉色的薄纱在他们的腿间飞扬。

脸上涂满油彩，头顶插满鲜花，红橙黄绿青蓝紫的假发在大风中缠绕在人们胸前的珍珠项链上，重中之重在于插满羽毛的帽子，还有彩色羽毛围巾。他们粗粝的皮肤上化着红通通的双颊、蓝紫色的眼影，红唇炫目。有许多"贵妇们"还打着一把彩色的小伞，这把小伞在后面的抢鱼活动中有着大用处。人人胸前挂着塑料酒杯，被绳子绑在胸前，高高的假胸脯托着。这是为了随时能喝到酒又不浪费一次性塑料酒杯。

我最爱的是他们的红色渔网袜，尤其是网格下不羁的刺青，颇有一种铁血柔情。

我们先去了一家酒吧喝酒，有一个女生的妈妈从台湾来看她，我们本来顾忌和一群年轻人在一起阿姨会放不开，没想到阿姨率先举杯，说："我戒酒 22 年，中间没有大喝过，不过喝一点没关系。"

有人恍然大悟说："啊，是因为你女儿 22 岁了！"

阿姨女儿接着说："那真是不好意思啊，耽误你了。"

这是一对很有趣的台湾母女。

之后我们又辗转了很多个酒吧，哪里热闹就去哪里。有一个打扮成海盗的敦刻尔克本地人说在这里看到我们让他感觉很高兴，因为我们这些外乡人在享受他的家乡。他举起手里的果汁配朗姆酒，让我们尽情取用。他说看到我们快乐，就是他的快乐。

谈到让人忧心忡忡的病毒，他们很宽厚地一笑，说："我们这一辈子都感染了狂欢病毒。"

这就像我在波尔多街头吃 Tourteau———一种本地的烤奶酪蛋糕的时候，会有老人主动过来跟我说："你在吃我的国家很特别的食物。"接着很详细向我介绍了 Tourteau 的做法和传统，还有现代的食材变迁。有一种谦逊的自豪在里面。

喝到第三杯酒的时候，街上终于传出了乐队的声音，人群跟着乐队在街上游行。

高潮还是在 5 点钟的市政厅门口。从 4 点多开始，人群就向广场会集。我走在路上被人从后背拍了一下，两个高大的"贵妇"挽起我的胳膊说："姑娘，跟着我们一起走，一会儿很危险。"我被他们拉扯着跌跌撞撞往前走了一小段，实在是挤不进去了，以我的体格在人群中根本是寸步难行。被挤散之前他们把自己的权杖送给我，让我用它抢鱼。我还没有明白"危险"和用权杖抢鱼是什么意思，他们就消失在了人群中。

市长从市政厅的阳台上走出来的时候，我就明白了。人群立刻躁动起来，开始有节奏地喊"Libérer"！还有另外一个我听不懂的单词，大概就是给我们鱼的意思。每年政府在狂欢节上都会扔五百斤青鱼，而这也是狂欢节最热闹的时刻。大家纷纷举起手里的小伞、权杖等任何东西吸引楼上的人的注意力，以求他们向这个方向扔鱼。我在想，路易十四当时被众星捧月的场景大概也不过如此吧。

要是能挑法国一个城市的市长当，我宁愿忍受一年三季的狂风暴雨，换来一次上万人看到我盛装打扮，缓缓露面时的欢呼，还有人群只因我的小小举动而疯狂涌动所带来的满足感。如果有什么是权力带来的快乐的话，这一定在榜首。

　　而现实中的我站在涌动的人群中，因为四面八方的人都在相互挤压，所以才能勉强保持不倒。有的时候会被夹在几个穿着被啤酒和雨水浸湿皮草的高大贵妇中间，突然陷入一片黑暗，连天空都被遮住。人群在怒吼，在向着鱼的落点拥去，空中举着一片渴望的手臂。我被人群拥着，脚下踩着掉在地上的一地假发，步履蹒跚，脚被踩了一次又一次，一次又一次踩上别人华丽的鞋面，总是一头扎进某人湿漉漉的后背。竟然奇妙地从手臂的缝隙中捡到了一条鱼，甚至都不是我抢到的，而是鱼在一片手臂中躲躲闪闪，掉到了我面前。

　　等到不再有鱼被扔下来，沿街的窗户里探出乐队，开始演奏狂欢节的歌曲。人群跟着合唱，踩着鼓点开始游行，除了音乐和狂热空无一物，除了纯粹的狂欢，一切都被排除在外了。我突然开始相信那个用笛琶捕鼠的童话是真实的了，我不关心自己有没有在大大的世界里走丢，只要跟着摇摆的人群一直往前走就好了。

　　尤其是人群荡气回肠的合唱，让我在一瞬间以为自己相信了什么，但是具体是什么却不知道。乐队从沿街的阳台探出身来，一首歌接着一首歌地演奏下去，阳台上的人们向小小的我们挥手致意。这个时候大家已经喝到可以尽兴跳舞了，歌也可以唱到面色狰狞，不管身边的人是谁，挽起手就向前一起踩着鼓点，边跳边前进。

　　狂欢节会在法国的整个北方轮转，从1月贯穿到4月，狂欢永远不会停歇。

我和 Tinka 在波尔多就已经得出结论，法国人拥有浪漫的盛名就是因为他们有如此多享受生命的无意义活动。在南方是阳光、酒精和公园，在北方就是人群聚集起来取暖，拥上街头一同获得快乐。法国人就是这个世界上永恒的孩子，他们坦坦荡荡地狂欢，问心无愧地把原本一文不值的时间用到让自己和别人快乐的无用之事上。

对我而言，考究敦刻尔克的渔港历史和狂欢节的关系并不重要，重要的是那天我挽起了很多陌生人的手，让萧瑟的法国北部和我的心里都草长莺飞了起来。

勇闯巴黎

巴黎，仅仅读出她的名字脑海里都会让人浮想联翩。

这里是海明威的流动盛宴，是聂鲁达背井离乡的庇护所，是毕加索窗外的街道。

可是我的巴黎就没有这么平静美好了。因为要从博韦飞去维也纳再去布拉迪斯拉发，所以我们短暂地在巴黎停留了几个小时。说来也奇怪，来法国这么长的一段时间，我只有转车的时候路过巴黎，完全没有真正游览过这个城市。上一次作为游客来巴黎还是将近十年前的事情，当时年纪太小，什么也没有记住。但是每一个来自小城市的法国人都在孜孜不倦向我灌输他们对巴黎的距离感。

Thomas 不用说，他除了里昂和猫，什么也不喜欢，总是不遗余力向我历数巴黎的无序和拥挤。还有在巴黎出生的 Simon，告诉我他爸爸在地铁上被人偷过手上的劳力士，还在巴黎郊区被人从副驾驶的窗户里抢走过新买的鞋子。

自由放荡的 Aurélien 没头没脑地告诉我："巴黎人不喜欢穷人。"巴黎人确实不喜欢穷人，虽然谁也不喜欢。在里尔会有一欧一夜的庇护所提供给无家可归的人，巴黎的大街小巷却常能见到露宿街头的人。当然这不是巴黎的错，也不是巴黎人的错，只是我看见的表象而已。我只能说出来，却没什么可说的。

大家会讨论移民、黑人，但是鲜有人提及真正在巴黎横行的吉卜赛人。曾经法国政府把他们作为"流浪者"驱逐过，但是现在只是沉默，最大的蔑视莫过于连提也不提起。

两年多前提起北非和东欧涌向法国的难民潮，Thomas 会说："这是我们为了'二战'要付出的代价。"马克龙会说："接收难民是我们的责任也是荣誉。"在里尔的地铁出口我也收到过为了移民权利和长居而组织游行的宣传单，学校的餐厅里贴满了"为女性而战"的海报，还有学生慷慨激昂地控诉学校的考试制度和宿舍制度。我们的校门在这次无限期的罢工中，被垃圾桶无限期地堵了起来，垃圾桶上写着更多要求的学生权利和福利。

可是直到我的背包被三个吉卜赛女人打开之前，我甚至不知道吉卜赛人在法国是如此庞大的存在。不过当然，巴黎的小偷不只吉卜赛人，黑人、白人，贫穷从来不会选择人种，它是这个世界上为数不多不口是心非，不进行种族歧视的东西。

不过吉卜赛人从他们流浪多年的老祖先手中继承了更多技巧。

让我用我和一群傻乎乎的国际学生的经历讲上两句，不只是为了抱怨，是为了解释为什么接下来的一个月我会消停地待在里尔，好好享受罢工罢课带来的平静，还有巴黎赠送给我的贫穷。

其实在罢工之前我已经离开法国了，在去巴黎的大巴上，我美滋滋发了一条朋友圈，说刚好赶在无限期罢工的前一天离开法国。结果一上地铁，大概5分钟的时间我放在大包暗格小包里的钱包就被偷走了。他们很善良地留下了我的护照，但是带走了我身上全部的现金，法国银行卡、中国储蓄卡和信用卡、让我在各个景点通行无阻的欧盟学生卡，还有我连着所有软件和银行的中国电话卡。

当然怪我，他们甚至连往常分散注意力的诡计都没有施展，轻而易举就成功了。

我的同学一般遇到的情况是有人上前搭话，反复向你用法语提问题，趁着你困惑的时候，旁边就会有人偷偷打开你的包。

Mikako遇上的更技高一筹。一个女生很友善地在拥挤的地铁里为她腾出一个扶手，告诉她要抓稳，小心跌倒，结

埃菲尔铁塔
海明威的流动盛宴
聂鲁达背井离乡的庇护所
毕加索窗外的街道

果下车之前 Mikako 就发现自己的钱包被打开了。她立刻抓住那个搭话女生的手，问她干了什么，结果那个女生不紧不慢俯下身，假装从地上捡起钱包，笑着说："要小心哦。"但是钱包是不会自己拉开拉链离家出走的。更不用提 Mikako 消失的日本护照了。

偷，毕竟是偷偷摸摸的，可是在巴黎，偷更具有戏剧性。

我的乌克兰朋友也曾在地铁上被人搭话，有人试图偷走她的钱包，好在被同行的法国朋友发现了。但是朋友只是拉住她，叫她把包背在身前，不要说话。结果失手的小偷盯着他们看了好一会儿，在下一站下了车，和小偷一起离开的还有整个车厢的人。她的法国朋友很紧张地说："千万不要试图和他们争论，你不知道他们有多少人。"

这大概也是为什么每次被偷的时候从来都没有人上前提醒我们，那个时候，我们应该已经和真正的人群隔离开了。

还有朋友在埃菲尔铁塔前，被人拉住填问卷。在我朋友打开包拿笔的时候，他们抓起包里的东西就跑了。

更有趣的是，从布拉迪斯拉发回巴黎之后，下车之前我和秋天说："好激动啊，又要坐巴黎的地铁了，从来没有坐过上千块的地铁呢。"

秋天一边走下大巴，一边笑着对我说："没有关系，你已经没有东西可以丢了。"我一想，也是，我自己都从包里掏不出值钱的东西了，别人更没有机会了。结果在去地铁的路上我和秋天又被偷了，她瞄到有人在打开我的包，结果回头一看，她自己的包也被拉开了，好在我们身上已经没有东西可偷了。可是被发现之后，走在我们后面的三个女人并没有匆匆离开，而是尾随了我们一段路，最后还朝我们大叫。这是我在法国第一次感受到惊慌失措。

我去过很多声名狼藉的城市和国家，我朋友的整个行李箱被人从大巴上偷走的马德里，被店老板严肃告诫不能把包放在桌上的巴塞罗那，还有移民众多的马赛。当然，还有我刚刚去的，以人口拐卖著称的布拉迪斯拉发，甚至我在里尔住的区域也是"臭名昭著"的阿拉伯人聚居区，但是从未遇到任何麻烦。

只有巴黎如此"瞩目"，如此"脱颖而出"。

不愧是巴黎。

我的法国朋友说，这可能和罢工不无关系，因为警察也罢工了；就算不罢工，警察也有更重要的事情要担心。退一万步讲，就算警察有闲情逸致，也不会插手和吉卜赛人有关的事情。

雪梨对我说："我们好难啊，比我们更难的人只有马克龙了。"

马克龙真的很难吧，连警察都罢工了。

里尔也有罢工的情况，因为我的学校是政治学院，而且在市中心，所以多少受到了影响。但是我的大多数法国朋友的态度是漠不关心，反而对我说："好羡慕你啊，我们学校一点事都没有，明天还要上课。"

周一回学校上课的时候，刚好是一节关于欧洲的社会、价值和个人认同的课，老师嘴角带笑告诉我们第二天的课全部取消。然后向我们提问，有没有人知道为什么这次会有这么严重的罢工。结果大家鸦雀无声，对于大多数人，每个人都有自己的不满，这不过是一次理直气壮的"狂欢"而已。其实这次的罢工影响如此之大是因为马克龙试图改革退休制度，而他的矛头直指公务员，所以法国最中流砥柱的一群人终于感受到切身威胁了。

其实在里尔也是，每周六是固定的游行日，但是从来没有过太大型的游行，因为永远是一个群体为自己发声。比如说贫困学生，或者移民，他们只是一小群本来就鲜有发言权的人。我还有朋友组织过纪念自己被警察杀死的堂兄的游行，但是也仅仅是一场穿着队服的徒步而已，难以激起什么波澜。

当游行成为家常便饭，也就失去了意义。

而这一次法国铁路局、警察局、消防局、学校，还有很多公共服务部门全都发现改革之后自己离退休遥遥无期，而且很多福利都被削减了，这一群本身就是社会根基的人们才有能力发动如此声势浩大的游行。以此为开头，触发了每一个人的不满，每一个人都在大浪潮中抱着自己的想法，发出自己的声音。

回头想想那句话，巴黎不喜欢穷人，法国也不喜欢穷人。

这就是法国，我没有办法说这是好是坏，作为一个被堵在路上疲惫到极点只想回家的人，我太讨厌罢工了。

　　我朋友返回中国的航班被取消，去冰岛的飞机也被改签，在巴黎等待薛定谔大巴。它可能下一分钟就会来，也可能永远也不会来。谁不讨厌罢工呢？

　　但是自由表达的权利是法国人捍卫的东西，而我也当然不能因为自己所受到的不便，就否认一个城市，一个国家，还有一个民族之所以能被建立的信念。

　　巴黎是一个美丽的城市，虽然我还没有领略到。

　　终于在晚点一个小时之后，我告别了巴黎，在深夜回到了里尔。里尔的地铁班次也大大缩减了，但是毕竟还在运转。第二天早上起来，看见还在巴黎的秋天给我留言："时哥，我又被偷了。"

　　我想起我第二次被偷的时候，她的包也被拉开了，当时她还有些调侃地对我说："时哥，被偷一次还这么不小心吗？"防不胜防啊。

　　可能问题出在我们的亚洲脸上，我的圭亚那舍友说："你们的脸看起来很有钱。"对于如此高的称赞，我竟然开心不起来。

　　对于我们来说，法国有太多美好的小城市，那里有安静的山脉，很多愿意施以援手的人，还有可以把手机和钱包放在桌上的小酒馆。我在那里度过了很多阳光明媚的时光，也不会因为一段荒谬的插曲而放弃这些美好的东西。

　　只是巴黎再好，也不是我的巴黎。

加莱的下午

加莱是一座很干净的小城市。

小到半天就能转个一干二净，但却让人想要留在这里半个月，或者更久。加莱就是一个让人一往情深，不会感到厌倦的地方。

我和阿铉一起躺在厚厚的草垛上，让温暖的太阳照在脸上，目光的尽头是海天相交之处的英国。学校朋友们的喧哗声慢慢远去，留给我们的只有一片静谧。青草长得很厚，带着一点水汽，像是在喝多了的晚上一头倒到床上，盖上厚厚的被子之后感受到被包裹的柔软一样，整个人都要被埋在草丛里了。

阿铉扬了扬手机，给我看他收到了一条短信，他的时间和地区都跳成了英国。我问他："要不你干脆游过去算了，反正这么近。"

他说："不了吧，你看英国那边的天空乌云密布，还是在

加莱

加莱是一座很干净的小城市
小到半天就能转个一干二净
但却让人想要留在这里半个月
或者更久

这里晒晒太阳就好了。"看来在里尔生活的人，都领教过寒冷又阴郁的天气的厉害了。我时常会想起《围城》中的那句话："你没法把今天的温度加在明天的上面，好等明天积成个温暖的春日。"

里尔其实并不算非常冷，但是无奈阴雨绵绵，已经有好几天没有放晴过了，而且还有不知疲惫的风。在一个阳光明媚的下午，我收到秋天的短信，说："今天风太大了，走在我前面的鸽子被吹得一个趔趄。"如果不是要在里尔度过漫长的冬天，我差点就被逗笑了。

里尔的春天我不知道能不能等得到，所以格外珍惜能感受到温暖阳光的小城市。就好像是闻一多所说的，"不作声的蚊子，偷偷地咬了一口，陡然疼了一下，以后便是一阵奇痒。"让你在里尔望着阴沉的天花板，躺在床上听雨打屋檐的时候，不仅想念起深圳的秋老虎，也想念起在加莱那个躺在草地上的下午。这样的阳光突然捂住我们喋喋不休的口，教我们沉默，倒也不是无话可说，只是想留住这里的一份宁静，留住这种踏实的感觉。

良久，阿铉说："好想一直躺在这里啊。"我说："我也是。"

在这个单纯的城市里，应该经常听到这种没有意义的废话。还是山和海好，只要你愿意回来，陪完你一生，他们才想去陪别人。

我和阿铉抱着不切实际的希望在中午的加莱晃荡了半天，才幡然醒悟，中午不仅当不了钟楼怪人，重逢也要比离别少一次，甚至连罪孽的灵魂在中午都要停止骚动。因为不管是钟楼、灯塔、市政厅还是教堂都关门了。

这里可是法国啊！

在加莱最多的是法式花园。圣母院的后花园，用花组成了一只开屏孔雀的小公园都值得驻足，在别的城市我好像从来没有看到过人们如此热爱园艺。春天没有在这里遗失寂寞的花朵，这里也没有瘦弱的街道和荒郊的月亮，有的是花团锦簇的繁华热闹，色彩缤纷却并不显得杂乱。甚至在市政厅的旁边建了一个关于一个小男孩的梦想的花园，从入口走进去就是这个男孩子的故事。

我们在这个孩子的梦里徘徊徜徉。

一开始我觉得加莱政府的童心实在是太浪漫了。甚至有点浪漫得过分。不过从花园的尽头走出来，就看到了一个纪念碑，纪念那些在国外战场上为法国牺牲的加莱男孩儿。围着纪念碑读名字的时候，我突然想到，那个花园就是他们的梦吗？

他们是那些曾经做梦的男孩子吗？

加莱的古建筑其实整体上都透着一股笨重的感觉，乍一看并没有高耸入云或是金碧辉煌的绝美，甚至教堂的墙壁都有两米厚，这是因为这些建筑之前都是抵御外敌的堡垒，所以都是用灰灰的砖瓦筑成的厚实建筑。这个时候想一想隔海相望的英国，再想一想那个男孩的梦境，又别有一番滋味了。

在小城市里走走，看看古老的建筑本身就已经很舒服了，本来就是没有目的的旅行。一两句玩笑的"来都来了"背后，其实是对遇到的一切都照单全收的乐观。

上一次两个朋友在家里做咖喱饭，竟然告诉我要放黑巧克力进去，我很诧异。

她说："太苦了的话，加一点黑巧克力就会好很多。"

我说："什么太苦了？生活吗？"

我们两个人都笑了。

只是在脑子里一瞬间闪过还没有申请下来的房补、刷不了的信用卡、生死未卜的签证、家里吃不完的意面。

哎，来都来了。

后来我们因为早上喝了太多冰牛奶，急匆匆寻找洗手间，才发现遍寻不到的不仅是我早已丢失的梦想，还有免费的洗手间。只能匆匆走去海滩，寻找海滩上的移动洗手间。

在我们离海滩还剩五百米的时候，我们恍然大悟，为什么刚刚法国朋友都消失了，原来法国人都知道海滩才是加莱的心脏，早早地就躺在海滩上晒太阳了。

加莱的海大概是法国北部最干净的。最先看到的是一片蓝色的天空，就是丹麦舍友望向我的蓝色瞳孔里的那种天空。连云都是薄纱状的，薄而均匀地涂在天空中。海的颜色深邃，就如同一双带着酒气的眸子。沙子细白，像幼儿园隔壁班你愿意分她一个棒棒糖的小女孩儿的脸蛋那样白皙。但是我们最先走到的海滩竟然是封闭的，这在法国是不可能的，即使加莱人民为此拥上街头举着横幅游行也不过分。结果认真一看，在海浪冲刷的地方，有一片黑压压来回移动的东西。

原来是上百只小海鸥。

大海鸥远远地伏在沙滩上，坦然晒着太阳。小海鸥在这片海滩出生，在这里长大，还没有离开过，所以迫切地想要冲向海里，但是又被拍来的海浪吓退。他们一直乐此不疲地随着海浪的起落，向前跑又跌跌撞撞退回来，不知道他们需要多久才能想起来自己有翅膀。现在，我最想做的事情就是冲到开放的海滩上，躺下来，听听海浪，看看明晃晃的天空。

但是不行，我们要先去洗手间。

法国的洗手间很有意思。平时大多数洗手间是不分男女的，男男女女都排在一起，而且男生的洗手间都没有门。这也就意味着每次去洗手间的时候，我都要经过几个正在解决个人问题的男生。而法国人恰好是很讲礼貌的，万一有眼神交流就免不了要打个招呼，打个招呼之后，在等待洗手的两分钟里，还要进行礼貌的聊天。在洗手间里聊天能聊什么呢？我连眼睛都不知道往哪里放。

万一男生想要用里面的坐便也是可以的。有一次我从麦当劳的卫生间隔间走出来，一个风度翩翩的男生拉开门问我："你好吗？"还没有等我思考完我今天到底好不好这个问题，他就已经闪身进了隔间。我长舒了一口气，难道我要回答："上厕所之前不太好，但是现在感觉好多了，你也快去吧？"

我的法国朋友一边洗手一边毫不在意地说："你说你很好就行了，问这个问题没有期待答案，只是礼貌而已，所以你也不用费心去想。"

洗手间礼仪,我又学到了。

而加莱的海滩洗手间非常折磨人。本来大大咧咧的法国人突然讲究得过分。洗手间的地板可以称重,里面只能进一个人,多于一个人的重量就会报警,而且会无法关门。为什么会有人想要和别人一起进去呢?而且每使用一次洗手间,门就会在使用之后重新被自动锁上,连马桶带地面清洗三五分钟。清洗完成之后,下一个人才能进去。我们眼睁睁地看着这个卫生间慢条斯理地被清洗了四遍,和身后的法国大叔聊到无话可说,度过了人生中最煎熬的半个小时。

海鸥在湛蓝的海上翱翔,海浪带走白沙,又把白沙送回岸上,海滩上的欢声笑语声声入耳。我远远地看见笑起来有一双弯弯的眼睛的匈牙利小哥在沙滩上教日本小哥后空翻,还有一群法国同学在沙滩上一边吃东西,一边放声大笑。

而我们,在看着灰色的墙壁,等待洗手间自动清洁。

最后我们终于如愿以偿脱下鞋子,坐在沙滩上,把脚深深地埋进软软的沙子里,看着远处纯净的天空。然后从包里掏出法棍,一边聊天一边用余光欣赏匈牙利小哥在空中划出完美的弧线。

时间好像也不愿意离开了,在这里久久驻足。言简意赅一点,给我一瓶酒和一个朋友,我能在这里从日出坐到日落,看潮水涨上来再退下去,看海鸥饥肠辘辘地飞出来再在夕阳中倦鸟归巢。

在法国短短的时间，我们很快速地都沾染上了法国的习惯。比如说出门永远带着自己的小饭盒，宁愿坐凌晨的大巴也不坐会耽误半天白天时间的火车，能一天回来的旅行就肯定不会过夜，还有永远不急不忙地乱逛，毕竟有很多我们以为无法完成的事情最终都能被顺利解决，索性好好看看风景。

就像塞利纳口中的法国人："看上去老是忙得要命，实际上他们从早到晚都在闲荡。何以见得？要是天气不适合闲荡了，比如过冷或过热，就看不到他们了，因为他们都躲进室内，喝咖啡和啤酒去了。"

有一个漫长而无聊的下午，我打电话给 Luis，问他想不想去公园，他说他有安排了。我丝毫没有留情面地揭发他，他显然是在床上，躲在厚厚的被子里接的电话，我甚至能感受到电话那头的困倦和温暖。他"落落大方"地说这种寒冷的天气，只有要上班和上学的倒霉蛋才会出门，他的计划是躺在床上一边喝啤酒一边看书。

显然，啤酒还是要冰的。

丧失了直接又真实的思考方式，法国就不能称其为法国了。以至于我现在，在有人邀请我出去玩的时候都会提前说："请在一个不下雨的晚上，带我去一个不贵的酒吧，要不然我情愿在家里待着。"

在那个躺在加莱的沙滩的下午，我还不知道法国具有如此神不知鬼不觉的感染力。

▶布洛涅的夕阳

　　虽然法国人的行事风格一直以不靠谱著称，所幸我们学校的国际学生组织相当靠谱，在长达两周的"文化交流周"的每一个晚上，让我们浑身上下都流淌着酒精。

　　只是不是每个法国人都能像劳伦斯笔下的马修一样喜爱"所以我们干掉这最后一杯，有一句话我们永远说不出口，谁有一颗玲珑剔透的心，他就会知道何时心碎"这样的话语。也不是每一个法国人都会像 Luis 一样，在醉死的边缘不忘背一段波德莱尔的《恶之花》。大多数人只是单纯酒渴如狂，秉承着昼短苦夜长，何不秉烛游的乐观精神，觥筹交错干掉一杯又一杯的酒。

　　喝酒固然很快乐，好在除了喝酒之外，我们还有一些不那么颓废的活动，比如说——去布洛涅。

　　布洛涅靠近英吉利海峡和加莱海峡，是一个很小的港口城市。我总觉得有海的地方有某种理想色彩，所以在里尔已

经想念了很久海边的快哉风。如今终于到海边了，甚至还能远远地望见雾气蒙蒙的英国，自然很开心。

远远地还没有走到海边，就能看到四处盘旋的海鸥。体形很大，圆滚滚的，并不怕人，不过始终止步于两三米远的距离。走到海滩上，就能看到闲庭信步的海鸥，还有他们在松软的沙滩上留下的一串串小脚印。

在下午退潮之后，突然之间露出了上百米平整的海滩，很多来不及撤退的贝壳就被困在海滩上，留下了一个又一个小孔洞。顺着孔洞挖下去，一般只能找到贝壳的空壳。其实只要回头看一眼满海滩严阵以待的海鸥，你就立刻明白这些贝壳都去哪了。

我和阿铉一起沿着海滩往远处走，路过了一群又一群慵懒地晒太阳的海鸥，一直走了一个多小时也没有走到看起来近在咫尺的沿海碉堡，只能悻悻然回去。

布洛涅的海滩没有摄人心魄的美，没有加莱的纯白干净，没有蓝色海岸的温暖阳光，是典型的北方海滩。但是中午和朋友在海滩上坐成一圈，边吃饭边聊天，或者是在阳光下漫无目的地游荡。脚在又细又软的沙滩上陷下去，拔起来，再陷下去，就像和朋友漫长的对话，热闹之后沉寂下去，片刻之后又热闹起来。再看看遥远的海平面和天空相交的地方，二者的颜色几乎融为一体，甚至连海浪的涌动都感受不到。在岸边却有不知疲惫的浪，冲刷着我们的脚背，也把那些冲浪的人送向更深的海域。

漫长的海岸线平缓地延伸，看不到尽头，海滩上不过稀稀拉拉几个身影，让人顿生"天地者万物之逆旅，光阴者百代之过客"之感，这已经让人感觉别无所求了啊。

吃完午饭之后，我们一起去水族馆。进去之前匈牙利小哥叹了一口气："一群二十啷当的大学生要去看小鱼了。"其实我心里也是暗暗这样想的，水族馆，不过是逗逗小孩子的把戏罢了。进去之后才发现别有一番天地，最重要的是，布洛涅的水族馆设计得很特别。入口的墙面是一个大浪的投影，通过电梯进入浪里面就到海底世界了。

虽然巨大的水族箱只有一个，但设计了不同的观赏角度和方式，所以一会儿穿梭在海底隧道，一会儿在一整块玻璃幕墙前驻足，一会儿又在"海沟"深处徘徊的我们并没有觉得无聊。这样的设计就是为了让我们感觉自己真的在海底穿梭，而不是单纯观看一个个分散的水族箱而已。最后我甚至在玻璃幕墙前和日本朋友席地而坐，安静地看了半个小时的鲨鱼。

最后离开的方式也很有趣。必须通过直升电梯才能上去，电梯里面装饰成了潜水艇，还有一面墙在播放我们逐渐离开海底，回到陆地的视频。因为走楼梯离开海底说不通呀，当然是要坐潜水艇才能离开海底啊。看来这个水族馆真的坚持"既然是海底游览，就要贯彻到底"的信念。这就是法国人那种很倔强的执着。

最有意思的是，等我们从老城转了一圈回来，坐在台阶上一边啃法棍，一边等待大家集合的时候，那个嘟嘟囔囔的匈牙利小哥才姗姗来迟。我们问他去了哪里，他眯起眼睛笑了笑，说他一直没有出来。

从水族馆出来之后，我和同行的唯一一个中国人阿铉一拍即合，决定到老城张望一下，毕竟旅行的意义就在于不断地探街访巷。布洛涅的城市依山而建，要越过山丘，翻山越岭才能到达城市的顶点，站在高处向下俯瞰可以看到层层叠叠的屋顶。晚上看尤其美，错落有致的灯光从四面八方走到你的面前，好像夜晚不再漆黑一片。街边的房子每一栋的颜色都略有不同，色彩很跳跃，但是并不放肆，始终是融为一体的。房子方方正正的形状，在阿铉口中，就是"像一板板巧克力一样"。

因为位于北部靠近国界，所以老城的老建筑大多和军事防御有关，入城一定要通过厚厚的城墙下的窄门。最显眼的是最高处的教堂，反正不管道路怎么起伏，只要抬头看看教堂的尖顶就一定不会迷路。老城不大，下午也没有多少人影，基本上就只有我们在街上游荡。走到教堂里坐坐，又在圣母院的后花园转转，气喘如牛地在弯弯绕绕的路上爬过几个斜

布洛涅
反正无聊的人生这么漫长
夜晚的风这么轻
急什么呢？

坡，一个下午就这样溜走了。

晚上依旧有聚会喝酒，我和阿铉在眼神交汇的一瞬间决定，不管别的，先逛逛，好好吃一顿再说，喝酒哪有吃饭重要。这简直是我相当失败的人生里，做过为数不多的正确决定。

我从来没有看过这么美的夕阳。从老城山下的平地往山上爬的时候，太阳已经西斜，顺着一条笔直的马路可以望见远处的天空。地平线的尽头已经被夕阳染成了橙黄色，但是近处楼顶上的天空却被映成了淡紫色，还有几缕粉色的云飘散在天空中。连街边房子的窗户上都染上了天空的彩色。

再继续往老城爬，每转过一个街角都能看到不同的天空。朝向东方的街角看不到西沉的太阳，但是眼前的一切都被温柔的粉色笼罩，方方正正的小房子也变得温柔，就像是童话里不真实的景色。不经意间一个转弯，看到夕阳已经躲到房子背后，房顶上被染上了一圈淡淡的有毛边的黄光，天上随手画上的几片薄云折射出橙红色的光芒。再往上看，高处辽远的天空已经暗下去了，蓝紫色的黑夜已经悄然而至。就连房间里的小猫也趴在窗台上瞪着圆溜溜的眼睛看看我们，又看看夕阳。

最后，随着我们接近城市的顶端，天空渐渐暗了下去。最后一抹阳光在沙滩上匆匆踏出一串脚印，一溜烟跑远了，只留下一抹暧昧的深紫色。

我和朋友在老城里点了一锅青口，一碗鱼汤，配上一杯啤酒。坐在露天的街上，看着彼此脸上的阴影不断加深，直到两个人都只剩下黑夜中的一抹剪影，好像人生加速地衰老。

法国的餐馆很有意思，室内永远都顾客寥寥，不管风吹日晒所有人都坐在街上。大家都渴望阳光照在脸上，风吹进袖口的生机。根据法国人的程序正义，这顿简单得不能再简单的晚饭吃了快三个小时。鱼汤就着烤饼干吃完，青口才姗姗来迟。布洛涅的青口和里尔的不一样，和布鲁塞尔的也不一样。毕竟是实打实的海边城市，就是敢于只放一点盐，一锅青口就素面朝天地端上来，吃到最后只剩下一锅底稀薄乳白色的汤水。

很遗憾错过了里尔的旧货节。据 Luis 的描述，就是人手一大锅青口，一大杯啤酒，桌子一直摆到街边。手上、脸上一片狼藉，桌上也一片狼藉。但是里尔和布鲁塞尔的青口都比较浓妆艳抹，往往挂着一层厚厚的奶油端上来。好吃是好吃，青口清甜的味道被奶油带了出来，就是略有喧宾夺主的意味。

最后是一小杯烤布丁，细腻、温柔、恬淡，红袖添香一样冲刷掉口中淡淡的海腥味。

干掉杯中的最后一滴酒，抹抹嘴，把钱放在桌上，跌跌撞撞地走下山。

从山上看山下，漫山遍野的灯光都亮了起来，层层叠叠，错落有致，是童话里才有的风光啊。我看了阿铉一眼，问他："还去聚会吗？"他说："我宁愿回去安静地看看夜空。"

等我们边走边张望，慢吞吞走下山，回到住处，一看时间已经快深夜十一点了。我好像突然就明白了法国人为什么即使一顿饭吃三个小时也从容不迫。反正无聊的人生这么漫长，夜晚的风这么轻，急什么呢?

雪山上的早饭和午饭

滑雪的每一天都吃得很简单，尤其是早饭和午饭。晚饭由大家轮流做，好不好吃完全看命。

法国人，早上起来肯定要吃法棍，再配上黄油和果酱，昨天晚上还有吃剩的奶酪就再夹上一片奶酪。法棍切成小块，从中间切开，重中之重是要抹上一大片黄油，而且一定是要软黄油，软黄油顺滑、丰腴、奶香浓郁，这两样就已经很好吃了。

我们用的黄油一般都是在奶酪店里直接买的当地黄油，用一层油纸包着，肥美异常。Tom 说，宁愿吃这样天然的脂肪含量很高的食物，也不要吃人工合成的低脂食品。说得好像不无道理。

最后再吃一块巧克力，再喝一杯茶或者咖啡就要出门了。

早饭简单无可厚非，午饭也异常简单。依旧是法棍，只是搭配稍微丰富了一些。坚果和牛肉干作为配菜，四五种奶酪在大家手中传来传去，夹在法棍里吃或者直接切下来一块就吃。

我之前一直很疑惑奶酪的外壳是吃还是不吃呢？他们告诉我有的人吃有的人不吃，就像老香肠的白色外皮一样。它们通常有浓厚的味道，增添了更多的风味，各有所爱，吃与不吃完全看自己。

我很迅速地喜欢上了山羊奶酪，比起牛奶酪，山羊奶酪更软，余味更浓，更香软。只要接受了山羊比较强的膻味之后，显然山羊奶酪比容易入口的牛奶酪，更值得回味。有一种牛奶酪我很喜欢，外壳是硬的，里面基本上是半流动的。他们告诉我，一般来说，奶酪越软，味道就越强。尤其是闻起来，这种奶酪有一种废弃农舍的味道，完全没有奶制品的味道，但是吃到嘴里完全不同。当短暂停留在舌尖的味道退去之后，强烈的奶味，带着微咸微酸的味道融合在口腔里，一定要混合着法棍的麦香，等着舌根上丰富的味道慢慢爬起来。这和软黄油轻盈的香味不同，是一种吃下去之后还会留在口腔里的强烈味道。尤其是外壳，灰黄的颜色，还带着白色和棕色的霉斑，那种羊圈干燥草垛的味道，不是什么人都能接受的。

但是我都能吃，我什么都能吃，而且为了滑雪的时候不会饿到难受，还能吃很多很多。

除此之外还要搭配各种配菜，有油浸菜蓟的罐头、黄酒肉冻，还有以胡萝卜为主的蔬菜糜，这也是配在法棍里吃的。总而言之，法国人离不开法棍。最后每人一罐无糖酸奶，自己拌上蜂蜜。吃完又该出门了。

晚饭之前还有一道类似下午茶的配酒餐。这时要喝啤酒，啤酒的配菜是切成片的老香肠，老香肠的白色肠衣里面是生肉，有驴肉、鹿肉、牛肉的，但是一般来说主要是猪肉的。因为猪肉的油脂更加丰富，风干之后风味也在，让人舒适的咀嚼感也在。肉质紧实，还有油香。配上一碟切成条的甜椒，还有胡萝卜条，一碟腌橄榄，或者奶酪碎，再开一包人人都爱的膨化食品。

不过当然也是奶酪味的。

六个人有说有笑咕嘟嘟地灌下去两大瓶酒。我们是里尔人，啤酒，只喝比利时的。这次我又看到了让我闻风丧胆的Paix dieu，但是配上林林总总的各种小吃，它也变得温柔起来。其实这不是我喜欢的类型，味道太浅，只停留在舌尖，既没有香味也没有层次丰富的苦味，仅仅是10度，深入人心也渗入血液而已。

晚饭的时候一般要喝不同的酒，一般来说看晚饭用到了什么酒做饭，配餐就喝剩下的酒。做鸡肉蘑菇就是白葡萄酒，炖菜就是红酒。

有一种很特别的烈酒，是专门在冬天的雪山上喝的。是用烈酒和一种蒿类植物酿造，叫Génépi。我们喝的是Flora的爸爸在2017年酿的。一入口就有很浓郁的甜味和植物曲折宛转的香味，酒味也在嘴里横冲直撞。鼻腔里最后有一股异香，一直冲到脑门上。奇异植物的味道在上腭还要绕梁三日，久久不能散去。

　　因为没有小酒杯，我们拿蛋杯喝，每人只喝一小杯，浅尝辄止，毕竟是 40 多度的烈酒。Antoine 做奶酥蛋糕的时候也要放一点 Génépi，他说这样能让让蛋糕的味道更香。我怀疑他只是想喝酒。可是没想到放足了黄油、巧克力和糖的蛋糕能这么难吃。大家都要了一杯水，交口称赞地吃了下去。

　　有一天 Tom 拿了一个柚子出来，柚子的法文名里就有中国两个字，在法国不算太常见。Antoine 和 Pascal 狼吞虎咽连着皮一起吃下去了，我使劲憋了很久，最终没有笑出来。

　　除了酒、饭后的酸奶、巧克力和永远不会缺席的奶酪，好在每天的晚餐都不一样。虽然永远不会离开奶酪，也算是丰盛异常了。

和我的狐朋狗友们在雪村

这一趟旅程花费 40 多个小时，终于到了雪山脚下。

路上没有好好睡觉，汽车转飞机—转轻轨—转地铁—转火车—转大巴，天气越来越冷，身上的行李越来越重。窗外的雪一点一点多了起来，黑色的山岩挂着白雪，悬崖陡峭，麦田金黄。窗外的山村一个一个闪过，房顶的积雪一点一点变厚，心情畅快了起来。

早上我还在里昂苦等 Thomas 起床给我送留在他家的雪具，又马不停蹄去莫达讷转车去伯尔瓦纳。晚上的时候Antoine 和朋友们在公交车站把带着半年行李和雪具的我接到住处。

从里昂出发的时候，Thomas 把我的滑雪服塞进箱子里，我坐在箱子上面把锁扣起来，他把头盔绑在我的书包肩带上，紧紧地打了一个死结。拍拍我的肩膀："后面的路自己好好走啦。"头盔在我身前摇来摆去，我说："放心，最难的部分在出发之前就已经经历过了，不会更难了。"

我发现自己还是非常年轻，还很能折腾。屁股还足够结实，腰肌也没有劳损，心率两天不睡依旧平稳，房顶上积着一米多厚的雪，即使在山上也能站在室外喝冰啤酒。还有一个适时停课，闹游行的学校。一个人能够奢求的东西不能更多了。

从里昂出发，坐上了去莫达讷的火车，还要转一班大巴，而且只有半个小时转车，现在又是法国的罢工时间，所以我本来有一点担心能不能赶上当天的末班车。车开着开着，路边的雪多了起来，远处的雪山渐渐走近了我，到了山间的一个小车站，就到了莫达讷了。车站小到只有一个厅，出了门就是去各个滑雪场的大巴站，完全不需要担心。

一下车，很有一番另一个世界的味道。铁轨上积满了白雪，铁路一直延伸到丛山中，高大的雪山遮挡住了视线。山上的树丛都盖着积雪，勉强能看到黑色的枝丫，更高的地方寸草不生，岩石上一片纯白。走出车站，薄薄的一排房子背后又是群山。

在里昂的时候，Thomas 就跟我说莫达讷是法国南部阿尔卑斯山的一个滑雪中转站，现在看来果然如此。

坐了一个多小时的大巴，雪山在黑暗中消失了，星星压在头顶上了，就到了 Bonneval sur Arc，翻译起来就是溪涧上的伯尔瓦纳。

法国有两个伯尔瓦纳，另外一个在将近一百公里以外。

伯尔瓦纳
看见你从山上滑下来的时候是一种享受
我觉得让你知道很重要

我们所在的雪场在 Vanoise 国家公园里面，离意大利只有几公里，离里尔却有整整半天的开车路程。

我们的房子在一层，有一个大大的阳台，阳台外面就是雪山。柱子上是雪，房顶上也是雪。Pascal 常常站在阳台上抽着烟，看着姗姗来迟的我从雪坡上滑下来，顺便再录上一段视频，让我一览自己滑雪的婀娜多姿。

屋子是很传统的法国小木屋。房间里还有一个很老的收音机，贴着墙摆了一排唱片，我们每天晚上听着老唱片喝啤酒。喝多了之后，大家就趴在地上抽积木，积木倒了也没有惩罚，游戏而已。

这是一个夜不闭户的小雪村，一般只要有人在家我们就不会锁门，有时候甚至深夜也不需要上锁。这可是法国，不是荒僻到一定程度哪里有这样难以想象的平静。

做饭的时候 Pascal 倒空了一个青豆罐头盒子，拿着空罐子打起了节拍，Flora 拿起口琴就跟着吹了起来，大家立刻跟着节奏摇摆起来。有一次 Tom 不小心在柜子里打碎了一罐蜂蜜，Flora 从柜子里拿出吸尘器，大家围在旁边怪声怪气地说："只要 399，吸尘器带回家，就在今天，不要 599，只要 399。"一群好朋友在一起，不需要说那么多对不起。

这是 Micheal 选的雪场，他今年夏天在伯尔瓦纳的另一侧，意大利那边爬了山，所以冬天想在法国的这一侧滑雪。这次同行的有五个人，出发之前，我只知道他们是我那些已经光荣退役的排球俱乐部的球友。Antoine 拍着胸脯向我保证：“他们也不是很会滑雪，我们就是顺便度个假。”

后来我才在旁敲侧击中得知，除了 18 岁的 Antoine，大家都滑了 20 年以上的雪了。Tom 的兼职是攀岩馆的教练，Pascal 和 Micheal 在全欧洲到处登山，Antoine 平平无奇一些，还在空军训练中挣扎，个子比我还小的 Flora 能在 60 度的雪道上旋转跳跃。

他们没有厌倦我之前，我已经厌倦自己了。

不过他们都是好到不能再好的人。我在 Val Cenis 的雪坡被困住，一点一点往下挪了快一个小时，花了不到一分钟就下去了的他们，就在雪山的冰湖边等了快一个小时。Micheal 一直站在我的下方，跟我说：“你看，你往下倒就倒在我前面，我挡住你不就好了。”等我满头大汗地滑到了最下面，没等我道歉耽误了大家的时间，Micheal 抢先跟我道歉说，没有想到 Val Cenis 的雪道这么难，而且我们还挑了一条很难的路。他接着说：“你回头看一眼雪山，看看你已经完成了什么？”好像我做了很了不起的事情一样。

Flora 收起了单反，Tom 的无人机也收回了包里。他们说，刚好冰湖很漂亮，而且还有拉雪橇的狗，本来就是要在这里停下来拍照的，所以时间刚刚好。

Antoine 说：“你太棒了吧，你本来可以在上面困两个小时，但是你一个小时就下来了。”我很怀疑这句话的情感色彩。

最后我自己一个人下山，却走错了雪场，没有回到出发的 Ramasse，而是去到了 Colomba。坐在滑雪学校的门口给 Antoine 发短信，结果他们还在另一座山的山顶上。我说："那我自己滑过去吧，毕竟还要在 Ramasse 等车回伯尔瓦纳。"

Antoine 立刻说："别吧，你自己走不知道会走到哪里，还是我们来找你吧。"虽然他说话一贯不留情面，不得不承认他说得有道理。

我说："抱歉。"

他说："为了什么？"

我说："我走错路了啊。"

他说："雪山上没有错路。"

等天色一点一点暗下去，滑雪学校一点一点空下来，摘下的手套和头盔因为寒冷，又戴了回去。Antoine 从山坡上俯冲到我面前，一个飞速的转身，雪末溅了我一身。大家也跟在他的身后纷纷赶到了，看我有点不好意思。Flora 立刻说："谢谢你啊 Marcia，刚刚我们在山上正在想能去哪里，结果刚好收到你的消息，现在我们离伯尔瓦纳更近了，所以更方便了。"

我的名字在法语里很好听，r 要发重音，cia 向上扬，被一笔带过。被 Flora 说得好像我又做了一件很了不起的事。Tom 也接话说："是啊，我们去的山顶正好在 Colomba 的顶上，所以刚好下到你这里最方便。"他们总是这样试图驱散我的愧疚，甚至还要称赞我一番。每次他们在前面站着等我从山上慢慢犁雪下来之后，都会欢呼一声，说："Marcia 你所做的太让人印象深刻了！"

我总要谦虚两句，说姿势不好啦，转弯太慢啦，差点失去控制啦。

Tom 很认真地跟我说："不要这么说，不能确定哪种滑雪方式是最酷的，其他的就是不酷的，你有自己的方式，这就很好。老是说自己不够好的话，真的会被自己的思维限制的。"这是中法文化的差别所在，生活总是被夸奖充斥，天花乱坠的夸奖、绝处逢生的夸奖、婀娜多姿的夸奖。

因为我是 Antoine 带来的朋友，所以和他最熟，经常彼此冷嘲热讽。后来 Antoine 才告诉我他很不开心，我总在他朋友面前说他英语不好，所以现在他只卷着舌头怪声怪气说话。

我说："我已经习惯你的口音了，你原本的口音就很可爱。"

他说："太晚了，我已经把被你嘲笑得把法国口音埋葬在土地里了，以后我就这么说话了。"

后来我才想起来，他从来没有在他朋友面前说过我的不好，最多私下嘲笑两句，但是表面上总是"Marcia 今天没有摔跤""大家快看看她刚刚平行地下来的""谢谢 Marcia 帮我们摆盘子"。

老夫老妻的 Tom 对 Flora 也会说："不是每个人都在转弯的时候有这么漂亮的线条，看见你从山上滑下来的时候是一种享受，我觉得让你知道很重要。"

其实法国人的浪漫并不是我们想象中那么表面而浮夸，对我而言，法国最浪漫的地方在于他们从心里可以看见好的一面。虽然大多数时候对于社会，他们总是选择抱怨，但是在私人生活中他们总是快乐的，而且也尝试让周围的每一个人都快乐。Tom 说，这叫作"把每一句称赞的话当最后一句话说出来"。

而我们喜欢损"自己人"，并且习以为常，甚至把这作为一种亲密的表现。可是"自己人"也很希望被肯定，而不是在别人亲疏远近的棋盘上做一个跳梁小丑。我学到这个真的很重要。

Flora 还总会在我游离在法语对话之外的时候，主动用"法棍英语"向我解释情况，然后大家全部都切换成"法棍英语"，艰难地一个一个词往外蹦。

Antoine 虽然生着我的闷气，还是在我们出发前一天，提前给我做了一个生日蛋糕。

我踮着脚站在桌边，说："有什么我能帮忙的吗？"

他气鼓鼓地把黄油搓进面粉里，说："我自己能做好，不想要任何人帮助。"

最后还是把最大的一块蛋糕盛给了我。

第二天才是我的生日，刚好在路上。我、Antoine 和 Micheal 先开车走了，在路上接到了 Flora 的电话，电话那头沉默了一阵，传来了她、Tom 和 Pascal 一起大声唱得荒腔走板的生日歌。她说他们在里尔欠我一杯酒。

中国除夕的晚上他们说第二天不想洗碗，所以还是出去吃吧，但其实这是我们在外面吃的唯一一顿晚饭。

在桌前举起杯子之后，Tom 字正腔圆地说："干杯！"

Micheal 说："中国新年快乐 Marcia ！"

我把手里 40 多度的 Génépi 一饮而尽，Antoine 在角落里笑了起来，他说："大家快看，Marcia 很能喝哦。"

Micheal 讲起他在日本买了一瓶红星二锅头的故事。我问他喜不喜欢，他说谈不上喜不喜欢，几杯下肚之后他连那个晚上都不记得了。

深夜我们一群人穿过村庄走回房间，我提起正在中国肆虐的病毒，问 Antoine 知不知道，他很平静地说："早就知道了，巴黎和波尔多已经有了。"

我说："那我刚回来哦，你不怕吗？"要知道我们六个人一周以来吃穿用住都在一起。

他吐着白气说："这不是能担心的问题呀，你已经来了，对我而言是值不值得的问题。"

我并不同意这种说法，但是我还是很高兴他这样说。其实他们早就知道了，里昂的 Thomas 也早就知道了，但是直到我主动向他们解释，他们自始至终都没有带着恐惧或者指责向我提起过。在我提起之后也是很温和地说："我们知道你没事的，不用担心。"

其实责怪和避之不及我都能理解，我出发的时候还不知道已经严重到这个程度，所以和他们相处的时候一点防范都没有。但是生活不是网络上的剑拔弩张，这真好。

Antoine 接着说："你要不要看北极星，我教你找。"

这个话题就这样被轻易丢下了。于是我们看着眼前的山顶，往上数两颗星，顺着两颗星星延长五倍的距离，一下子就找到天空中最亮的那一颗星星。

晚饭吃什么

晚饭，是我每天最期待的项目。累了，冷了，吃法棍吃到疲惫了，终于有热菜吃了。

和在排球俱乐部的老规矩是一样的，每天由一个人做饭。Flora 带来甜椒煎蛋，Tom 带来奶油蘑菇鸡意面，Pascal 带来万众瞩目的 Tartiflette，还有 Antoine 带来的甜到齁嗓子的奶酥蛋糕。

而我，每天带着一个空空如也的胃，早早地坐在餐桌边，"嗷嗷待哺"。我的胸口总是有恼人的空茫，只有当灼热的奶酪依偎在我胃里时，那片空洞才能被填满。

不得不说，法国人的日常饭菜实在是简单，花样也不多。就算是雪山特供的 Tartiflette 也不过是把土豆用白水煮熟，剥皮之后切成小块，把培根放在奶油里煮熟，将切成小丁的洋葱混着奶油一起倒进烤盘里，上面盖上一整块切成片的奶酪，塞进烤箱等半个小时就好了。

当地有一种很特别的植物叫 Ail des ours，翻译出来是"熊葱"，熊葱是什么我也不知道，只知道当地人喜欢把这种植物放在老香肠或者奶酪里。特殊的味道我也没有吃出来，本来就是味道很重的菜，尤其是半融化的奶酪，味道直接冲上脑门，区区一个熊葱能奈他何。最后大家分别拿着勺子，把沾在烤盘边缘的焦奶酪刮得干干净净。

除了主菜之外，还会有一碟沙拉，用油和大蒜简单拌过，仅此而已。

Tom 是我们之中自诩不凡的健康大师，他不吃一切糖和淀粉，连土豆也不碰，甚至他的巧克力和我们也是分开的，因为他的巧克力是不含糖的。干巴巴吃进嘴里，干巴巴地咽下去，连味道都没有。

他做的鸡胸肉要经过大火锁住汁水，用胡椒提前调味，还要加入奶油和蘑菇的汤汁，让汁水更加充盈之后，才会姗姗来迟地端上餐桌。但是说实话，吃起来没什么特别的。

Tom 说他很喜欢吃大蒜，尤其是黑蒜，他在家里还有一个电饭煲专门用来保持恒温做黑蒜。

我说："那你应该试试腊八蒜啊。"我不知道怎么说腊八蒜，只能说"绿蒜"。他听过之后，很有兴趣地拿着手机记下来，回家要买醋泡腊八蒜。

说起大蒜，我们总觉得这是非常亚洲的调味品，但是其实很多法国菜里，放大蒜也是很重要的调味步骤。

比如说吃 Raclette。

Raclette 是指把切成小片的奶酪装在小铲子里，再放进烤盘里烤熟的菜式。烤盘的上面会放几个煮熟的土豆，每个人拿一个土豆，放在自己盘子里切碎，再拿来几片熏肉。等小铲子里的奶酪开始冒泡之后，用一个木铲把奶酪刮进盘子里，淋在土豆块和熏肉上。吃起来大费周章，满满一桌子红彤彤的肉，看起来很是隆重。其实烹饪手法和瀑布芝士是一个原理，只是这样更方便。

而在把奶酪片送进烤盘之前，要在上面少少地撒上一把蒜末或者沙葱末。这样烤出来的奶酪会更香，真的有一种更丰富的味道，就像必胜客刚烤出来的蒜香黄油面包片的味道，但是更加丰腴。蒜本身的刺激性气味也消散了，反而和奶酪在一起形成了一种奇妙的和谐。

裹上土豆一口咬下去，眼前恍惚出现炉火，窗外是在大雪纷飞中的白色村落。随着咀嚼，眼前出现一条覆盖着冰壳的小溪，溪水在冰下流淌，你从没到腰的雪地里拔出腿，一步一步朝那个灯火摇曳的地方走去。咽下去之后，一切都消失了。眼前还是狼吞虎咽的 Antoine。

于是你拿起小铲子，把融化的奶酪倒在熏肉上，又吃了一口。这次出现的是半山腰的牛群，铃声叮当，他们的睫毛上结起了小小的冰晶，身上几乎是白色的。

在大雪里村庄消失了，灯火也消失了，你抬头看见满天的星星，耳边是沙沙的嚼草声。

又吃完了，你抬头发现是 Antoine 在吃他面前的沙拉。

为了驱散眼前的 Antoine，你忘掉自己克己复礼的一生，一铲子接着一铲子挖下去，往一个瘦子的铁棺材里灌上了水泥，死死锁进胖子的坟墓。墓碑上写着：她是一个瘦过，也吃过的人，这不是背叛，是奶酪配大蒜选择了她。让我们以永远炽热的目光，目送她捧着一层，两层，三层游泳圈蹒跚地走向奶酪配大蒜的怀抱，慢慢探身下去，肥胖的身子向左微倾，显出努力的样子。

她回头说："你就在此地，不要走动。"

这就是大蒜配奶酪。

蓝纹奶酪当然不会错过这场热闹。蓝纹奶酪的蓝纹，是制作的时候在牛奶里面放了面包，面包经过发酵之后，生长了霉菌，所以变成了蓝色。Tom 自己也开玩笑说："除了在法国，这种满布细菌的食物一定会被禁止吧。"

我一直很好奇，奶酪会坏吗？好的霉菌会不会变成坏的霉菌呢？

他们的回答很简单："奶酪从来不会坏，就算是放了很久，变得很硬了，也是可以吃的，只是可能对于你来说不好吃，对有些人而言还是非常好吃的。"

处处讲究的法国人，对于奶酪一点也不讲究。

法国有很多不合逻辑的事情，比如说法国境内禁止生产五十度以上的酒，但是在超市里能轻易找到五十度，甚至六十度以上的烈酒，因为进口酒并不受限制。Tom 缩起脖子，摇摇头："这就是法国人。我们从来不想这些问题，我们觉得自己是宇宙中心，所有人都和我们一样。"

不知道，不关心，不在乎。

不过这未必是一件坏事，这也说明没有人在乎你的背景和各种深深的牵绊，只要你是一个能聊得来的人，那就可以成为朋友。比如说，我的朋友们从来不会因为我可能不吃奶酪，而把我排除在聚餐之外，其实他们根本就不知道中国人不吃奶酪。

怎么可能有人不吃奶酪呢？他们不问，我也不说，和谐就是这样被成就的。

最后我和 Flora 手挽着手去奶酪店带了大包小包的奶酪回家。她还把里尔最好的奶酪商的名字告诉了我，反复叮嘱："你一定要在周六早上去集市，等他在的时候，说你是 Tom 的朋友。他手上的奶酪是整个里尔能吃到的最好、价格最公道的奶酪。"

我买了风味最强的两种山羊奶酪，毕竟在他们的熏陶之下，普通牛奶酪对我而言有些单薄无聊了。它们现在安静地躺在我的冰箱里，像小女孩手里那根凉飕飕的火柴一样，等着我用它点燃一段熟悉的记忆。

麦当劳颂歌

每一个留学生大概都深有体会，24 小时营业的麦当劳是我们在城市中最后的精神堡垒。

不管是无处可去要打发时间，还是手机没电想要充电，或者是想要上厕所，哪怕是想蹭免费的网络，都可以在麦当劳里找到解决之道。

没有选择的时候，我们去麦当劳；没有钱的时候，我们去麦当劳；没有朋友的时候，我去麦当劳。

甚至连每个月的第一天，全城的商店都关门了，麦当劳也不休假，水管里涓涓流出咖啡和热巧克力，保温箱里罩着炸翅和鸡块，可谓是"人民的企业"。

麦当劳的意义早就超出了一家普通的快餐店，这是小胖子不会长大的永无岛，是用白炽灯点亮的乌托邦。

在欧洲的 5 个月，我去过多少个车站，就去过多少个麦当劳。

在里尔的时候，哪怕下午要参加法语期中考试，我一页书都没有看，但是雪梨邀请我去吃麦当劳，我还是一口答应了。

4.95 欧的套餐，是我们心中永远不会褪色的珍馐美味。

失去了奥尔良烤翅的肯德基太平庸，汉堡王的汉堡太贵，赛百味的三明治太素。只有麦当劳，用只能买一个小蛋糕的价格带给我走上考场的底气。

在荷兰的时候，看见麦当劳门口大大地写着 0.5 欧一个甜筒，我和秋天忘记了红灯区，忘记了那些奇妙的博物馆，目不斜视地钻进麦当劳。

在风雨中举着甜筒开开心心地走出来。

在奥地利，我们还没有走出机场，甚至也没有饿，就为麦当劳驻足了。

麦当劳的价格是衡量一个城市物价的最好标尺，4.95 欧是我们心中的砝码。砝码下沉，我们就可以肆无忌惮走进任何一个餐馆大吃特吃，砝码上升，我们就要收敛些地走进圣诞集市，一边大嚼热狗，一边标榜自己的入乡随俗。

迪南的麦当劳，厕所是要钱的，哪怕买了吃的，依旧要交钱。简直偏离了麦当劳普度众生的教条，是背叛者。

马德里有一家金碧辉煌的麦当劳，地上贴着大理石砖，进门是一个巨大的玻璃门，墙壁上有一个烫金的 M。屋顶上挂着吊灯，房间两侧的尽头都是镜子，显得空间巨大无比，远远地就能看到自己的身影在一片金光闪闪中晃荡。一条长长的乳白色大理石楼梯通往二楼，那里就是一切身体压力的释放渠道——厕所。金色的扶手，金色的龙头，洁白无瑕的洗手池。

这是平民阶层的反抗，是麦当劳代表所有 4.95 欧国人对上流社会伸出的触角，这是属于 4.95 欧应有的尊贵。

在巴黎，当身上的钱被席卷一空的时候，我们走进麦当劳。哪怕在这个城市里一切都不确定，但是我们起码还能相信麦当劳，有麦当劳的城市，不会让人太狼狈。薯块永远外脆里嫩，蛋黄酱永远又甜又腻，苹果派里的肉桂放得大方，连烤鸡翅上没有拔干净的鸡毛，都是自然不做作的证据。

薯条和汉堡永远不会犯错。

在深夜到达马赛的时候，回家之前打包了一份麦当劳，到家坐在花园里，背对着房间里传出来的灯光，猫在身旁绕来绕去。我低下头，狼吞虎咽把路上的疲惫都咽下去。

红眼航班降落得太早，我们买一杯热巧克力去麦当劳里睡觉。飞机起飞太晚，我们买一杯咖啡，打开电脑去麦当劳写作业。

在麦当劳，没有人会指手画脚。

阿铉在博洛尼亚为了上厕所，从城市边缘走回市中心的麦当劳。在卢森堡的时候，一口气在麦当劳点 3 个 1.95 欧的芝士汉堡，也不过集市上一个热狗的价格。

麦当劳真好，让穷鬼可以穷得很体面。麦当劳的宗旨应该是不让任何一个人在城市里，在有他的地方被逼向穷途末路。

只要 4.95 欧套餐还在，我们就永远能昂首挺胸地走进麦当劳。

我把手按在牛肉汉堡上，对着不到 3 欧四选二的套餐宣誓，我让麦当劳走进我的钱包。

只要还有那盏黄色的 M 灯在闪烁，这个城市就仍然被守护着。

在美西公路旅行的时候，吃得最多的也是麦当劳。我和堂姐还有 Thomas 拿着汉堡，走出人满为患的麦当劳，坐在路边津津有味地啃起来。

麦当劳永远是让人熟悉的味道。美国人说这是家的味道，而对我们来说，这也是最熟悉的味道。

还在济南的时候，每周宿舍都要找一天集体吃麦当劳或者肯德基。在麦当劳打工的同学会把我的麦旋风打得满满的。这哪是一顿单纯的快餐，这是属于一个宿舍共度一段时光，缩在胖虎的小床上，看一场电影的美好。

欧洲的肯德基没有奥尔良烤翅，失去了他的灵魂。麦当劳不变，麦当劳帝国永不背叛他的 4.95 欧国民。

有天晚上我在里尔市中心转了三圈，找不到一家可以换钱的店，只能走进麦当劳，花微不足道的一点钱，买了第二天当午餐的曲奇饼，成功换了零钱。

麦当劳永远不让人失望。

和 Thomas 去 Megève 滑雪的时候，没有麦当劳吃，每天只能在要预约、要存外套的餐厅间徘徊，实在是太艰难了。

Matin d'Octobre
十月的清晨

François Coppée 弗朗索瓦·科佩

C'est l'heure exquise et matinale
Que rougit un soleil soudain
A travers la brume automnale
Tombent Les feuilles du jardin

Leur chute est Lente
On peut les suivre
Du regard en reconnaissant
Le chêne à sa feuille de cuivre
L'érable à sa feuille de sang

美妙的清晨时分
红日乍现
光芒穿透秋日的雾霭
惊落园中的秋叶

它们轻柔地落下
视线能追随上它们陨落的轨迹
不需分辨
那黄铜般的是橡叶
如血般的是枫叶

第三辑

旅行／美食

我看过许多美丽的日落

有一些让你觉得这就是一生中求而不得的那一刻了

东福尔讷

鲁汶

安特卫普

柏林

卢森堡

布拉格

布拉迪斯拉

布达佩斯

巴塞罗那

匈牙利的肉林

在匈牙利的第一天，我问"地头舌"："匈牙利有什么好吃的吗？"她翻了一个白眼："没有。"

所以在匈牙利的前两天，我们竟然一直在中国城流连忘返，吃了很多相当难吃的中国菜，还有看起来像火锅，吃起来也像火锅，但是就是少了点意思的冷清火锅。

我想大概不是调味的问题，只是没有了中国的食材，也失去了吃火锅应有的热闹，再加上一个对着后厨骂骂咧咧的老板娘，火锅的味道自然也好不到哪里去。

不过等我到里尔之后，才发现匈牙利的中国菜已经相当奢侈了。里尔没有中国城，亚洲餐厅只有像塑料一样坚硬的越南汤粉，还有和洗手液别无二致的所谓珍珠奶茶。不过也有可能是我的探索还不够深入。

匈牙利的面包真的不好吃，5毛钱一个的面包，有气无力躺在超市的货架上，摆得不知道顶端的面包最终被人拿到要走几天的路程。

还有相当有名的烟囱面包，筒状的面包很大方地滚上一圈白砂糖，再滚上一圈巧克力，甜得发腻。但是在冬天吃起来很有意思，因为面包是热的，所以走在外面的时候会像一个烟囱一样冒烟，而且因为是一层一层做出来的，所以从顶端撕起一个角可以一圈一圈吃到最后。匈牙利长大的小孩说很好吃，虽然我觉得非要说好吃的话让人有点想拂袖而去。

好在匈牙利有很多好吃的甜品，尤其是雪糕。有一家教堂边的雪糕店永远门庭若市，它们就像隐藏在茂密森林里的花朵，等着你在酒池肉林，或是晨钟暮鼓里发现它们。

有过很多次单独进食的晚餐之后，我越发觉得中国菜的味道总是和热闹有关。你一筷子我一筷子，南北夹击，气氛不会冷下来，饭菜也不会冷下来。独居的朋友总是邀请我去吃饭、过夜，我想大家终究还是有点寂寞。不过好在，"在各种求而不得的世俗欲望中，唯有食欲的实现是最轻易的"。

后来在我不死心的死缠烂打之下，终于去吃了几家匈牙利菜。

匈牙利菜里牛肉汤、鱼汤都很有代表性。传统的匈牙利餐厅，在厨房里吊着一口大锅，下面一直燃烧着火焰，锅里是炖得烂烂的牛肉。牛肉汤这种东西也很有意思，一定要晃晃悠悠一大锅端上来才好喝，最好装在一口铁锅里，配上一个大铁勺，大家从同一口锅里舀出汤来。汤很浓郁，土豆和胡萝卜都被煮化了，调味很重，又咸又辣。埋头喝一口汤，眼镜上生长出一片雪地，要是冬天有一碗这样的汤，天涯浪子也要回头。餐厅里人声鼎沸，大家你一言我一语，用勺子刮着碗底的汤汁。

我们有一次误打误撞走进了一家米其林推荐餐厅，带着凡夫俗子的胃依旧点了一份牛肉汤。餐厅里只有餐盘和刀叉撞击的声音，大家优雅端庄，连牛肉汤都透着超凡脱俗的意味。一块周正的牛肉配着一小块水果胡萝卜，再加上几块去皮的西芹，干干净净地端上桌。服务生再提来一个铁茶壶，一边示意你可以拿出手机拍照了，一边慢慢把牛肉汤倒进碗里。汤体轻薄，味道挑不出毛病，但是就是没有匈牙利菜的热情奔放。

一个朋友跟我说过，匈牙利人喜欢胖女生。说到"胖"的时候，他睁大了眼睛："不是一般的胖，是真的胖！"

匈牙利人对"胖"的喜爱其实也贯彻在饮食和生活里。要热闹，要丰富，要像一只海鸥俯冲下来抓住海里的鱼一样，泰山压顶。匈牙利的排骨一点就是一扇，两个人都吃不完。排骨是用甜甜的酱汁烤出来的，连软骨都烤到用刀叉一拨就能从骨头上掉下来，肉也散了。切下来一条排骨，丝毫不顾形象地用嘴把肉从骨头上啃下来，靠近骨头的筋格外好吃，软软糯糯，吸足了汤汁。

薯条就是排骨的头发，蘸在酱汁里吸足味道，不仅没有喧宾夺主，而且更衬托出烤排骨的肉味醇厚。写到这里的时候，那扇遥远的排骨隔山打牛让我被一阵饿意袭倒。

匈牙利的汉堡也格外肥美，一切皆可做成汉堡。

一家鸭肉汉堡店门外常年排队，那里还有特别好喝的牛肉汤。唯一出其不意的是在汉堡里偷偷藏了一块蓝纹奶酪，就像藏了一只臭袜子。蓝纹奶酪还不算什么，在里尔还有一种当地特产的奶酪，卡苏马苏，里面还有徐徐蠕动的虫子。

洋气。

匈牙利的辣椒也很有名，所以汉堡里也会放很多炸过的辣椒，甚至为了表现匈牙利风格，直接插了两根辣椒在汉堡上面。

这边的汉堡店有名到能卖周边产品，楼上是一家汉堡商店，卖衣服还有很多小玩意儿，楼下才是一家装修极具特色的汉堡店。我总觉得穿上汉堡店的衬衫，就好像汉堡店里走出去的服务生，下一秒就要面带微笑向大家挥手致意："您想来我们店尝尝吗？办卡有优惠哦！"

可能这也是一种肉食者的行为艺术吧。

不过在匈牙利吃得最好吃的一餐饭，是一家石板烤肉。餐馆在布达佩斯边上的一个小城市，从我来的第一天开始szm就说要带我去，结果直到最后一天骗到了有车的朋友才去成。在这里我也就不提说好了要去的维也纳和捷克了。

朋友一边开车一边说，沿着一条小路一直开，开到怀疑人生就到了他学校，再开到开始思考宇宙就到了这家烤肉店。虽然如此遥远，但是每天依然要提前预订才能获得一张小小的餐桌。

餐厅的门口放了一个大玻璃柜子，柜子里摆着熟牛肉。入座之后，两人共享一杯大饮料，也共享一碗鱼汤，因为分量实在是太大了。这个时候总会让人想起朋友说的"胖女孩"。

喝鱼汤的时候"地头舌"朝我不怀好意地笑了一下，说："多瑙河前段时间翻了一艘船，至今还有几十个人没有找到，说不定这些鱼饮食不规律，这两周正在便秘。"

反正好喝就是了。浓郁又温暖，像是那种爷爷奶奶给你端出来的汤。

片刻之后服务生端上一份腌渍菜，有腌黄瓜和酸菜，"地头舌"说本地有一种很好吃的紫色酸菜，配着牛排一起吃很解腻。牛排上来的时候是完全生的，放在一片厚厚的石板上，还配了半个嗞嗞作响的黄辣椒。石板提前加热过，牛排依靠石板的温度可以被加热得恰到好处。先把酱汁抹在牛排上，然后把油花四溅的牛排切成小块，等到两块牛排都切好的时候，也就恰好能吃了。

一开始的几块牛排最妙，牛肉竟然也能有要化而未化的暧昧口感，兼具弹和软的口感，肉质肥厚又绵密，配上混合着奶香和酸味点缀的酱汁，再切上一小块清新的黄辣椒，简直连身边的对话都听不见了。

这样的烤肉是时间的产物，转瞬即逝，一定要快马加鞭地吃。天下武功，唯快不破。因为石板的温度一直都在，要是吃慢了的话就只能剩下几块又干又柴的肉块了，像有几分姿色的半老徐娘，终究太过于枯燥骨感。唯一的解决办法就是逼你的朋友吃下去。

石板烤肉热闹，金黄灿烂，一切在开始的时候都饱满得恰到好处。可是消逝得太快，迅速就相看两厌，变得不堪了，再也没有从前的滋味。不像三明治会让你在一秒的时间里相信有战胜一切的永恒。而且你永远也不可能吃完碟子里的薯条，那个永恒的配角，伴着冰冷下去的石板从每一个桌子上被无情收走。想到这些就在满足之余多了一些虚无的意味。

看来还是吃得太饱了。

🍵 在鲁汶城堡里吃火锅

那天我和在里尔上了四年学的法国女孩坐在学校旁边的甜点店，一边吃布朗尼配热巧克力，一边闲聊。我说起了我的鲁汶之旅，她挑了一下眉毛，问："这是哪里？"

我以为是我的发音一如既往地不标准，就拿起手机，打开地图指给她看："就是鲁汶啊！"

她低头仔细看了一会儿，声音低低地"嗯"了一声，抬头问我："这是哪里？"

鲁汶是一个比利时的小城市，好像知道的人确实寥寥无几，阴差阳错我们决定去鲁汶过周末。

在鲁汶我们住在一间堪称城堡的大房子里，和我们同住的还有房东一家。房东有一个甜甜的小女儿，每天最大的乐趣就是围着我们转，用我们完全听不懂的荷兰语嚷嚷着领我们去房子的每一个角落。

说实话，我只在电影里看过这种房子。第二天我和 Anze

甚至在走廊里找到了一个拉绳索的传送暗道，从外表看起来是一幅油画，但是从中间拉开，是一个可以手动升到二楼的小箱子。

本来 Anze 一直邀请我们去他家玩，因为从他的阳台可以看到鲁汶中心的大教堂。但是他和朋友从进门开始就没有停止过惊叹，并且强烈要求回家把他家的酒带过来，放到我们的冰箱里，好让我们晚点能就着烛火，在洒满月光的露台上喝斯洛文尼亚的干白。

他们只顾得上在会客室的木地板上助跑，然后在木地板上滑出去很远，最后我们每个人都拥有了油光滑亮的袜子底。躺在花园的双人躺椅上，看着被树丛里灯光照亮的花园深处，听自己的呼吸声在静谧的夜里回响。这里与其说是一个花园，不如说是一片小森林，大量的芜杂组成了勃勃生机。

我躺在躺椅上，望着夜空中的星星，问身边的 Anze 说："你说什么时候我们能有这样的房子？"他双手抱胸望着天空说："永远不会。"

人贵有自知之明。

第二天下午，我们邀请 Anze 和他朋友过来和我们一起吃火锅。前一天晚上 Anze 很认真地说："我特别喜欢吃中国菜，比如说内蒙古鸡，还有内蒙古牛肉配蘑菇和竹笋。你一定也很爱喝酸辣汤吧？我每次去中国餐厅都一定要喝！"说着说着他的眼睛就亮了起来，很期待地看着我。我扭头喝了一口酒，假装刚好播放了我喜欢的歌，拉着他回去跳舞，尴尬又不失礼貌地避开了这个话题。

来法国的时间里，我偶尔会想念中国的食物，火锅就是一个埋在心底不敢轻易触碰的愿望。只要轻轻触碰一下，有关火锅的欲望就会毫无限制地开始生长，直到我的老朋友——失眠口服液，也就是酒，让我暂时只能记住当下的快乐。劳伦斯说："有一度，我认为真正困难的不是酒本身，而是在酒店关门之后的那份孤独。"酒并不是多么好喝，但是酒是好东西。

Luis孜孜不倦地教育我："我希望被每天早上滚烫的牛角包和晚上冰凉的酒慢慢杀死，这是我在这个不幸世界上的抵抗方式。"干掉最后一杯酒的时候，酒如利刃把头脑中的想法碎成一片片，支离破碎的答案不重要了，问题也就不再需要被提及了。

好在鲁汶有亚洲超市，连火锅底料和涮羊肉都可以买到。正好每周六鲁汶都有集市，集市上可以买到当地生产的蔬菜和水果，水灵灵的草莓，饱满光滑的黑莓，还有各种叫不出名字的植物都唾手可得。

鲁汶的集市小而精致，基本上就是由一个个小餐车构成。有的卖一沓沓的奶酪，有的卖塔，只要点上一个，圆滚滚的大叔就把塔切开放进烤箱，然后大手一挥，叫我们先去逛逛，等5分钟再回来，连钱也不收，非要等吃完再收钱。于是在等待的空隙，我们去隔壁华夫饼摊子上不抱任何期待地买了一块肥厚的华夫饼打发时间。说实话，华夫饼摊子简单得惊人，只有一桶说不清道不明的淀粉浆和两个小饼铛。我们本

这就是小集市的秘密
我只要这一点点快乐就心满意足了

鲁汶
这就是小集市的秘密
我只要这一点点快乐就心满意足了

着"来都来了"的乐观精神点了一份，大叔板着"爱买不买"的冷脸，拿起放在碟子上的冷华夫，随手塞进饼铛里热了两分钟，掏出来放在纸巾上递给了我。卖相跟布鲁塞尔那种巧克力酱和奶油装点起来的华夫饼相比简直不值一提。但是咬下去的那一口，惊为天人。外皮略焦，糖在外部形成了一层焦壳，带给牙齿撕扯的快乐。随着上下牙床的挤压，柔软到略有让你怀疑是不是它半凝固的内部，展露出了自己的温柔。那种温柔是带着酒气的面庞，是想伸出却又缩回的手，是树顶上带着毛边的月光，是臭着脸的大叔递给你的华夫饼。

因为没有酱料的装点，所以反而不显得甜腻。半块华夫饼下肚后，卖塔的大叔探出光溜溜的脑袋招呼我们过去。

吃着奶酪味浓郁的牛肉塔配着华夫饼，再看看街道两边的二手杂物，和朋友有话则短、无话则长地东拉西扯，这就是小集市的秘密了呀。不需要去文艺复兴时期的佛罗伦萨、19世纪的巴黎、20世纪的纽约，我只要这一点点快乐就心满意足了。

走过一个个小餐车，卖奶酪的大妈招呼你过去尝两口，卖巧克力的大爷笑呵呵递过来一个盛满巧克力的碟子，卖干果的叔叔说："我每周六都在，以后我每周都等着你来拍照。"

一圈转下来，差点忘了晚上还有七张嗷嗷待哺的嘴在家里等着我们。在集市上买完食材，我们在城堡里的火锅很快就沸腾起来了，和中国的火锅相比也不遑多让。

筷子和叉子在锅里激战，我们在食欲横流中荡起双桨，合伙夹起了鲁汶这道大菜，一张张通红到秀色可餐的面庞之间闪着火光的对话，好过往日下饭的电子咸菜。

门外流淌着一条安静的河流，我们的锅里和碗里也流淌着番茄味的汤汤水水，我们心里那个关于食欲暗流汹涌的海洋终于被填平。

Anze 不仅喝完了碗里的火锅底料，甚至在酒喝到一半的时候，又回去重新盛了一碗。捧着一碗汤汤水水，示意我干了这一碗，我们就是永远的好朋友。

吃完饭之后，我们端着集市上刚买的草莓、蓝莓和黑莓，还有 Anze 背过来的十几瓶酒舒舒服服坐到了能俯瞰花园的露台上。

下午做饭的时候，房东的女儿总是时不时在水果碟子前晃悠。我拿起一个草莓给她，她却"嗒嗒嗒"地跑到房东面前，等她爸爸笑着对我们摊了摊手，示意她能吃了才心满意足塞进嘴里。在她吃到第五颗的时候，房东过来跟我们道歉说："不好意思，看来我们的厨房里有一只小老鼠。"这么可爱的小老鼠，全部给她都可以。

夜越来越深，酒越来越浅，木头椅子硌得屁股生疼，嗓子开始疼了，朋友躲回室内盖着毯子聊天了，我看到两个月亮。

Anze 和他的朋友都是从斯洛文尼亚到鲁汶工程学校的交换生，不过比我们早到几个小时而已，是前一天夜里捡来的朋友。

Anze 和我有一句没一句地聊天，依旧是无话则长。他突然说起："身份习俗、宗教信仰以及民族主义，只要能使个人与其他人联系起来，就能让人逃避其内心深处最惧怕的一件事——孤独。"大意如此，应该是什么名人说过的。

他还说起斯洛文尼亚的种种，引用那句说烂了的话就是："有些人毕生所追求的东西往往是另一些人与生就俱来的东西。"他说他离开他的国家就能得到三倍的工资，但是他依旧希望他的孩子能住在离森林 20 分钟的城市里，他下班带孩子去骑自行车，周末去意大利看海，每个冬天去滑雪。

我说："你知不知道 996？"

我们打开一瓶又一瓶酒，把配餐的甜酒也喝完了，他买行李票带来的干白也见底了，每瓶酒都能拿起来当望远镜了，我们还在聊加缪，聊雪莱，聊枪与玫瑰。我们手里握着冰凉的杯子，伴着屏幕破碎的手机放出的音乐，在光滑的木地板上跳舞，躺在吊床上看树影背后的白色雕像。直到喝干了最后一滴酒，洗完了最后一个碗，甚至连下水道都掏了一遍，他才心满意足地背起空空如也的双肩包，和朋友一起消失在夜色中，或者说，消失在还不太明亮的晨曦中。

每当我和我的朋友们再次聚餐的时候，我们时常会想起他们，要是他们还在的话，就有人帮我们洗碗和掏下水道了。

第二天离开的时候，房东的小女儿"嗒嗒嗒"地跑过来，牵起我的手亲了一口，"嗒嗒嗒"地冲进了在厨房做饭的房东背后，探头出来偷笑着看了我一眼。

我不想走了，我不想努力了。

多瑙河的寥寥长风和酒

从一家波斯人的小酒吧里走出来，我们又买了几杯喝的，走到多瑙河边。多瑙河的一侧是布达，另外一侧是佩斯。布达是山地，佩斯是平原。这几天的夜晚基本上我们都在佩斯的岸边度过。

布达佩斯的夜晚丝毫不逊色于白天，城市好像从来没有真正沉睡过，河边永远有三两个身影一起聊天吹风，夜越深的时候烟酒店里买酒的人就越多，虽然大部分人也不多喝。酒在这里大概就是夜晚的题中应有之义吧，适量的酒并不是坏东西，尤其是坐在这样的风景里。

和国内的喝酒文化不同，这边喝酒都是玩游戏或者聊天说笑的作料而已。而不是像沈宏非所说的那样："就快醉而言，用黄酒下白干，功效上其实跟以白干来下黄酒或者用威士忌来下葡萄酒并无二致，以酒下酒，以暴制暴。"

很多酒吧都提供塑料杯，只要拿上就可以去路边找一个风景好的角落坐下来，借着一杯酒还有三两好友，消磨一个晚上。这杯酒喝完，再往前走，直到下一家酒吧。

酒也不花里胡哨，要不然打一杯啤酒，要不然就是用伏特加或者威士忌之类相对烈性的酒做底，倒上可乐或者别的饮料。反正满满一大杯，大半是饮料，不过是架势唬人而已。

周作人说："酒要是敬客的好东西，怎么可以用来罚人；要是罚人的坏东西，又怎么可以敬客呢。"酒只是用来自我娱乐的东西而已。尤其是夏天酒杯里浮沉的冰块，缓缓渗入酒里的冰水让酒的香气慢慢被解锁，最终这杯酒变得寡淡无味，就像我们作为旅行者经过无数风景，最后一无所有地离开。这种自我娱乐的结尾总会有一丝消沉的意味，但终究是娱乐。

上次走在苏州的山塘街，云哥问我："你觉得人生的意义是什么啊？"不愧是云哥，一如既往是一个诗人，大概也只有诗人会在将近40度的街头，一边嗑西瓜冰，一边思考人生的意义了。我说："就是那些短暂却真实的快乐咯。"虽然酒不能给予意义，但是能带来很多快乐，这也就足够了。

晚上沿着多瑙河佩斯的那侧岸边转转，可以看到岸边有一排小铜鞋，遍布十几米长的河岸，这是为了纪念当年被推下河的犹太小孩子而铸的；我们去的时候有的鞋子里还有路人献的蜡烛，这是布达佩斯的历史。旁边的国会大厦金碧辉煌，高高的尖顶上围绕着成群的飞鸟，那是布达佩斯的未来。

我们沿着多瑙河一直往下走，直到末尾一班电车的时间，才匆匆跳上电车回家。

匈牙利
这种自我娱乐的结尾总会有一丝消沉的意味
但终究是娱乐

有一条横跨多瑙河的桥叫绿桥，年轻人最爱做的是爬到桥上，在高处看夜景。桥东是佩斯的国会大厦，桥西是布达的皇宫和自由女神像，两岸灯火通明，不过这都不是最重要的。最重要的是坐在高处的时候，能看到多瑙河的水缓缓地流动，夏天的风吹在身上，抬头一片星河璀璨。这个时候，酒是眼神交汇，酒是绕着弯弯的真话，酒是琐碎生活细节淹没掉的情绪。

毕竟深不见底的除了多瑙河还有方寸之心嘛。

庆祝节日的时候，绿桥会封桥，大家席地而坐，喝酒聊天。周边的小酒馆还有"快乐时光"这种催人颓废的活动，有人会搬来音响，让方圆一百米变成野迪现场，整条多瑙河以每一座桥为中心沸腾起来。

每一个周五，所有年轻人都会拥上街头。台球馆里人满为患，路边坐满了人，酒馆里摩肩接踵，可能是大家在劳累了一周之后都想要"聊以慰藉那在寂寞里奔驰的猛士，使他不惮于前驱"。

布达那一岸是皇宫，皇宫在高高的山上。从皇宫的建筑上可以看到整个佩斯的风景，尤其是在晚上的时候，置身于金碧辉煌中眺望另外一片金碧辉煌，有一种不真实的美感。

这就是多瑙河的夜晚。

东福尔讷——倚身在暮色里

在我们从鹿特丹到东福尔讷的路上，一个荷兰女生跟我们同行。

她一边啃胡萝卜一边跟我们说："我不知道你们为什么要去这么远的地方，那是一个非常安静的小镇。"说着，她朝我们使了个眼色，"你们明白当我说安静的时候，我想说什么。"

我们也没有办法，荷兰大都市的房租让我们望而却步，我们宁愿为了去更多地方，或者为了更有趣的东西，把目的地选在小城或者城市边缘的小角落。最后这个在鹿特丹当酒保的女孩子，掏出手机跟我们的房东确认了一遍我们会安全到达之后，跳下了公交车，临走挥挥手说："你们会喜欢小镇的生活的，每个月我都要逃离鹿特丹回到农村的父母家，自然让我放松。"

"最好如此。"在接下来的半个小时公交和半个小时雨中徒步的过程中，我对自己说。

还不要忘了之前我们已经坐了一个小时的地铁。

夜里房东送来了隔壁农场的鸡蛋还有蜡烛。我们借着蜡烛在夜空中闪烁的灯光，吸溜完了面条。

看着蜡烛欣喜的绯红，秋天说："是不是在星空下面吹灭蜡烛就会实现愿望？"

我想了一会儿说："好像没有这种说法，但是无所谓。"

停止这种无意义的活动，就等于废止了希望。

我们围着蜡烛，想到人生路上的风景，想到享受、把握却不必太执着的很多东西。那短短的几十秒钟，我想到了很多，比如王安忆所说的："在这将定未定之间，他们的心是安的，又是活跃的，希望是未到手的，所以也是未失去的。"我仿佛一半在无遮无拦的旷野，另一半却也看见了旷野一事无成的荒芜。也想起了早些时候在鹿特丹，我们看到一条铺满黄叶的路，让我想到一句诗："只要想起一生中后悔的事，梅花就落了下来。"

我当时就想，哇，那这条路岂不就是我的人生了？我有很多遗憾的事情，期待的事情却不多。

"只要想起一生中后悔的事，梅花便落满了南山。"

显然秋天比我想得更多，因为我甚至没来得及真正许下愿望，亲爱的秋天就怀揣着此生最迫切的期待，用尽了毕生的力气吹灭了蜡烛。

融化的蜡泪悉数落到了我身上。

东福尔讷的夜晚冷到野猫会往车里钻，蜡泪在溅落的瞬间已经凝固了。我当时一定是一尊价值连城的现代主义雕塑。

那天晚上我和秋天坐在车外的小桌旁，就着酒和冷风瑟瑟发抖，聊着一些被时间擦掉答案的琐事。虽然对话和我们指尖的杯中之物一样毫无意义，但是我们依旧长久地坐着，逗逗在我们身边不断徘徊，企图获得一丝温暖的橘猫。不知不觉就到了晚上两三点，我们偶然抬头的时候，看到了漫天的星星压在头顶。仿佛只要踮起脚，伸出手，就能碰到天上的星星似的。

上一次看到这样的夜空是两年前在青海的夜晚，我和相识多年的朋友一起坐在颠簸的面包车里，透过车窗看见了满天的星星。我们叫司机停车，一边发抖一边靠着车门，用这短暂的一瞬间留住星河。

我突然就懂得了 Anze 跟我说的，专属于斯洛文尼亚语的浪漫。斯洛文尼亚语里的"我们"，专指正在对话的两个人，与对话之外的任何人都无关，好像两个人一起拥有了一颗小小的星球。那些了无生机又遥远的恒星，在宇宙的深处被撞击得伤痕累累，却穿透了黑暗的深渊，给愿意聆听寂静的人带来微弱但恒久的光芒。

回到车上之后我们打开暖风扇，把餐桌拆下来，拼成了一张床，沉沉睡去。我们的房车是一辆1976年的旧车，小却很舒服。

这个夜晚过得安稳又漫长，等我们再次睁眼的时候，已

经是第二天中午了。在去找房东买橙汁的路上，我们发现路边的草丛上挂着露水，秋天"咔"地笑了："看来在周末草起床和我们一样晚，大中午还有露水。"

我接话："小城市，生活节奏慢一点。"

我们驻扎的营地宛如被上帝遗忘。

每天早上起床第一件事是先去买橙汁，晚上最后一件事是去营地的活动室，那里有熊熊燃烧的壁炉，有酒，最重要的是，在这片略显寂寞的森林里——有人。

每天隔壁的农场会送来新鲜的橙子，并放在一个大大的筐子里。提前跟房东打好招呼，他就会把橙汁和刚烤好的牛角包一起送到门前。但是鉴于我们从来不知道自己会几点起床，所以我们一般都打着呵欠自己走过去。甚至连抹在面包片上的果酱都是房东自己熬的，每一罐上都写了日期和果子的产地。他用糖和玻璃罐留住荷兰某一片肥沃土地硕果丰收的秋天。

吃饱喝足之后，我们开始跋山涉水。离营地不远就有一个自然保护区，在去保护区的路上，我们偶遇了一群羊。牧羊人远远地看见了我们，大声和我们打了招呼，示意我们过去。看来大家真的都很寂寞，不愿意放过任何一个能聊两句的人。就像我和 Thomas 一起在美国西部旅行的时候，他每天早上都会跟我讲，他在酒吧又遇到邀请他一起喝酒聊天的本地人，甚至为了留住他这双聆听的耳朵，对方强行把他的橙汁换成啤酒，并示意酒保全部算在自己的账上。他向我保证他去的是普通酒吧，大家只是在了无人烟的荒漠里想打发夜晚而已。看海看久了想见人，见人见多了想看海，可能说的就是这个意思。

牧羊人开始孜孜不倦地回答我们的问题。他说他的羊还有牧羊犬都和他一样，为政府工作。羊的主要工作就是每周换一个地方吃草，他负责站着，牧羊犬负责陪他解闷。

很少能看到这么准确概括自己工作的人。

他显然很喜欢他的牧羊犬，他拍拍他的小脑袋，说："每次有人经过，都是这个小家伙成为焦点，说实话我有点嫉妒。但是牧羊犬是一个牧羊人的全部，他听我的每一句话，而我在家叫我妻子帮我倒一杯咖啡，她都会说：'你自己去！'"说着我们都笑了。

告别牧羊人之后，我们往保护区的深处走去。

我们的目的地是森林后面的哈灵水道，那里是南荷兰省通往北海的河口，四舍五入就是北海了。

　　我们才刚刚走进森林，就遇到了一只匆匆跳跃的小鹿。见到我们之后，他愣了一下，停下来回头看了一眼，又匆匆跳开了。路上有成群的牛，安静地在草地上吃草，还有在枝丫间一闪而过的大松鼠。在深陷被马蹄踩出坑洞的沙丘之后，我们终于到了海边。

　　在法语里，荷兰被称为 Pays-Bas。也就是"低洼的国家"的意思。我们走到海边的时候就明白了，连海滩都低洼平坦到退潮的时候，露出了好几公里的浅滩。我们在沙滩的泥泞里跋涉了将近一个小时也没有一丝一毫靠近大海的迹象。秋天说简直怀疑那片大海是海市蜃楼。但是沙滩上有将近20厘米的蛏子，还有随处可见的螃蟹壳，不远处在浅滩里撒欢的小狗摇摇身子，替我们抖掉了这个想法。

　　退潮造成的浅滩在夕阳西下的时候，变成了阳光的镜子，沙滩变成了一片盐湖，倒映着整片天空。天上的云斑驳破碎，阳光从缝隙中散落下来，在地面上留下更加支离破碎的倒影。看到这幅情景，那些在阿姆斯特丹博物馆里印象派的画就突然有了出处。

　　太阳完全落山之前，我们离开了海滩，留下骑着马在海滩上漫步看夕阳的女孩，还有抱着浑身湿透的小狗滚成一团的小男孩。

　　没有人想在太阳落山之后走进森林，我们在森林里遇到了麻烦。在我们走到二分之一路程的时候，突然遇到了一匹在路边吃草的棕色野马，背后是正在徐徐落下的太阳，森林渐渐被阴郁的树影笼罩。当我们进退两难之际，发现棕马的前面，还有一匹站立在路中间的白马。那匹白马完完全全堵在路的正中央，像一尊雕塑一样安静地矗立着，不管我们发出什么声音，他甚至连耳朵都不动一下。

一个念头突然在我头脑中闪过，我问秋天："马，不会是站着睡觉的吧？"

秋天表情凝重地转过头来，点了点头。

最终在饥饿和寒冷的驱使下，我们在荆棘丛里一边发誓再也不穿破洞裤，一边龇牙咧嘴地绕了过去。可偏偏等我们一走，他们也慢吞吞地走开了。难道他们有点"此山是我开"的意思？

等我们饥肠辘辘走回营地，迅速点燃炉火做了一锅味道一言难尽，但是被我们一扫而空的面条。真正的露营者必须面对一锅狗罐头味儿的面仍然不改英雄本色。在我们埋头吸溜面条的时候，夕阳完全沉到了地平面以下，在天空中和云一起留下了一幅素雅的油画。东福尔讷的夜幕又降临了，这一夜，精疲力竭的我们倚身在暮色里，做了一个满是风的梦。

风划过树林吹进窗户里，房车上的灯刚刚被点亮，牧羊人吆喝着他的牧羊犬把羊群赶回圈里，橘猫偷偷溜进房车里。今夜会有很重的露水，但是不会下雨。

这些足够让我们爱这个偏远又泥泞的小镇，还有我们湿漉漉的人生。

在巴塞罗那踏实吃饭

在去巴塞罗那之前，提起西班牙的食物，我唯一知道的可能就是充斥商业街的西班牙油条、海鲜饭和火腿。

所幸我们在巴塞罗那住在一个在西班牙生活了很久的委内瑞拉夫妇家里。房东在我们到达之后的第一件事，就是把家旁边大街小巷的吃食向我们介绍了一遍。他很骄傲地告诉我们，我们过去说是他的朋友，小餐馆的老板肯定不会像普通游客一样对待我们。看着他坐在沙发上腆起的肚子，我心里觉得大概他所言不假。

我们把书包往床上一丢，就下楼吃饭了。西班牙菜不比法国菜的精致，口味一般偏重，是爱吃辣的人的快乐星球，这也主要是为了配酒。西班牙的小酒馆和别的地方的都不一样，普通酒馆会配一些下酒的小吃，西班牙的酒馆和日本居酒屋有几分相似，有很多配酒的菜肴。可以坐在酒吧里喝酒晒太阳度过一个下午，等到饭点，连椅子都不用挪，就吃晚饭了。

　　出于对辣椒的想念，我和秋天蹿进了房东口中"每次我想吃辣，都会点他们的土豆"的小店。这正中我们下怀，我们太久没有吃过有辣味的东西了。

　　我们一边跟老板娘聊天，听她讲她在墨西哥和泰国学厨的往事，一边看一个字都看不懂的菜单。按照我们两个倒霉鬼的经验，老板一脸抱歉拿来本地语言菜单的饭馆未必是最好的，但是老板笑语盈盈拿着两三本英语、中文菜单的饭馆一定不好吃。

　　就像吃西班牙油条最好连小店都不要去，公园门口油烟缭绕的小车一定最好吃。你点完单之后，面团才缓缓落入巨大的油锅之中，片刻之后滚烫的油条配着极简的白糖裹在牛皮纸里递给你，油条在纸上沁出一片油渍。

　　有些东西就应该和人生一样滚烫，也值得去寻找。要是月亮如此轻易地奔我们而来的话，那还算什么月亮。我们在大街小巷穿梭，寻找心中的月亮，就是要它"永远清冷皎洁，永远在天穹高悬"。不然饭吃起来有什么意思。

　　反正看不懂，就跟老板娘说我们还要一个下酒菜，再配一瓶最西班牙式的酒就好了。没多久老板娘就拿来了我们点的酒，为了保证温度，还给酒瓶穿上了一件黑色的冰服。不得不说，欧洲人在喝酒这方面真的下足了功夫。他们喝着热红酒，烫得就像他们的生命；又或者他们喝着他们冰冷的生命，就像喝一瓶冰凉的白葡萄酒。

　　为了保持酒的温度，又不想把酒放在冰桶里变得湿淋淋的，所以有了像一个吸管一样插进酒瓶里的金属冰棍，还有花瓶一样的陶桶，只要提前放在冰柜里冰起来，再把酒瓶放进去就能延长完美的口感。

不久我们的烤土豆和黄芥末烟熏三文鱼也端上桌了。土豆是小土豆，盘底是水润又浑浊的奶油，土豆头顶上顶着高高的辣椒帽子。我稍稍挖了一勺尝了一下，辣椒的味道像是连帽衫的帽子一样从后脑勺一直盖上额头。在武汉长大的秋天吃了一口，露出了久违的笑容，她说："时哥，从出国之后从来没有吃过这么辣的东西了。"其实辣不是目的，辣从来不是终点，辣带来的香味让土豆的质朴香味也发散了开来，赋予了单薄的口味更深远的层次。

在做菜时放烈酒也是同样的道理。

而我自己做饭放的辣椒粉或者甜椒粉，仅仅是赋予了无聊的辣味而已。这就好像走一条满是黄叶的小路是走路，在黑暗的隧道里找出口也是走路，但是没有人会将这两者混为一谈。

没有什么能媲美土豆，即使我柜子里的土豆争先恐后地发芽了我也还是要这样说。只要稍微烤一下，淋上一层轻盈的酱汁，土豆内敛又若隐若现的味道就散发了出来，让人恨不得咬上空气一口。烤土豆最大的秘诀在于不要削皮，温度会给它焦脆的口感，还有在牙齿间挣扎时的小声尖叫。

烟熏三文鱼简单得不得了，短暂腌过的三文鱼，撒上橄榄油、胡椒，配一碟黄芥末，再加一盘烤饼干，如此而已。

巴塞罗那
有些东西就应该和人生一样滚烫
也值得去寻找

典型的下酒良物，不过当然不是配 Sangria。黄芥末的冲劲带着三文鱼肥肥的憨厚迟滞冲进鼻腔，再用清爽冰冷的酒压下去。一起一伏之间，让比沙漠还干燥的胃里突然浮现出一片大海，海浪拍打沙滩，起起落落。

当然这个时候再埋头吃饭就不是小酒馆存在的意义了。

零零散散地来了很多老板娘的常客，从酒柜里挑出自己存的酒，也不多喝，倒出一小杯，大家互相打招呼聊天，慢慢抿这一杯酒。我们也有一句没一句地聊天，顺便打探一下还能去哪里吃饭，毕竟我和秋天脚下总有不停生长的风，人间的事，哪里有饱足。

那天下午，秋天去看弗拉明戈，我一个人兜兜转转去了波盖利亚市场。感叹着西班牙让人流泪的物价，在五彩斑斓的市场里穿梭。相比于马德里的圣米盖尔市场，波盖利亚更有菜市场野蛮生长的气息，那是属于这个城市的喧闹和繁杂。一串串的干辣椒和大蒜高高地悬挂着，快要遮住店面；干果和调味品也被高高地堆起来，巧克力和五颜六色的糖果大大咧咧地在空气中散发致命的诱惑。当然不会缺了火腿，火腿片配着奶酪像一束捧花一样被盛放在纸筒里，比花朵还让人快乐。我边走边瞄，努力劝说自己买几个圆滚滚的杧果，带几个通红的石榴回去就好了。可是余光中全是案板上的贻贝和大虾，还有腌渍的罐头。

简直让我想起余光中那句如有神助的话："不要问我心里有没有你，我余光中都是你。"

怎么有这么美又取巧的名字。

晚上回到住处，还没有进自己的房门就闻到了厨房里的香味。原来房东太太今天煲了汤，不知道在炉子上咕嘟了多久，旁边桌子上的厨师机也在轰隆隆作响，不知道在做什么甜点。秋天专门等到房东太太进了厨房，在里面"叮叮当当"一通捣鼓的时候钻了进去，假装泡咖啡，最后端回来了一大碗汤。

那就是家的味道了。

第二天房东向我解释，汤里面放鸡骨架、牛尾、木薯、胡萝卜、玉米、蒜和洋葱就好了，剩下的全部交给时间。炖三个小时，放一个晚上，第二天再加热才是最好喝的。

厨师机里的米布丁也是如此。放到第二天所有的味道才充分融合了，食物的骨架也消失了，一切都变得浑然一体。布丁的米还保留着微微软糯的口感，闪亮的布丁带着杏仁和薄荷的味道。说不上多么好吃，就是踏踏实实的布丁而已。但是房东端出来的吃的，就是让我们感觉比在外面吃到的花里胡哨、摆盘讲究的餐厅的饭舒服得多。

有一天晚上聊天的时候，房东拿出了一盒板蓝根，问我们要不要喝。他说这是他上一任的美国房客送给他的，但是他觉得这种东西不是治身体的药，是治心理的药。只是起让人觉得自己喝了药，所以感觉好很多的心理作用而已，如果我们坚信不移的话，就送给我们喝了。我告诉他小孩子才喝板蓝根，我们广东的成年人都相信喝汤包治百病。

房东又告诉我们，早上一定要去一家小店吃西班牙三明治。我们的房东就是典型喜欢家常小店的中年男人，身上流动着热情却闲适的生活气息。

西班牙的三明治看着就比法国的热闹，法国三明治简单得令人发指，一根法棍切开，放点凄凄惨惨戚戚的冷肉冷菜，把法棍合上，就做完了。最正宗的法国面包店连酱汁都不太放。放了沙拉酱、烧烤酱那就是阿拉伯人做的了。

而西班牙的三明治就复杂多了，一个小面包，切开之后放上奶酪和酱汁，还可以加火腿，最后放到铁板上烤，还要盖上一个铁盖子，把三明治紧紧压在一起。两面都烤到焦黄之后，一切两半，装到小碟子里送到面前。随之而来的还有半杯黑咖啡，自己倒进去半杯牛奶，就这样吃一餐温温热热的早饭。这样的三明治最妙的地方就在于融合，温度让奶酪融化，渗透进面包和火腿里。奶酪被微微烤焦之后，随之而来的是一种包裹着鼻腔的暖香，这是让人堕落的味道。三明治被压得很结实，面包本身坚硬的表皮被压碎了，烤香了，"嘎吱"作响了。最后把杯子里的热咖啡喝完，我和秋天说，我们回去之后一定会想念西班牙用玻璃杯装的拿铁，在法国哪里有这样顺滑却只要 1.5 欧的咖啡呢？

又是一顿踏实的早餐。

在巴塞罗那的最后一个晚上，我们正好碰到了加泰罗尼亚独立游行，其实前几天在加泰罗尼亚广场上也有看见，不过规模不大。但是那天大街小巷全是人，我们回家的路被封了，路口全是警车，就索性去了边上一家素食比萨店。我们穿过人群，听着头顶直升机的轰鸣声，磨磨蹭蹭走了过去。

秋天很担心地问我："万一老板出来游行今天不开门怎么办？"

我心想，如果真的要担心的话，应该不是担心这个吧？

还好这家店的老板比较惜命。

我和秋天一人点了一瓶很难喝的果汁，又点了一份有四种"芝士"的比萨。这家店是一家严格的素食店，在英文里是vegan，比vegetarian要严格，而且不仅仅和食物有关，更关乎一种生活方式。不用任何和动物相关的东西，哪怕是黄油和牛奶。所以四种芝士也是从植物里面提取出来的，连面团的口感都是不一样的。

虽然有了很多食材的限制，但是他们尽量在别的方面精益求精。哪怕面团都是现场揉的，揉完之后送进传统的石炉里。餐厅最深处还有一个实验室，工作台上泡了很多发酵程度不同的植物，可能这就是我们桌上植物芝士的来源，也许他们也是在那张工作台上兢兢业业地研究出了我们杯子里难喝的饮料。

其实哪有什么素食饮料，哪有饮料不是素食的，卖点鲜果汁就很够意思了。但是他们非要做出什么杏仁茴香豆蔻椰子奶，还有菠萝苹果芦荟百香果玛咖汁，味道显而易见很奇妙。

本来我想说他们很让人费解，但是又想到他们在努力地表达着什么，而且以这种切实的方式表达了出来，再想想门外的那群人，他们也想表达些什么，却选择了全然不同的方式。我觉得，用这种新奇的搭配和很认真的态度表达自己对生活方式的理解，总比走上大街烧垃圾桶强。

没放黄油和鸡蛋做出来的面团依旧很好吃，没有了牛奶和羊奶发酵的芝士确有几分真假难辨的意味，他们做得算是很好了，所以还是不要抱怨好了。他们不鄙视我们这些肉食者，却坚持自己的生活方式，推而广之，就是尊重任何人的想法和生活方式，但不干涉不强求。自我表达总是没错的。

最重要的是，别人真的端出来了拿得出手的比萨啊。

以后大家开始大言不惭之前，最好都先有一块自己的"比萨"，哪怕是肉桂酸橙生姜鳄梨南瓜汁也可以。

离开巴塞罗那之后，我们到了马德里。马德里最有名的市场就是圣米盖尔，还有一个圣安东市场，不过大同小异。我对圣米盖尔市场的好感不多，这里是一个走马观花的好去处。味道一般，唯一的优点在于东西琳琅满目，而且酒也便宜。谁会和不到 2 欧的啤酒和 3 欧的 Sangria 过不去呢，去去也无妨。小吃很多，可以这家吃一串肉，那家吃三个塔，配着排骨包吃一个甜甜腻腻的西班牙泡芙。

西班牙的特色小吃是把一切东西放在一小片烤面包上的 Tapas，一个不过区区一两欧，多吃无妨。

未必多好吃，但是总归是要吃的，旅游啊，来都来了。

好多时候也没有必要非吃特色不可。最后一天我们立志一定要吃马德里当地的特色小吃，于是点了一锅炖菜和一份炸奶酪。结果炖菜是猪皮配牛杂，连嘴角都可以粘起来，哪怕配着面包，吃上两三口也全无招架之力了。炸奶酪呢，在菜单上写了一行小字："和轻盈毫无关系。"可是我们偏偏不信。也许是在炖猪皮的夹击之下，奶酪的厚重和黏腻被成倍放大了，我和秋天拿着叉子吃光了配奶酪的果酱。

最后只能劝说自己，要尊重各地的口味差异。所以吃吃游客店也未必是一件坏事。

对于我们来说，更有致命吸引力的是市场外面边边角角里的中餐馆。说起来很没有出息，但是 3 个月没吃过一碗热气腾腾的牛肉面的人，怎么能拒绝一家地地道道的四川面馆呢？何况价格不到法国面馆的一半。一大海碗面条，上面顶着四块排骨，红到发黑的汤汁，加一勺辣椒，再加一勺陈醋，舒坦。就像洋葱、胡萝卜和西芹是法餐的味觉基础一样，酸和辣是出国之后的我心中真正中餐的代表。

更不用提酱油，让我用最大的热情歌颂酱油的发明。咸中带甜，还有悠长的余味。炒饭加了它熠熠生辉，蒸蛋加了它妙不可言。在我的舍友买回家一排瓶瓶罐罐的时候，我只有一瓶酱油，现在柜子里整整齐齐摆了四瓶快要用完的酱油。当然，我也向罗勒、百里香、蒜粉和甜椒粉屈服了。

怎么会有如此点石成金的东西。

那家中餐馆离我们住的地方很远，但是我们第二天早上又绕路去吃了一次。我们不管 50 米之外人声鼎沸的圣米盖尔市场，低头一通鲸吸，在马德里微凉的秋天，吃得大汗淋漓。

没想到，最后还是把西班牙吃成了中国味道。

布拉迪斯拉发的夜晚

布拉迪斯拉发的夜晚有奇妙的魔力，我们本来从维也纳一身疲惫匆匆坐车到了市中心，一心只想回到温暖的房间里。

从中心车站走出来之后，只有几百米就到了老城的市中心，远远地我们就看到了灯火辉煌的圣诞集市，远远地就闻到了集市上飘出的甜酒香和肉香，大家的精神突然就来了。

东欧的集市就是和西欧的不同，东欧的饮食习惯更张扬，更热闹，和中国的饮食多少有些相通之处。一米长的油锅里炸着土豆饼和布拉迪斯拉发"油饼"，两三米长的木棍上架着几十斤猪肉，在火上翻滚。肉，在铁板上堆成肉山，酒，一桶一桶围绕在周围。价格便宜到不可思议，终于可以随心随欲地吃东西了。除了欧洲传统的加了肉桂、柠檬和丁香的热红酒，还有东欧人民最爱的烈酒。布拉迪斯拉发的 shot 和布达佩斯的 shot 是同一个意思——快醉。法国的 shot 只是一小杯，而这里的足足有法国的三倍大，40 度的酒里面泡着一瓣橘子，象征着成年人的健康。

我问秋天："要喝吗？"

秋天摇摇头说："这个晚上不能结束得这么快。"

大家都老了，再没有人死于醉酒心碎、喋喋不休的夜晚了。

我第一次参加舍友举办的全是法国人的聚会的时候，很苦恼应该带什么酒，啤酒太不正式，香槟太隆重，红酒也有些沉闷。Antoine 说："带一瓶伏特加啊，一般来说所有人都会开心的，不开心的人最后也会忘记的。"

当我饥肠辘辘地站在长长的队伍里，等待我的炸土豆饼的时候突然明白了什么叫"折磨灵魂只需要让他们期待着"。总是在路上的我们闻到炊烟时，也知道总不是自家的。不过好在油炸食品和土豆本来该多好吃，让我在冷风里发抖等待的炸土豆饼就有多好吃。

还有一种很简单的卷饼，惨白一张饼皮，里面裹着巧克力酱或者能想出来的任何东西，也可能什么也没有。就那样凄凄惨惨地放在那里，无人问津又干枯的样子，只等点单之后送进烤箱重新加热。但是味道却意外地好吃，饼皮油香四溢，从一头咬上一口，巧克力浆就混着油从另外一头滑出来，实在是让人满足。

集市的尽头有一个舞台，舞台上的男人用烟嗓唱着伤感的歌，采一束月光插在他寂寥的身前。我们把他笑称为"布拉迪斯拉发刀郎"。更棒的是街角有很多自发带着乐器来唱歌

布拉迪斯拉发
在细雨蒙蒙中俯瞰这座城市
很有几分孤独的意味
一种关于籍籍无名的孤独

跳舞的人，一架大提琴，一台手风琴，几个顶着光亮脑门和肚子的中年男人。人群以他们为圆心一圈一圈地聚集起来，唱着我们听不懂的歌。

集市中间还有一个立着彩灯树的滑冰场，冰场里主要是孩子，伴着四处传来的音乐声在冰面上划下一道道的弧线。

其实到现在我也不知道那些写在板子上的长长的句子是德语还是斯洛伐克语，我不懂得它们的语言，也就是说，我不懂得它们的那种沉默。

在来的路上我一直在看智利诗人聂鲁达的诗，他在海外定居的多年也曾来过斯洛伐克，在他的书里着重写了"响亮的代表友谊和尊重的斯拉夫式男人间的吻""第一个吻我的男人是位捷克斯洛伐克领事"。

在维也纳的时候我怀着一整颗对卡夫卡的喜爱之心，但是关于布拉迪斯拉发却什么也不知道，连他的沉默也听不见。只能看看他表面的热闹和欢乐。我们看不明白为什么市中心会被灯红酒绿之地围绕，深夜的便利店里会有年轻人提着袋子买走架子上一半的烟，街上会躺着喝到烂醉的年轻人。夜店门前打出大大的投影写着"我们不是波兰酒吧"，街头的橱窗里整齐地悬挂着几十个残缺的芭比娃娃，她们的残肢被散乱地堆在地上。

这是一个古老又神秘的城市，背负着关于反抗和挣扎的历史，只是不知道他们还会不会梦到狮子，圣地亚哥的那条大鱼还会不会回来。艰难的那些年，有没有让生活变得美好而辽阔。是不是没有选择，就会以为已经得到的就是自己想要的，反正短暂的快乐如此轻松就能得到。

第二天早上起床听见淅淅沥沥的雨声，干脆在家里做了一顿午饭再出门。我们把可乐鸡翅的酱汁都用面包片抹干净，青豆炒肉里的青豆都一颗颗挑干净之后，终于出门了。可能因为审美疲劳，布拉迪斯拉发夜晚的奇妙魔力消失了，变成了一座被白雾笼罩的小城。

我们爬上山顶，去看最有名的皇宫，俯瞰流淌着的多瑙河。说实话作为一座欧洲城市，这多少显得有些落魄，不管是稀疏的橙色房顶，还是皇宫广场里养的绵羊和驴。皇宫也不大，建筑风格也很简单，时间赐它青春与死亡。皇宫后面的花园简单种了几丛花，昨夜的雨下在地上结了冰，走在上面"嘎吱"作响。聂鲁达说："青年作家的作品总是离不开孤独感，即使是杜撰的。"在细雨蒙蒙中俯瞰这座城市就很有几分孤独的意味，一种关于籍籍无名的孤独。

关于斯洛伐克，我什么也想不出来。还很惭愧地上网搜索了斯洛伐克有名的诗人和作家，却更加惭愧地发现，我连名字也没有听说过。

回到城市之后，大街小巷的人群热闹，勉强驱散雾蒙蒙的阴霾。有富丽堂皇的咖啡店，还有各种各样奇装异服的卖艺人，雍容华贵的老妇人穿着貂皮大衣在街上漫步，老先生戴着礼帽，穿着长长的风衣。看着他们的时候感觉脸上的冷风都是从往年吹来的。

尤其等到晚上，等彩灯一打开，这座城市又活了过来。集市上挤得人都无法走动，大家都紧紧护着手里的热红酒，生怕一不小心就让某个路人的貂皮大衣"喝"完了半杯。烤炉不知疲倦地烤出香甜的蛋糕，油锅沸腾，一张又一张淌着油的大饼被递出来，烤小猪被分散到大家的碟子里。圣诞树闪烁，背后的建筑被投影上了圣诞老人，在每家每户的窗口前流连忘返。"布拉迪斯拉发崔健"也开始放声歌唱。

夜深了，法国年轻人走进便利店，掏空钱包买光货架上的香烟，转身回到欢乐时间永无尽头的酒吧。

成年人的迪斯尼，莫过于布拉迪斯拉发的夜晚了。

和卢森堡无关的一些琐事

　　欧洲有多么小呢，小到我能从卢森堡回里尔的时候，在布鲁塞尔的超市里遇到去伦敦的 Mikako，又在里尔的车站遇到学校的同学。

　　这一趟旅程下来，最大的感受就是欧洲的城市真是小到不得了，来来回回最多半天就能走完了。

　　来到卢森堡的时候已经是晚上了，我们刚刚从迪南和那慕尔赶过来。阿铉去他市中心的民宿，我也坐车去了我郊外的青旅。本来上大巴的时候还很担心怎么买票，结果大巴司机直接对我说："是免费的，你上来吧。"到现在我也不知道到底是真的免费，还是大家默认坐车不用买票了。同住的荷兰女生告诉我，她的本地朋友说没有必要买票，她来了这么久也是大摇大摆从司机面前两手空空地走过，还要说一句"早上好！"。

　　我自然入乡随俗，没有为交通花一分钱。

秋天和雪梨在冰岛的时候因为下山的通勤大巴太贵，本来打算在冰天雪地花一个小时走下山。结果同一个大巴司机第二次在半山腰看见这两个哆哆嗦嗦的女孩的时候，打开车门问她们是不是因为不想买票所以才走路，然后让她们直接上车了。有的人看起来光鲜亮丽到处旅游，其实背后是一个公交车票也要斤斤计较的穷鬼。

我现在熟悉掌握了法国版"闲鱼"和法国版"滴滴顺风车"。在天寒地冻的里尔站在风里等卖家接头，在六个小时的路程上缩在后座"叭叭"地和司机聊天。最后这些从金字塔缝里抠出来的小硬币都送给房东翻新房子了，但是这是后话，值得大书特书一番。

这一趟出来玩，我们挑住宿的能力可见一斑。在迪南住了一间堪称伪装得最像青旅的鬼屋，在卢森堡的青旅也位于荒郊野岭，要换两辆公交才能到达一个荒野中的加油站，然后要走过一条河，穿过一片漆黑的森林。远远望着前面，是一片更大的荒山。

卢森堡的树在冬天会落光叶子，又细又长的树枝直挺挺地指向天空，又高又密，一眼望过去苍苍莽莽的一片。尤其是早上的时候，雾气凝结在枝头结成了霜，白茫茫的，天空在早上总是泛着白色，尖尖的树冠消弭在天空里。

第二天早上吃完房东老太太准备的早餐，和一个荷兰女孩一起上路去市中心。因为是周日，车次减少了很多，公交左等也不来右等也不来，我们向一个路过的老爷爷搭话。他

卢森堡
尖尖的房顶直指天空
树枝也直指天空

说他只会说法语，荷兰女生完全不会，我只能用三分之一桶水拼命晃荡的法语跟他讲话。这才发现虽然卢森堡的官方语言是德语、法语和卢森堡语，但是他们的法语口音非常重，即使我们这种常年在法国北部边陲生活的"北方土老帽"也没有如此浓厚的口音。

阿铉告诉我，在这里讲正宗法语的人才会被认为是有口音的，就像去到独眼国的正常人会被抓进笼子让一群独眼龙大开眼界一样。想想也有道理，在魁北克的法国人也不敢大声嘲笑当地人的土气法语吧。

终于搭上了公交，到了市中心的高地。

非常有意思的一点是，卢森堡在高地有一个城市，在河谷低地还有一个城市。两个城市的风格截然不同，高地的城市是现代又宏伟的富裕小国，低地是古老又厚重的古建筑群。

因为正好是周日，所以每个教堂都在做礼拜。我们远远地站在后面，看着阳光从巨大的彩色玻璃背后照射进来，投影在昏黄的教堂里，台上的牧师背后笼罩着彩色的光芒。他讲着上帝让亚伯拉罕把儿子杀死的故事，又讲到"二战"。他的声音回荡在教堂里，撞击在柱子上，又在高高的尖顶间徘徊一圈，浑厚又空灵。我这才明白原来教堂的设计是如此暗藏玄机，让一些人神圣，让一些人渺小。牧师布道完，唱诗班出来唱歌，台下的信徒们也站起来跟着唱，头顶的管风琴琴声悠扬。单单是站在那里就感觉自己变得微不足道却又有与一群人联结起来的巨大力量，有了一种软弱的勇气。

宗教啊。

阿铉的摩洛哥舍友是一个很虔诚的伊斯兰教徒，向他解释了很多很中肯的古兰经教义。阿铉说伊斯兰教本身和我们荒芜的脑袋里，那块钉上铁钉的铁板背后的铁窗并不一样，有很多了不起的东西。但是喋喋不休劝他脱离无神论混沌的舍友，就不那么讨人喜欢了。

我说："你不觉得这很像我们做政治题吗？拿出一段话，然后结合事实分析，中心论点早就想好了，只要竭尽所能往上靠就好了。"

阿铉耸耸肩膀："宗教啊。"

我们有一门叫"西方世界悬而未决的思想观点"的哲学课，让很多中国学生觉得不舒服，觉得像是一门关于西方中心论的长篇大论。

但是站在纯粹哲学的角度，只承认西方世界是哲学的源头，大概问题也不大。毕竟哲学在每个语言里的所指并不同，欧洲语言里的哲学是一种可以被推导的严谨学问，他们自然而然认为中国式的结构相对散漫，儒释道可以是一种神秘的宗教，或者是一种深奥的自我修行，但是不会被称为哲学。

而在我们的语境里，自然认为我们的国粹智慧结晶被低估了。这是一场没有结果的讨论，根本没有意义。

在法国和别人交流最大的绊脚石就是每个人都起码对中国略知一二，但是其实并不懂多少，甚至误解多于了解。

我不是一个东土大唐来的高僧，泱泱大国派来的教化使徒，所以也没必要和每个人掰扯清楚。

唢呐对着管风琴吹，是吹不出结果的，这不过是自讨没趣。唢呐高亢唢呐的，管风琴自己低回婉转，大家互不打扰地震耳欲聋。换一个说法叫世界和平，还叫聊开心了，下一轮酒全算在喝醉了的这个大傻瓜头上。

后来我们边聊边走到了低地的古城里。有很多房子依山而建，高高低低地错落着，与比利时主要是橙色调不同，卢森堡的城市更多彩一点，只是房顶大多是黑色的。尖尖的房顶直指天空，树枝也直指天空。围绕着城市的还有一堵古城墙，以及许多高高的桥梁，在诸多西欧城市里算是别有一番风味了。

每次我的目的地都很大众而著名，其实对大多数我的本地朋友来说，他们不会这样旅行。他们更多的是在一个周末去比利时一片不知道叫什么名字的森林里爬爬山，要不然背上帐篷去山里过三天。

等夏天到来，我就轻蔑地把冬天拂掉，半含微笑地做一个真正在山里啃三明治的穷鬼。

我说："这里和法国好不一样啊。"

阿铉说："因为这里不是法国。"

是哦，很有道理。

在布拉格看夕阳

布拉格广场上，日落的光芒烧红了远处的一整片天空，钟楼和雕塑全都沐浴在斑驳的光影中。

夕阳消失得很快，天空的颜色迅速变化着，彩色的光晕在天空中游走。一会儿是教堂背后的幕布，一会儿又为极目远眺的雕塑披上彩衣。

夕阳还没有完全褪色，我就因为它终究会消逝而感到留恋了。这种美好的东西，经不住分析，因为根本没有思索的时间，它就快速地带着你的挽留一起走了。

我看过许多美丽的日落，有一些让你觉得这就是人生中求而不得的那一刻了。有的让你希望身边有一个人，能牵着手，一言不发地望着天空，直到完全被黑暗笼罩，直到一起看月如何缺，如何圆。还有的让你想和朋友一起冲着日落的地方奔跑，大口呼吸。

但是那天布拉格的日落，是那种让人陷入沉闷悲伤的美。

美到不可方物，难以置信以后的岁月里还会有一个这样的傍晚。当我望着那片天空的时候，一直在我脑海里徘徊的是：我这一辈子再也看不到这样的日落了。

其实来布拉格之前，我对这里一点想法都没有，只知道这里是一个久负盛名的地方。Tinka 很不屑地说："捷克是捷克，布拉格是布拉格，布尔诺才是真正的捷克城市。"

因为我们先去了德国，而且东欧的国家基本上走得差不多了，所以挑了最近的布拉格。

从柏林坐火车，只要四个小时就到了布拉格。选择火车也是因为我没有太多期待，反正在路上慢慢看风景，全当作休息。

布拉格的城市整体差别不大，和布达佩斯的感觉很相像。好像整座城市都值得一逛，风格也是统一的，不像大部分西欧城市，老城区古色古香，出了老城，建筑和街区就不再那么有味道了。在布拉格，不论是在河的哪一岸，建筑的主旋律都是橙顶黄墙，风格古旧又统一。布拉格在"二战"中没有受到破坏，德军占领了布拉格，但是承诺不破坏城区，所以所有的建筑和古迹都得以留存。

第一天到的时候已经是下午，我和阿铉在城市随意走了走。在广场上为了整点报时，会有使徒从自动打开的窗户里探出身子，为天文钟驻足。又走到老城的对岸，在长长的桥上看一群快乐的大爷拉手风琴、褪了色的大提琴，还有各种叫不出名字的当地乐器。再看看天空中飞舞的鸽子、在河岸

布拉格

我看过许多美丽的日落

有一些让你觉得

这就是人生中求而不得的那一刻了

边漫游的水獭，还有矗立在桥两侧的基督雕像。

基本上每次路过这里，都会有人卖唱。有一天清晨，桥上的人还不多，一个上了年纪的男人在角落里吹萨克斯。天空蓝得不像话，远处是参差不齐的橙色房顶，伏尔塔瓦河河面波光粼粼，映着天空中的光。风吹过山上的树，吹过山顶的城堡，吹过河面，吹过我，打着卷吹进尖顶林立的城市里。让人觉着这样的音乐和这座城市是浑然一体的。

老城区那边更繁华，也更有旅游气息。

河对岸的城市更加宁静，街上不时开过闪着金属光泽的老爷车。我信步走到法国大使馆对面的列侬墙，心想这个选址也是下了苦心的吧。再看看卡夫卡在这里留下的足迹，那栋《变形记》诞生的公寓，他的"一生都关在了这个小圆圈里"的广场。他就是那个一生被笼子寻找的鸟，是那个被一切障碍粉碎的孤独背影。虽然他已经变成了布拉格媚俗文化的一部分，成了文化衫上惴惴不安盯着你的大头像。但是他依旧是那个砸开冰河，问你"当你站在我面前，看着我时，你知道我心里的悲伤吗？你知道你自己心里的悲伤吗？"，还有告诉你"不要绝望，对你的不绝望也不要绝望"的卡夫卡。

他说爱情是对方的一把刀，而你用它搅动自己的心脏，他自己也是那把刀子。他是桃园三结义里的桃花，伯牙子期中间的高山流水。挣脱永恒的蝴蝶标本成为燃烧的灰烬，脱掉自己的面具，还要把别人搓油摘粉、调胭脂捏出来的假面具也摘掉。

不久之后，天黑了，黑夜中的布拉格也别有一番风味。

如果说白天的布拉格比布达佩斯更有味道，那么夜晚的布拉格就更有平静的东欧城市的感觉，而不是像布达佩斯一样灯火辉煌，气宇轩昂。长桥上留着星点灯火，刚好能照亮脚下的路。遥望老城，城里的灯火不算明亮，只有皇宫城堡之类的高大建筑被光照亮。河岸边的灯光映在水里，拉出长长的光轨，就像慢慢走回家的我，在路灯下牵着长长的影子。

好像城市里住着一个讲《一千零一夜》的姑娘，而你正在度过第一千零二夜。躺下是这里，醒来还是这里。

回到住处之后，我听到隔壁房间有声音，洗完澡出来，发现隔壁的门上贴了用意大利语写着"欢迎"的便利贴。彼时意大利还不是一个让人草木皆兵的地方，其实现在大家也依旧一副岁月静好的样子。

今天又因为罢工没有上学，大家该游行还是要游行，该干什么还是干什么。忽然想起来我刚回法国的时候 Antoine 说的："如果真的情况很坏的话，到处都会有的，所以没必要担心了。"

没想到他竟然是一个预言家。

世界上不是只有一种解决问题的方式，反正大家终究是不能互相理解的，大家都为自己的做法感到自得，还要感叹别人的荒谬。我也不想嘲笑任何处理方式，"不要绝望"，对别人的不绝望也不要绝望，大家总有自己面对的方式。人可以选择是否让自己生活在恐惧之中，也有自由选择的权利，关上门，捂起耳朵。关心一些诸如邻居家的猫爬进了我的花园，花园里的无花果结了果实，墙角长出了迷迭香之类，对一个人来说更加重要的事。

之后的几天，是在老城河对岸山上的皇宫里度过的。教堂里有震人心魄的彩窗，走到深处还有由天使提着床罩的巨大雕塑。原来我们以为是虚构的东西，对于原来的皇家来说都是可以用金钱和权力实现的。原来国王不仅不用金扫把扫地，而且真的有天使环绕着他。

旧皇宫的窗外是布拉格的全景，阳光把窗棂的影子打在斜斜的柜子上，窗子变成了画框。窗外的城市就是一幅经历了漫长岁月的画。卡夫卡说有很多人爬上伏尔塔瓦河上的桥自杀，消极如他都说，不如爬上观景台，看看这个城市。窗外有这样的风景，真会让人想要长长久久地活下去。

不远处还有一条小巷，是之前炼金的建筑，建筑里还保留了当年的炼金工具，还有各种中世纪留下的兵器和盔甲。

总之在这里打发时间是一件很容易的事情。

有趣的是，临走前一天我又来了皇宫一次，正好遇到皇家护卫队换岗。一队穿着华服的士兵，踏着整齐的节奏走出皇宫的大门。门外的两个流浪歌手看见他们走出来，便用手风琴给他们配上了庄严的音乐。他们也就这样其乐融融地踏着鼓点走远了。

下了山，回到城市之后，我在集市里转了转，吃了吃明知不好吃，但是终究要吃的烟囱面包。精打细算花完了身上的最后一个克朗，坐上去机场的地铁，准备回到比利时。

布拉格是一座美丽的城市，尤其是在这样短短的两周之后，重新想起这座城市，让人不禁想起那天夕阳下浅浅的难过。因为过于美，让人有一种不真实之感。

布拉格的夕阳不在于天空辽阔，也不在于波澜壮阔。只是因为天空中飘过的那一片云造成的层次感，那一片阴影投下的不完美。不是竭尽全力的盛放，而是带着一点点萧索的味道，让人想起长桥上的萨克斯，想起卡夫卡书桌窗外的那个小广场。

安特卫普和菊苣

不得不说，安特卫普是一个平平无奇的小城市，而且我们赶上了很差的天气，所以并没有体会到安特卫普的美好。

周六，很多商店都关门了，上次路过的唐人街也门庭冷落。我想起去年和秋天从鹿特丹赶回里尔的路上，在这里停下来吃了一碗热气腾腾的拉面，还有一碟虾饺，结果还意外遇到了阿铉。而现在秋天已经在武汉的家里被关了不知道多久，没有了秋天的安特卫普也变成了午夜之后的灰姑娘。

我很想念秋天。

唯一值得一提的是鲁本斯故居。我对鲁本斯兴趣不大，说实话对这类故居的兴趣也不大，只是在这里躲雨比在散发着塑料味的一元店好些。结果鲁本斯故居却出人意料地好。故居不过是一栋不大的房子，很幽静地矗立在角落。因为来得太晚，游人基本上走光了，我和朋友踩在"嘎吱"作响的木板上，在鲁本斯的厨房和卧室游窜。

　　我看不出什么名堂，对历史画和巴洛克风格尤其不感兴趣。我和 Tinka 去里尔美术宫的时候也只是一边聊天，一边扫过去，唯一让我们驻足的是现代艺术展厅。在那里我们留下我们真诚的嘲笑和不解。最后我们在礼品店买了一双莫奈的袜子，这是我们那天最大的收获。因为在里尔每个月的第一个周日所有博物馆都是免费开放的，所以我们打算一个月光临一次里尔美术宫，送自己一双当月的袜子。

　　不得不说，鲁本斯故居的布置者水平极高。我们学院有很多和博物馆设计有关的活动，我在欧洲也去过数不胜数的博物馆，为了他们的厕所和暖气。对比之下，可以感受到鲁本斯故居的布展和灯光真的很绝。尤其是最后的工作室，虽然房间的上半部分全是玻璃，但是房间并没有依靠玻璃提供照明。不像我们亲爱的里尔美术宫，每到夕阳西下的时候暗得一塌糊涂，要不然就是阳光太强导致油画反光黑成一片。

　　在房间角落的最高处有一幅几个人在黑暗中聚在一起说话的油画，画里没有烛火，但是你知道光亮就在他们中间，人物的脸庞都被温暖的橘色灯光笼罩了。要不是合适的灯光和鲁本斯的笔触相得益彰的话，这幅画肯定不会有这样的表现力。

　　这就是为什么比起综合博物馆我宁愿去公园，除非我想上免费厕所，因为太宏伟的背后有一些细小的东西就被淹没了。要是这幅画摆在罗浮宫里，我可能一眼都不会看到，就算看到，我也看不见他们中间的那团火。

　　故居里除了最有名的那幅自画像，还有一些未完成的画作，也有着独特的美感。

我们出来的时候已经闭馆了，我和朋友站在屋檐下，背后传来一个声音："艺术是自由，这件衣服很漂亮。"回头一看是一个刚刚下班的工作人员。我的衣服背后印着一张宗教画，画里的圣母变成了一只猫，旁边用狂放的笔触写了一行大字"艺术是自由"。谢谢宗教画家鲁本斯故居的守护者们心胸如此开阔。

然后就让我们讲讲让这个阴雨连绵的一天更加妙不可言的午餐，午餐并不坏，我们误打误撞走进了安特卫普历史最悠久的一家餐厅。历史悠久意味着更多传统美食，而北部地区的标志性蔬菜就是菊苣。弗拉芒菜里菊苣的呈现方式非常独特，先把菊苣煮熟，用火腿包裹起来，埋进土豆泥里，再用奶酪盖起来，送进烤箱里焗。

因为位于比利时北部，安特卫普属于荷兰语区，我自然看不懂菜单，只知道这是主厨推荐，侍者非常详尽地像飞机上问你吃鸡肉还是吃鱼肉的空姐一样，向我解释道："这是肉菜。"于是我用我整颗空空荡荡的心去等待这道"肉菜"。

说实话，味道不坏，我从来没有吃过如此绵密的土豆泥。后来我在家里自己尝试做了一次土豆泥，更能理解这是一家优秀的餐厅了。但是我实在没有想到，菊苣如此无处不在。我在一盆大大的奶酪里挖掘，当看到菊苣这个"入侵者"的时候，我失去了对世界上美好事物的信任。煮过的菊苣像是煮过的苦瓜，苦味稍微暗淡了一些，但是除苦之外的味道更单薄，以至于变得十分苍白。说不上惊天动地地难吃，但是谈不上好吃。

菊苣长得很像娃娃菜，水灵灵的，白白嫩嫩。味道却是苦的，苦到嗓子眼。菊苣总是以各种方式出现在北部的餐桌上，它和我们的生命一样具有无限可能。菊苣还能炸、焗，还能成为各种菜肴的托盘，像一艘小船一样盛放食物。

有一次我和 Antoine 的朋友们一起做饭，Flora 满面春风捧出来了菊苣沙拉拌黑胡椒和啤酒醋。我很克制地挖了一勺，很坚毅地吃了下去。我问 Antoine 为什么会吃这种毫无青菜味道，除了苦味一无所有的"白色荒丘"，他说："我吃我面前的任何东西，要是好吃的话我就吃很多。"

这种思考方式很值得我学习，所以现在我吃菊苣，也吃菜蓟。如果 Tinka 要喝甜酒，我也愿意奉陪，因为比起这些东西，我更在意和这些朋友一起共度一段时光。但是我会偷偷少喝一点。

来都来了，不吃怎么理解他们，又不能指望每个人都能成为 Thomas，能洞悉我心里的挣扎和犹豫。

有一次我用手抓起一片沙拉叶子，结果沾了一手油醋，经受了一阵嘲笑之后，我以为这件事就这样过去了。结果又一次一起吃饭的时候，Thomas 的朋友把沙拉酱递给我，他说：

"不用了，她不要。"我有点诧异地看了他一眼，因为我确实不喜欢蘸酱，但是从来没有提过。

他说："要是你习惯蘸酱的话，上次就不会用手抓了。"

我们熟悉到他是唯一一个能和我开疫情玩笑的外国朋友，每次打招呼都是："Marcia，你现在还没事吗？"本来我们打算一起去慕尼黑的啤酒节，但是他那时候刚从柬埔寨回法国，需要一段时间确认自己安然无恙。

我说："我还不想这么早失去你。"

他说："谢谢，但是你没有得到过我。"

我接过上一句话的话尾："3 月太早了，4 月初可以接受。"

他说："那我回来的第一件事就是见你，我得到的东西，我们最好的朋友 Marcia 也要得到。"

感谢我的朋友们，我的 trash talk 在垃圾堆里日渐熠熠生辉，我就像烧烤店里用过的纸巾团一样在角落浪费时间，就像大家都在做的一样，但是起码我们在一起浪费时间，抛垃圾造垃圾，高谈阔论一些让人快乐的垃圾。

于是就这样，我吃完了我的菊苣，喝完了鱼汤，吃完了巧克力熔岩蛋糕，喝干了杯子里的当地啤酒。

看到了很干净的日落，带着不因为任何原因而感到快乐的心情，离开了安特卫普。整个北部迎来风暴 Ciara，铁路停运，树枝折断，夹在胳膊下的法棍被打湿。

好在不出意外，我也没有课需要上，于是安心在家里睡觉、吃饭，浪费粮食和生命。

忘不掉的猪肘

　　猪肘是这个世界上最美好的东西，尤其是德国的烤猪肘。在我连续第三天吃猪肘的时候我这样告诉自己。

　　猪是这个世界上最美好的动物之一，他们源源不断地贡献美味又易得的肉，在短短的一生投入全部身心用于长膘。在欧洲，除了德国和东欧部分国家，比如捷克之外的地方，大家不太吃猪肘、猪脚，所以在法国肉铺一整个猪肘大概就20元人民币。或烤或炖，都让里尔贫瘠又阴雨连绵的日常生活增色不少。

　　这次到了柏林，第一件事就是吃猪肘。德国的文化自信和法国不相上下，本地餐馆的菜单完全是德语的，多亏在法兰克福读了一年书的表哥远程指导，才成功点菜。

　　但是端上来一看，不是烤猪肘，是炖猪肘。我到后面才知道，德国南部主要吃烤猪肘，而在像柏林这样的北部，猪肘的烹饪方式主要是炖煮。猪肘是和蔬菜汤一起炖的，格外清香，肉香中带着清甜，带走了黏腻的质感。

桌上摆的不是花束，而是百里香、罗勒、迷迭香扎的花球。

肉只要轻轻一扒就会从骨头上掉落下来，蒜瓣一样的肉不需要过多的咀嚼，就散落在口腔里了。皮还带着些许韧性，这就像一个软软的拥抱，让你温暖起来。吃前撒点黑胡椒，带来一些跳脱的味道，吃完之后在嘴唇上还能感受到猪皮让人满足的胶质。要是腻了，还能吃配的酸菜和豌豆泥。配的煮土豆过于平淡，而且德国菜的分量实在是太大了，只能弃之不理了。

炖肘子大概是最简单的了，其实很让我想起广东的猪脚海带黄豆汤，只是肘子是完整的，没有炖到形神皆散。

哎呀，要是汤里再加一点甜玉米就更好了。

阿铉点了一份平平无奇的香肠配煎蛋，并对我华丽的猪肘嗤之以鼻。他不懂快乐。

炖肘子就是把一个人心里的温暖放进食物里的菜，满满当当一大碟，吃得汁水横流。猪肉软嫩，酸菜酸甜，啤酒爽口，夏天就到了呀。

我已经等不及4月去慕尼黑的啤酒节，一边喝啤酒一边看着炭火炙烤猪蹄，伴着薯条和浓浓的酱汁享受阳光了。

这次在布拉格的三天，也和猪肘为伴。第一是好吃，第二是回法国之后再也吃不到这么便宜的肉了，所以有一种不吃就是亏了的心理。

第一天在一家比较高档的餐厅吃了一份甜猪肘。猪肘被放在一条长长的木板上，配着解腻的沙拉、芥末酱和烤土豆。烤土豆永远美妙，永远被歌颂，它是最平易近人的食物，不管是料理方式还是价格。猪肘大概是先用黑啤酒煮，再低温烤出来的，和我在匈牙利吃到的烤肋排味道有几分相似。皮和最传统的烤猪肘还不完全相同，并不脆，很有韧性。伴着浓郁的甜酱汁，看着切开的肉冒出的青烟，我心里的小猪迈开碎花小步子在希望的田野上奔跑，一直跑进我的碟子里。

不管是什么方式做的猪肘，甜味都很重要。我看过有的人会在烤猪肘里加入橙汁，就是为了和肉香相互衬托。毕竟猪肘是厚重的，所以调味需要轻盈的味道。有的人会用姜汁啤酒和姜酱来调味，最传统的是芥末。

这个肘子和炖肘子相比肉质更结实，配菜也没有德国传统的那么饱腹，一口猪肘，一口酸黄瓜，倒是相当不错。我风卷残云把整个木板扫得干干净净，还意犹未尽地喝了一杯啤酒。

Tinka 很骄傲地对我说捷克每年的酒精消耗量在欧洲名列前茅，但是我怀疑这只是因为捷克的啤酒淡如水的缘故。毕竟捷克的啤酒杯动辄比头还大，但两杯下去人也还能面不改色。Tinka 在布尔诺能轻易喝掉四杯啤酒，可是一瓶红酒就能让她面色绯红，所以我猜捷克啤酒并不浓郁，也并不好喝。毕竟我们是被咫尺之遥的比利时啤酒宠坏的酒精爱好者。

不过捷克有一整个以啤酒调味的菜系，比如说阿铉点的一道 Goulash，就是啤酒烩牛肉。酱汁的味道可能不是所有人都可以接受，对我而言和法国北部的炖牛肉相差无几，只是调味更加浓烈了一些。

最后一顿猪肘终于是正经烤猪肘了，皮被烤得焦脆。土豆也被烤得焦脆，泡在酱汁里。

布拉格的烤猪肘还是和德国的有差别，猪肘上刷了一层酱汁，味道更浓郁。我更喜欢甜味更突出的，所以在猪肘上加了糖。

猪肘的肉质里面细腻，外面焦脆，虽然没有汁水，但是肉还带着淡淡的红色，玉体横陈在碟子里，躺在温柔的汤汤水水里向我招手："来呀，再多吃一个，你可以的。"猪肘一定是一种节庆食物，因为谁也不会一天一个大大的猪肘，尤其是烤猪肘这么干的食物，当然要配大杯的啤酒啦。

只要想想到法国之后，就又要回到精致又昂贵的食物怀抱里，我身体里那个吃肉的怪兽就会略有些不好意思地小声说："再吃一个，就一个，回去就没啦。"

那只是一家小小的家庭餐馆，菜单很简单，只有四五道。

第二天我又来吃了烩牛肉，连碟子里的汤汁都用法棍抹得干干净净。

最后我和阿铉分开买单的时候，阿铉还被老板娘夸了一句："你真是一个绅士。"我在旁边捂嘴偷笑。

以前在深圳为夏阿姨的德国餐厅写过一些文章，但是当时完全不能理解猪肘和粗犷的德国菜能有多么好吃呢？当我第三次吃完猪肘，意犹未尽地抹抹嘴角，舔干净嘴边的啤酒沫的时候，我突然明白为什么有人会愿意大费周章地把德国的猪肘，千里迢迢带回中国了。这么好吃的猪肘，会让人丧失斗志的。

Un seul oignon frit à l'huile,
Un seul oignon nous change en Lion !

只要一颗油炸洋葱，
一颗洋葱足够我们成为狮子！

——《洋葱之歌》
la chanson de l'oignon

第四辑

留守 / 归途

我告别我的生活

也回到我的生活了

🐚在法国独居的第一天

1 月 18 日从香港到里昂的第二天，看到武汉传来的消息我还在感叹，自己真是太幸运了。

17 号拿到签证，18 号回到法国，19 号新冠肺炎的消息传了出来，要是在春节假期之前拿不到签证，我可能就回不来了。

当时 Antoine 还很无所谓地安慰我，即使我刚从中国回来就和他们一起住了一周他们也不担心。

Thomas 也说，3 月要去柬埔寨让他有些焦虑，但是没想到现在在柬埔寨的他，面对的问题是回法国安不安全了。

我不是一个很容易紧张的人，甚至还有让我爸妈非常看不惯的散漫习惯在身上。在国内情况愈演愈烈的那段时间，我选择做一个两耳不闻窗外事的鸵鸟，不看新闻，也不太讨论。

越看越糟心，情绪太多，真相未知，不如不看。

所以我也只能记录下一些我身边发生的事情。

一切要从 Tinka 离开说起。

我和 Tinka 在一个月之前订了 3 月底去马赛的机票，打算在普罗旺斯和尼斯转一圈回来。很幸运地联系到了愿意接待我们做沙发客的房主，所以并没有订酒店。

在 12 号上学的路上，我们商量了一下，决定不去了。

正上着课，Tinka 直接出去打了一通电话。回来悄悄跟我说捷克宣布进入紧急状态了，13 号凌晨就封锁国境，所以她要联系一下家人。我愣了一下，还是放心继续上课了。毕竟意大利封国之后，意大利人还是可以入境的，总不至于回不了家。下课之后我和朋友一起去咖啡厅，我杯子里的热巧克力还没有喝完，Tinka 发来短信："你还在学校吗？到门口来，我要抽根烟。"

当时我就知道，她要走了。

Tinka 告诉我，她打电话给捷克驻法国大使馆，说完自己是在法国的交换生之后，电话那头说："你应该立刻订票。"然后就挂掉了电话。

不过这并不是因为法国的情况已经差到了难以置信的地步，只是捷克知道如果病毒像在意大利、西班牙一样暴发的话，捷克政府完全没有能力应对。所以在欧洲一枝独秀地采取了提前预防的措施。

更为有趣的是，作为前社会主义国家，捷克的宣传教育做得异常到位。我们学校有两个捷克人，Martin 的朋友从布拉格开车来接他，顺便接上了 Tinka，但是她家在离布拉格火车车程四个小时之外的布尔诺。在 Tinka 让她爸爸来接她的时候，他拒绝了，而且拒绝她回家，因为她很"危险"。

深夜 12 点的时候，Tinka 给我发来语音，说她推着行李箱，背着三个包，在火车站和一群醉汉在一起，准备去她家在乡下闲置的度假房待两周。房子没有网络、淋浴间，厕所是最原始的一个坑。

她说她这辈子再也不会跟她爸爸说话了。

回到 12 号那天，在超市里买了五瓶大 Leffe 之后，我们回家一起吃了最后的一顿晚饭，开始等待晚上 8 点马克龙的演讲。

这是马克龙关于新冠病毒的第一次发言。

Raphaël 因为流感已经回家了，Daphné 也下来和我们一起看。不出意外的全部学校无限期停课。Daphné 高兴得跳了起来。这对大多数法国年轻人来说就是一个长长的假期，酒吧、夜店全部关门，但是一点也不耽误大家聚会。

Daphné 高高兴兴地收拾东西，她爸爸来接她回家，顺手带走了家里共享的全部苹果和酸奶，连 Tinka 给我留的也一起带走了。

我恨她。

她走的那天告诉我，车站全都是拖着箱子回家的学生，所以她爸爸不希望她坐公共交通工具。连他们全家的葡萄牙之旅也取消了。

Tinka 偷偷在我耳边嘀咕，我们让一个法国人恐慌了。

那天晚上 Tinka 把房间一点一点清空，我心里的情绪并不多，我习惯了这些朋友的来来往往。虽然她是我这学期最好的朋友，但是好像也没有太多不舍。毕竟这句话已经说明，所谓的最好，都是按学期来算的。

在一起的短短两个半月，我们一起去了无数聚会，说了 Daphné 和 Raphaël 无数坏话。在波尔多晒过太阳，爬过房顶，在沙勒罗瓦睡过机场。还有南法没有去，新买的那盒鸡蛋还没有吃完，最难过的是前一天才刚刚交完房租。

遗憾很多。

第二天一早 6 点钟我被闹钟叫醒，帮 Tinka 把行李箱拿下去，一起吃了早餐，抱了她一下，算是送走了她。

她说，从来没见过我这么痛快地一早爬起来，我说那也要看看是为了谁。

我回去一觉睡到下午 1 点，错过了我在法国的最后一节课。

Tinka 决定走的那天下午给 Giulia 打电话时哽咽着说："你要不要来和我们一起吃最后一顿饭，因为我真的很喜欢你。"当时 Giulia 还开玩笑说，估计在法国留下来的外国人都是中国人和意大利人了。

一天之后，Giulia 给我发消息，告诉我她也要走了。她要走了两个口罩，因为去意大利的飞机不戴口罩不能登机。

我还记得我回到里尔的第一个周末就见到了 Giulia，当时是 1 月 31 号。中国的情况已经很不乐观了，Giulia 告诉我，她看了发生在武汉的大家站在窗口喊加油的视频，虽然听不懂，但是她有被强烈的情绪感染到。

没想到 3 月 15 号，变成意大利阳台演唱会了。

Giulia 回意大利的选择，看起来匪夷所思。她原本打算 4 月离开法国，但是怕法国封锁国境，所以决定提前赶回去。而且法国的应对措施几乎等同没有，所以情愿回意大利。

我身边的中国同学回国的并不多，但是在里尔的留学生二手群里，明显多了很多"变卖家产"的中国学生。我喜滋滋地捡了不少便宜，家里的存粮非常喜人。

不过如果不是因为不愿出门的话，法国的超市还是完全没有供应问题的。而且欧洲并没有"社区"的概念，不可能像中国一样，真正做到封闭。

各个城市的大选还是继续举行，一早 Antoine 妈妈来问我家里买了意面没有，有任何缺的东西就告诉她，她出门买一些，让 Antoine 带给我。

顺便她和 Antoine 还要去给洛斯的市长投票。

而前一天晚上 Antoine 刚和朋友聚会完，因为"既然放假了，实在是太无聊了，要找一点事做"。有一个很大的问题是，全部学校停课之后，小孩子没有地方去，家长还要工作，一般都给老人带，但是老人恰好是最危险的人群。所以迟迟不停课，也有这方面的考虑。

本来周日所有超市都会关门的，但是今天为了缓解"缺粮"的恐慌，超市继续开门。除了烟店、面包店、超市、药店继续开门，其余的服务业全部关门。

出去买完东西，晚上去 Noé 家拿 Antoine 妈妈帮我买的消毒液。

消毒液是硬通货，不得不来。

他家音乐震天，挤了快二十个人。Antoine 把给我的东西放在角落里，我站在门口远远和 Simon、Gabin 打了个招呼。

Simon 靠在墙上，笑着举起手里混着红牛的伏特加。钥匙掉在地上，他弯腰去捡，拿起来握在手上，两秒之后，又掉在地上。他在地上摸索了一阵，抬头问我："你看到我的钥匙了吗？"这个时候 Arthur 拿着我的东西出来说："喝醉的人会拿一切手边的东西。有人在用你的东西，我帮你拿出来了。"

我翻了翻，发现少了卷纸和滤嘴。

Arthur 把他的卷纸给我了，我几乎全新的滤嘴就消失在茫茫人海了。

街上的人并没有减少，我也未见过一个戴口罩的人。

我家里还有四筒厕纸、八斤意面、两斤大米、三罐玉米和蘑菇、一袋橙子、两袋洋葱、三盒培根、番茄和豆子罐头无数。我也没有打算真正意义上完全隔离，大门不出二门不迈。所以吃饭不成问题，只是防患于未然。既然把出去旅游的钱省了下来，就应该都吃掉。

因为有大把的时间，我一次只做一顿，或者最多两顿的量，以便更好地尝试新菜，打发时间。

因为舍友不在家，短时间内也不会回来，所以一下子一人独享了三层的别墅和一个花园。

今天把花园里被邻居家的猫睡得臭烘烘的沙发套和靠枕洗干净。用 Tinka 留下的快发芽的土豆做了奶油焗土豆。慢条斯理切了两个 Raphaël 留下的洋葱，做了橙香鸭腿。又烤了一盘饼干。把阳台上的彩灯点上，从门口把两个大垃圾桶拖回家，坐在花园里盘算去哪里找点木柴，在花园里生个火。

作为一个不必须出门上班，也不算完全只身一人，有法国当地朋友给予食物、生活用品、精神帮助的不典型案例，在法国抗疫并没有那么辛苦和绝望。现在回国也并不安全，毕竟里尔没有办法直接回国，各种交通工具一通折腾未必是一个好主意。回国又要隔离，情况也未必很好。

法国的情况肯定还会变坏，这是毋庸置疑的，也许封闭国境就在不远的一天。但是综合考虑之后，我还是选择留在我的小房子里，安安静静苦练厨艺、读书、吹风、学法语、冥思苦想如何生火。

终于能把音响开到最大，半天半天地占用厨房。

我不喜欢用大量的煽情来制造强烈的情绪，也没有什么"法国人都看淡生死""法国要沦陷了"的恐慌。虽然法国的大部分年轻人确实都抱着年轻人不会有事的离谱想法，见面的亲吻还在"嗯嗯"作响。这一点是和国人的观点最抵触的地方。欧洲年轻人的认知里，感染也不是一件大事，靠自己就能好，尤其是年轻人不会有事。法国政府的宣传真的不够到位,现在还停留在勤洗手的阶段。大家对口罩还是非常抗拒,虽说不至于对戴口罩的人横眉立目,但是自己是不戴的。

我觉得欧洲社会的运转,有一种靠着理想主义的"自我负责"的意味在。生病了再戴口罩,因为生病的人戴了,所以不会传染给别人,健康的人就不必戴。

Giulia 给我看意大利政府的统计数据,分为有症状住院、重症监护、家庭隔离三种。也就是说现在的一些轻症是回家自我隔离的。尽量不挤占医疗资源,避免医疗系统直接崩溃。

是一种很美好的理想状态。

敦刻尔克狂欢节还在继续。

足球赛因为疫情而清空了观众席,让观众全部拥进球场。

里尔的罢工照旧,6 号的时候学校还在罢课。学校贴出了新冠肺炎的海报,洗手间里摆出了洗手液,但是在 12 号马克龙演讲之前一切照旧,11 号还举行了留学生的自助晚餐。15 号宣布停课至少三周,图书馆也关闭,全部留学生自主决定去留,停课但不取消学期。

我也并不能清楚分析欧洲的处理方式,说不出什么真知灼见。并不真正理解法国、病毒、社会。只能说说我的生活,我的所见所想。散乱又不负责任,和我这个人一模一样。

总而言之,法国独居生活的第一天,我过得不算坏,也不用过分担心。

今日无事

时间是果冻一样的固体，你能感受到他的流动，越挣扎就越被困在里面，我就被困住了。

我去马赛的飞机在布鲁塞尔起飞了，而我当时还躺在床上睡觉。本来航班已经取消了，却怎么都退不了票，原来是航空公司不愿意让我们白白拿回票钱，明知道几乎不会有人去，还是坚持要起飞。

出门不带许可证的首次罚款被提到了 100 多欧，但是据住在市中心不远的同学说，她出门跑步从来没有遇到过警察。

反正我没有出门的打算，甚至连邮局的口罩也暂时不打算拿了，只能放弃了富则兼济天下的豪气。

每天都能听到各家各户的花园里无比热闹。今天从我 11 点起床上课开始，隔壁就开始开割草机割草，我也没有留意，断断续续地听着。等到下午 4 点，在"啾啾"的鸟叫声中，听见割草机还在轰鸣。这么一小片草坪，草根都削出来了吧，怕不是要直接割到地下 3 米了。

另一家的小孩只要天晴，就在屋外玩球，欢快的叫喊声和鸟叫声交缠在一起。

我也好不了多少。

我们房子的花园夹在两排别墅中间，我的窗户是对着花园的，所以眼前永远岁月静好，看不到路上的风景。Tinka 的房间是对着街上的。我有她房间的钥匙，偶尔进她房间看看街道，数数路上有多少人走过。没想到街上的风景这么好看，不知道什么时候，窗边的树全都开花了，枝丫就伸到窗口。远处的树也是高高低低雪白一片。蓝天、白树、红砖，一眼望不到尽头，清风摇曳树梢，枝头蹦跳的小鸟依稀可见。站在窗边发呆的时候，突然看见打开的窗户上映着窗外的风景，只要角度合适，满树的繁花就能开进房间里，给 Tinka 空空如也的房间，增加一点点气若游丝的生气。

里尔的春天真的到了，我们也就等了大概半年。

现在已经是可以出门晒太阳的天气了，起码有明媚的阳光，在最暖和的时候能只穿一件单衣，房间的窗户也可以畅快地开到最大。

不过当然要先做饭。

先做好这几天的早饭 —— Gratin dauphinois —— 就是牛奶焗土豆片，先把土豆煮到差不多之后倒进烤盘里，加奶

油和奶酪，做出来焗土豆。

其实我还是喜欢烤土豆，但是仔细想想，烤土豆只要洗洗，连皮都不用削，撒上油和盐送进烤箱就是了。只能打发1 分钟左右的时间。

得不偿失。

焗土豆就不一样了。先削皮，再切片，洗一遍之后调味，再煮。还要盯着锅里，等到差不多还要铺进烤盘。

掐指一算至少要 20 分钟。

烤上一个茄子，中间塞上满满的馅料，切得越细越好，越小心越好。

时间并不讨厌，只是全无用处。

然后煮饭。鉴于我的煮饭水平，我已经很少吃饭了，但是今天打算吃完炖牛肚之后，晚上做咖喱牛腩。而这两道菜除了配米饭，别的都是背叛、歪门邪道、别有用心。连小学生都会写信斥责这种行为。

我打算试试 Daphné 留给我的米饭。欧洲的米饭做起来很简单，米饭装在一个漏水的塑料袋里，大米连着袋子冷水扔进锅里，等 10 分钟之后，米饭膨胀起来，撕开袋子，滤干水就能吃了。

说实话，之前我对这种米饭极其不信任。这算什么堂堂正正的米饭，还不如吃方便面呢。

结果味道并不坏，而且真的方便，只是口感比较生，淀粉不够多，水分又强势了一些。但是和我煮的米饭相比，可以称得上好吃了。起码颗粒分明，还带着饭香。尤其是最后和牛肚一起炖一下，伴随着牛肚独特的味道，好像回到了广东某一个烟熏火燎的小铺子。火膛里的炉火蹿得老高，角落里的炖锅不知道翻滚了多少个日夜，墙壁发黄，地板油腻。我从筷子筒里抽出一双一次性筷子，掰开之后彼此摩擦，刮掉竹刺，低头看看筷子有没有发霉。然后排山倒海、连滚带爬地扒拉眼前的饭，因为烫到舌头还哽了几下，但是意志坚定地吃了下去。吃到最后发觉舌头被烫得有点麻木，因此对味道也没那么敏感了。

唯一的差别是我没有筷子，只能用铁勺子敲得瓷碟子叮当作响。

在这边的大半年，我很少想念米饭，竟然因为一包套着塑料袋煮的大米，让我对米饭的回忆山呼海啸地扑面而来，劈头盖脸对着意面关上了大门。

望着家里仅剩的两包塑料袋大米，我觉得我寻找到了这个世界的捷径，但是又离这个捷径好远好远。

吃完之后上楼拿了一床毯子下来，把花园沙发的垫子铺上，躺在沙发上看书。看书的时候还是能隐隐闻到一股浓浓的猫味儿，看来邻居家的两只猫没少来这里睡觉。

不管天气好不好，经常一下楼就能看到在沙发上窝着的花猫，一般见到我之后，他也很知趣地跳开。一开始有些怕人，后来就摆明了一副样子："我不是怕你，你的出现很碍眼，我不愿意计较，你大哥今天换一个地方晒太阳。"收敛了瘫倒的姿态，瞪着眼睛站起来，旁若无人地发一会儿呆，从桌子上蹦下来。睡得一瘸一拐地穿过花园，走回自己家，圆滚滚的屁股在草丛里摇来摆去，留下一个蹒跚的背影。

走得远远地还要投回轻蔑的一瞥。

我鸠占鹊巢，在沙发上躺了一会儿，发觉今天阳光格外好，所以决定到阳光底下坐坐。再为我遥远的篝火聚会计划添砖加瓦，找了点砖头，加固了一下原来的火坑，又从地下室找到了一点旧木板。唯一的问题是没有引火的柴草或者树枝，木板也太长了，没办法烧。

但是只要我足够无聊，在以后的日子里，这些都不会成为问题。

里尔的春天很和煦，甚至有几分害羞。阳光直接照在脸上也算不上暖和，像是一只想伸出却又缩回的手，浅尝辄止地让你倍加珍惜。但是足够明媚，在栅栏上留下了深深浅浅的树荫。让人想到，要是时间停在这里的话，我不会有太多抱怨。

这也就是个比喻，不必当真，如果要停留在这里的话，起码再给我一个朋友和喝不完的酒。把 Tinka 还给我也可以。

花园里还有一把椅子，风吹日晒多年，变得斑斑驳驳，人躺在上面，腿架在扶手上，仰面朝天看着天空。

天空一定看到每个花园里都有几个这样的傻瓜。

这样的天气值得我打开最后一瓶啤酒，对着栅栏上自己的影子干杯，告别最后一瓶琼浆玉液。突然想起 Tinka 给我打电话的时候没有关心我的食物够不够——因为她不需要问——只是问我酒买够了吗。我当时才想起来，什么都记得，偏偏忘了酒。

现在的漫漫昼夜，就是我在自食其果。

每天到了四五点钟的时候，阳光就会照进客厅里，在厨房的柜子上留下一道光影。不均匀的玻璃留在墙上的光影像温柔的水波，转角楼梯的墙上也被留下一片彩色的光斑。每天我在客厅里捧着大茶缸听歌喝茶的时候，感受到后脑勺传来一阵暖意，我就像巴甫洛夫的狗一样，知道该吃饭了。

我告诉 Antoine 今天天气特别好，他可以去花园里露营，至少坐坐也不错。

他说："我看了一眼窗外，确实是值 100 欧的好天气。"

我问："那你今天干吗了？"

他说："我看了一眼窗外。"

这觉悟还没有邻居家的花猫高。

今天的阳光格外刺眼，我举起手里的水杯，对着太阳看，发现格外好看。杯壁的条纹，还有水的折射，让光影变得捉摸不定。

我很想捕捉阳光恰好照射在滴落的水滴上，让流水金光闪闪的样子，于是孜孜不倦地慢慢把水杯倒空。水滴滴答答流在地上，这不是一会儿又能通过拖地度过半个小时吗？

一箭双雕。

水杯倒空了，又打起矿泉水瓶的主意。水和阳光这两样抓不住的东西，可以组合出富有变化的光影，让我想短暂地当一个不知所云的现代艺术家。总之它们一如既往安静地站立在桌上，永远也不会想到，它们会被一个无聊到极点的人祸害。

隔壁的猫不知什么时候又回来了，站在沙发上，饶有兴趣地看着我。不知道他是好奇还是惋惜。好端端的人，怎么会这么经不住寂寞呢？真是让猫怜悯。

这样强烈的阳光只会停留不到半个小时，这是这个屋子在一天之中最温暖热闹的时刻。不久之后，阳光变得朦胧，天也不知不觉地黯淡下去。无声无息地，在你一回头的时候，才发现天已经黑了，像长长叹了一口气。

回来做饭。

上次冥思苦想怎么用掉肉桂粉，现在想出来了。我还剩了很多麦片，但是牛奶不多了，所以打算做一个肉桂蓝莓焦糖烤麦片，平时也可以随手当零食吃。唯一的难点是熬焦糖，经过一番挫折之后也熬出来了。平时等不及小火，大火总是容易烧焦，这次一锅焦糖来回折腾加水，熬了半个小时，还有点意犹未尽。

剩下的就简单了，凭什么这么简单，不能让我多花点时间。

燕麦倒进来，趁热搅拌，加盐、肉桂、蓝莓酱、橄榄油。送进烤箱加风烤40分钟就好了。再切了仅剩的一包白巧克力，两包香草糖，烤好了一盘麦片。

然后做晚饭。

晚饭吃咖喱炖牛肉。法国人不太吃牛腩，所以在这次的大抢货中，牛腩被孤零零地留在了货架上，算作打折商品。

我当然高兴。

先焯水。不知道为什么，牛腩的血水特别多，味道也重。正合我意，多焯两遍水，放上香菜籽和月桂叶去腥味。胡萝卜、甜椒、分葱都切碎，拿上次炸牛肚的油煎。煎到锅底有褐色的焦壳，就把蔬菜倒进煮锅里，在炒蔬菜的平底锅里加水，把锅底焦糖化的壳融化，再把水倒进煮锅。这就是最最简陋的高汤做法了，一会儿煎牛肉的锅也这样"洗"一遍，味道会丰富很多。

因为牛腩味道重，汤里多加了蒜粉、干葱、姜粉和肉豆蔻粉，再倒一点醋。牛腩煎出棕色之后倒进锅里，撒上咖喱粉，盖上盖子，等一个小时。一个小时之后加盐，加一点点水，加奶油。这个时候的汤还是很轻薄，欧洲人也会勾芡，但是他们用的是面粉。

这次我也尝试用面粉勾芡，汤色立刻就浓稠了起来，尤其是还加了奶油，立刻变得异常浓郁。再等半个小时，这个时候把倒数第二包塑料袋的大米扔进锅里煮。

充实的一天就这样被打发过去了。

明天又能干什么呢？

❧第一次出门买菜

一周以来，今天是我第一次踏出家门。

出门之前心情还有一些激动。虽然很多朋友都告诉过我，只要不去市中心，从来没有见过警察。虽然我也是持证出门，但是心里还是有一点忐忑。

一个住在离市中心不远的朋友经常出去跑步，Antoine 时不时从洛斯跨越里尔到埃莱姆，他们都没有遇到过警察。

只是地铁空得不像话。

Antoine 给我送来过一箱水和一箱牛奶，剩下的也不好意思总是麻烦别人了。毕竟水和牛奶重，我自己要蚂蚁搬家一样，一点一点搬回家，非常麻烦。本来上周买了快十斤肉，以为可以吃大概一个月，没有想到在家里天天搞厨艺，就剩下两斤猪肉、一些培根和一片牛心了。都已经天天在家里了，肯定要吃好一点，再做一些费力不讨好的食物，这样日子就很好消磨。

24 号晚上 8 点，菲利普的发言又给限行措施增加了很多限制，之前有很多模棱两可的出行理由，现在都被严格管制了。之前可以以陪孩子散步、遛狗、锻炼身体为理由出门，现在被限制成了要在一个小时内，离家不超过一公里，而且一天只能一次。

罚金好像又要提高。

但是说实话，有的城市是巴黎、里昂、马赛、波尔多，有的城市是图尔康、阿哈斯、杜埃、瓦斯卡勒……十万警察可能和我们关系并不大，除了市中心，几乎见不到警察。不过就算如此，上一周就有九万多例处罚，光周日就有两万多例。和意大利接壤的城市米卢斯已经开始宵禁，每天晚上 9 点到早上 6 点不允许出门。

政府一遍一遍收紧政策，可能和法国的情况不断发展有关吧。

在 Tinka 走之前的晚上，Giulia 告诉我们意大利开始在病人之间做选择了，我们还觉得有些不可思议。但是现在法国继西班牙之后也开始做选择，有一些希望不大的病人，尤其是老年人就被放弃了。

不过在推特上菲利普发言下面的留言，清一色是表达不满的法国人，不论是认为政府不够有作为的，还是认为如此严格的管理很不合理的，甚至把他们称为纳粹的。

我认识的法国人态度还是一如既往，只是客观上更少出门了。

其实很多生活必需的
服务业也关门了，比如银
行的网点，还有大多数邮
局。之前我在新闻上读到法
国保证一千个邮局的正常运
行，后来才知道法国总共有
一万七千多个邮局，一千个
邮局根本轮不到我们使用。

我今天去超市的时候，
看到有很多人还是去超市买
两盒沙拉，或者是买一块速冻比萨回家的。这也算是日常需要，
必须出门的理由啊，好像没什么问题。只有我一个人大包小包，
戴着口罩，作势要把整个超市搬回家。

超市的供应是很充足的，连厕纸都大有富余，只是一些
新鲜水果、肉类品种不总是很全。不过我惦记了很久的里脊、
鸭胸、兔子肉都买到了。只是牛肉实在不好买。有一点端倪，
就是面粉柜上贴了一个小标签说，请根据您的需要购买。言
外之意是不要买太多。可能大家闷在家里没事做，也都迷上
了搞厨艺。

总之东西是非常充足的，价格也是原样。算下来 70 多
人民币 5 斤猪里脊，80 多一只带内脏的兔子，甚至 60 多一
条冰冻羔羊腿，真的不贵。水果也正常，十几块钱一个菠萝、
一盒蓝莓、一盒草莓。

酒当然是一如既往地便宜。

现在还多了之前没有看到过的纸盒装红酒和白葡萄酒。看起来像一罐果汁，一罐 1.5 升，不过 15 块。反正用来做饭是完全足够了。

没出门之前看到新闻上说超市会限制店内人数，排队结账也要保持一米以上的距离。起码我是没有看到的，也可能我们是在一个小城市的郊区，所以和能上新闻的大城市关系并不大。

说来好玩，那天我出门前拍了一张照，结果立刻被我亲娘发现我连口罩都不会戴。于是远在万里之外的烧饼，我家的小狗，立刻承担了口罩教学的模特角色。我可以看到，他小小的眼睛里写满了疑惑，饼哥为这个家庭承受了太多。

比起一周前在一家大家乐福看到相对比较多的人戴口罩的情况，这家小超市戴口罩的人并不多。但是大家对戴口罩并没有敌意。

我爹除了健康之外，总是很担心我的人身安全。

其实还算好，我身边的很多法国朋友，尤其是年轻人，完全没有对亚洲人的歧视，也没有因为病毒而抗拒中国人。我出门之前拍一张戴着口罩的照片发给他们，说："亚洲人出门咯。"大家说笑一阵，仅此而已。

限行大概率会延期，所以我还要一个人住一段时间，Antoine 主动把我的紧急联系人设成了他，我给了他一把家里的钥匙。他给我解释了很多遍，老房子会因为空气湿度，经常发出细小的声音。算是求一点心理安慰。不然我总是要想象一些，楼梯上由远而近的脚步声、清脆响亮的敲门声、门后透明玻璃上投下的一个黑影……

超市里就算是收银员也不戴口罩，只是带了手套。在收银台之前竖起了一块塑料板，算是挡了个安心吧。

回家的路上遇到零零星星几个人。

这段时间里尔的天气出奇地好，从来没有注意过家门前的花已经开成了一片绚烂。

在家里的时候，总能看到邻居家的阿姨在花园里搞园艺。对面的花园里源源不断地晒衣服，就好像有洗不完的衣服一样。

而我，在家里搞厨艺。我现在和村里学做包子、凉皮的大妈没有什么差别，唯一的差别在于我更闲，并只有一张嗷嗷待哺的嘴。有的时候一顿饭做完，吃饭的兴趣却寥寥，一个菜做完能吃个两三天。

炖菜的时候，锅里"咕嘟咕嘟"地响，它在喊，我孤独啊，孤独孤独孤独啊。

我学会了传家的葱花鸡蛋饼，甚至研究出不用平底锅煎蛋饼的技术，把蛋液用烤蛋糕的模具送进烤箱里烤，最后里面蓬松，外面还有一层焦皮。

还做了土豆饼，土豆丝切得能卷起来。我当时腰酸背痛地切了一个多小时，最早切好的土豆丝颜色都暗沉了。

我想，有必要吗？答案是没有必要，但是无所谓。

问这种问题是对孤独的背叛。

土豆丝里放一点奶酪，稍微中西结合一下，因为想念酸辣土豆丝而多放了些醋。这真的让我在边吃边上网课的时候，勾起了心头一些关于童年时姑姑做的早餐的回忆。我当时总嫌油太多，自己做了之后才知道油就是要放那么多。

还发现法国的料理中也会用到网油提供油脂的香味。原来不只是中国才会用网油蒸鱼，法国也会用猪网油做肉冻。其实法国有很多关于油脂的运用，通过油脂来提供香味和保存食物。哪怕对内脏，也有很多独特的理解，不是粗暴地弃之不食。很值得自诩不浪费每一块肉的我，尝试着去了解法国的料理，以及他们的处理方式。

中餐里经常用酒调味，法餐里也是如此，虽然用的酒不尽相同。在高度酒中，中餐用黄酒、玫瑰露酒、白酒，法餐用朗姆酒、白兰地、苹果烧酒。低度酒会使用果酒、啤酒。其实还是有很多共通之处的，不同的地域和民族都殊途同归地寻找到了美好的滋味。不存在什么谁味蕾未开，或者哪种做法就技高一等。

一切都是为了同一个目的——好吃。

对我略有不同，我要尝试更多没吃过的东西，即使觉得不会好吃，也要多吃，当然更要打发时间。

抱着这种心态，我做了上次买的火鸡。只要看过火鸡的照片，听过他们"咕咕"的叫声，看到他们伸着脖子鸣叫时，挂在尖嘴上甩动的那条蓝肉。你就永远没有办法心平气和地吃火鸡肉。

这可能就是为什么在超市里会
看到很多被卖剩下的火鸡吧。

而且火鸡料理起来也很麻烦，
因为肉质太硬，所以要花很多时间。
最后做出来的肉也没有多少滋味，
肉质粗糙，让人食不知味。如果不
是单纯为了尝试的话，实在没有理
由吃火鸡。

法国有很多料理会用先裹一层
粉，再煎，最后再采用炖烤的方式。

这次我也试了一下，结果并没有什么特别之处。总之就是火
鸡不值得为之费心。

火鸡煎过之后，放进烤箱，用炒过的洋葱垫底，切了一
个青瓜，倒了一罐番茄酱，烩了一个半小时。最后火鸡肉是
松软了，但是丝毫没有香味，面粉包裹了肉，但是也没有锁
住汁水，要是火鸡本身有汁水的话。煎过的鸡皮闻起来是很
香的，但是火鸡皮还生的时候，质感就像塑料袋，不管怎么
煎也不会产生美味的焦壳。最后变得软塌塌，一点性格都没
有了。

买完菜之后，家里富裕了很多，再也不用吃火鸡这样可
怕的肉了。

冰箱塞得满满的，悠然自得打算做一个千层蛋糕。虽然

我没有打蛋器，但是我有的是时间，刚好需要一个运动的机会。于是打算手动打发奶油。

煎饼皮还算是顺利。煎着煎着，时间不知不觉就到了5点。

每天5点，是我最快乐的时间。阳光直射进屋里，明亮、温暖。一切被这样的光照耀着的东西，都蒙上了一层熠熠生辉但温柔的光。这种光带着让一粒快耗干了电量的电池继续打起精神工作的温度。

恰到好处，因为迅速消失而更加美好。

这是唯一每天在我的房间里准时报到的活物了，像是一个在回家路上总会来拜访一下的老友。也不多说什么，路过打个招呼，证明除了你自己还有人知道你的存在。

这是一天中可以期待的东西。

后来我拿来音响在房间里放音乐，随着音乐的节奏摇晃我的奶油。最终也没有摇成需要的样子，但是达到了锻炼、狂欢、做饭的多重目的，不可谓没有收获。

最重要的是，时钟又多转了一圈。

饼皮里加了一个橙子的汁，奶油里也放了很多莓类，所以并不腻。

能慢慢吃个两三天。

做甜品我实在不太行，味道可以控制，但是要我做得漂漂亮亮实在是太难。

一天又这样过去了。

　　每天都有朋友来找我说话，在每家都有的"幸福家庭"群里，甚至下发了任务，每天要有一个人来和我聊聊天。

　　也是不错。

　　晚上的时候，Antoine 给我发来他用抬头纹做成的棋盘，我们在他似可跑马的额头上下棋。就这样在对于明天的惠灵顿会不会成功的期待中，结束了漫长的一天。

　　明天起来，又是漫长的一天，要是有好吃的肉吃，就不那么漫长。

🐯等待螂兄就像等待戈多

"做了一连串的噩梦，等早上清醒过来的时候，他发觉自己已经变成了一只巨大的虫子，正在床上躺着。"

"肚皮是褐色的，表面由很多呈弧状的甲壳组成……由于肚子膨胀得太大，被子显然不够盖了，滑落下去已是迫在眉睫。"

我反复品味卡夫卡的《变形记》，我也在梦里变成了一只大虫子。

那是一个风平浪静的深夜，因为第二天早上有课，所以我早早就准备睡觉了。正仰面躺在床上，双手把手机屏幕贴在眼前，津津有味地看手机。突然目光的尽头出现了一个圆圆的小圆点，我眯着眼睛看了一眼，眼前出现的是我杂草丛生的头发。我把目光移回屏幕，心里想，原来是头发呀。

过了一会儿，觉得有点不对，为什么在发梢上会有一个黑色的圆点呢?

　　我在常年艰苦玩手机的劳作之下，早已小眼昏花，所以从床头摸到了眼镜，仔细看了一眼。

　　墙上趴着一只蟑螂。个头不算小，在小蟑螂中算是出类拔萃的壮汉了。贼眉鼠眼地摇摆着长长的触角，对于前路在何方看起来有些踟蹰。

　　我是一个在南方长大的人，偏偏最怕蟑螂。

　　我到现在都记得，有一年暑假一个人在广州实习，住在广美老校二楼。当时正是一个炎热的夏天，夜晚的风带来一丝凉意，窗外树影稀疏。于是我搬了一把椅子坐在窗边，把窗户打开，小风吹进来，比空调的冷风多了一丝潮湿和清新。忽然窗口传来一阵翅膀振动的声音，一个黑影趴在窗框上。

　　原来是翩翩然飞进来了一只比我大拇指还大的蟑螂啊。

　　他很舒展，目中无人，黝黑发亮。是大哥中的大哥。

　　这个夜晚注定要有一场腥风血雨，这个房间里只能剩一个。

但是别说大蟑螂，我连小蟑螂也不敢打。不要误会我是一个矫情的人，钓鱼的时候我喜欢把蚯蚓放在手里玩，长的还能用来做手链，一圈一圈绕在手上。小时候家里的蚕养了一批又一批，我现在还记得他们化蛾之后，翅膀上细碎的白色粉末。在梅林一村住过的人应该不会忘记某个季节会泛滥成灾的金龟子，红岭学子再也不会害怕翅膀会掉落的飞蚁和伏在潮湿处的小飞蛾。更不要说我养了八年的蜥蜴小胖和他的口粮面包虫。

但是蟑螂是我无法逾越的心理障碍。

这种障碍是一种隔绝一切的狂风暴雨，突然全世界变得很小很小，小到螂兄周围直径 1 米的距离。

那是一个会移动的深渊，无法靠近、无法跨越、无法逃离。

当螂兄飞檐走壁的时候，我心里五味杂陈，第一对他的盖世轻功心生崇敬，第二担心他由于地心引力的束缚而掉落下来。还要感谢他没有选择起飞。

由于深深的恐惧，我只能使用远距离攻击的武器，拖鞋太近了，纸巾想都不要想。只能远远投掷重物，试图背水一战，给螂兄致命一击。

在广州的那个夜晚，我迅速把自己包裹起来，翻箱倒柜找了一瓶定画液，把他驱赶到了厕所，让螂兄消失在了比他头顶还乌黑的下水道里。

第二天安安静静收拾起不多的行李，换了一个住处。

后来，在北方读大学的两年，我几乎没见过螂兄。

里尔在法国北部，连只虫都难见到，没想到能和螂兄不期而遇。而今天这只螂兄，给我的独居生活带来了迄今为止最大的挑战。

我的第一个反应不是尖叫，也不是逃跑，而是缓慢地移动了一下重心。我不想吓到螂兄，免得他突然大鹏展翅。就像车向人开过来的时候，人突然连步子也迈不开了一样，我的头脑一片空白，只剩下那个黑黑的小点。做出了翻身下床的姿势，盯着他慢慢滑了下去。

螂兄也很惊慌失措，他这辈子大概还没见过几次光亮，突然就被照亮了。他贼头贼脑试图钻进墙缝里，无奈过于肥胖，很费劲地退了出来，笨手笨脚的样子让人怀疑他是个不熟练的新手。我远远地敲击墙面，试图让他到开阔的地方，首先避免他掉到我的床上，然后让他面对疾风。可是他东蹿西走，爬过我的杯盖、纸巾、充电线。

两分钟之后，我开始因为无能狂怒而痛哭。边哭边给说好"有什么事都可以给我打电话"的 Antoine 打电话。

笨手笨脚的螂兄突然也醒悟了过来，钻进了床和墙壁之前的阴影，消失不见了。

我哭得更撕心裂肺了。什么样的蟑螂最可怕？当然是消失的蟑螂。就像我爸百说不厌的脑筋急转弯，"苹果里吃出多少虫子最可怕？"。

"当然是半条。"

现在我面对的不是一只螂兄，而是一只薛定谔的螂兄。

他不再是一个实体，而是萦绕在心头，虚无缥缈的恐惧，让你永远无法释怀却触不可及的威胁。他可能在，也可能走了，他可能现在爬出来，也可能等你关了灯再出来遛弯，可能夜夜出现，也可能再也不出现。

我一般趋向最坏的可能。

敌暗我明，不得不防。

等待螂兄，就像准备自杀的流浪汉在等待戈多，他们在等什么呢？谁是戈多呢？戈多等来了又怎么样呢？

他消失的那一刻，就意味着我永远无法睡个好觉了。就像绝交前被掐断了的半句话，会让你久久不能释怀一样。这是一个永远横亘在心里的深渊。

我边哭边问 Antoine，里尔的蟑螂很多吗？

他沉默了一会儿，说："我不知道是不是应该告诉你，但是是的。"

他又说一定要关上窗户，不然他们会爬进来。鬼知道我有多少个夜晚在打开的窗户前，畅快地呼吸着冷空气，保持着妈妈"让房间通通风"的好习惯。

我把床往外拉了一点，拿手电筒往里照，试图找到消失的螂兄，但是找到又怎么样呢？我还是什么都不敢做。

Antoine 在电话那头告诉我，螂兄比我更害怕，他也希望和我两不相遇。

我说蟑螂很恶心，想到我睡着之后他会在我身边爬来爬去，我就无法入睡，甚至连躺在我的床上都不行。

Antoine 很耐心地为蟑兄辩护，他说："他们也不想长成这样，他们也很抱歉。你想想，他可能想做一只兔子、一只狗，结果变成了一只蟑螂，他也很难过，这不是他的错。"

我的房间是不可能睡了，我仔细地照了一圈之后，把床垫搬起来，三条被子全部抖了一遍，搬进 Tinka 的空房间。从我房间出去的时候，我跟 Antoine 说，我要把手机放下来，去关一下门。

他欲言又止地说："不用了，没用的。"门拦不住蟑兄。

我本来已经暂停的无能狂怒，又伴随着一阵寒战回到了心里，我坐在 Tinka 床上，边哭边想，除了每天晚上会发出奇怪声音的老房子，不知道是邻居敲自己家墙解闷发出的奇怪的声音，还是有人在封城的夜晚留在我门前的一串敲门声，窗外呼啸的风声，以及我想象中会随着灯光投下的一个人形黑影，现在还多了一只薛定谔的蟑螂。

别的都可以接受，可是没想到独居的平衡就这样被一只娇小的蟑兄打破了。

于是我对着电话痛斥 Antoine 和法国，他很小声地说："也不能怪法国啊。"因为无人可怪，一阵莫名的愤怒让我挂了电话。

已经两点多了，几乎没有人醒着了，只能又打电话给澳洲的甲鱼。我红着鼻子的大脸出现在屏幕上，丑得惊心动魄。甲鱼才起床，正在阳光明媚的房间里岁月静好。在澳洲的她早就能轻松面对一切虫蛇了吧。最后我用甲鱼在地球那一端给的勇气，拿着类似于"威猛先生"的厨房"重油污净"喷剂回到我的房间。又从客厅里拿了吸尘器，把房间翻了一个底朝天，连床架都翻起来。

但是在一个半小时的努力之后，只在床架上留下了螂兄惊鸿一瞥的倩影。

我把"威猛先生"喷满床周围的各个角落。像是越南战争中的美军，在崇山峻岭之间不得门道，只能漫山遍野不计代价地追求一点点成果。有一种财大气粗但其实苦苦挣扎的绝望感。又用吸尘器吸遍了木地板之间的每一个缝隙。

最后发现我在最开始的慌乱之间还踢翻了一大瓶水，还好没有浸湿不远处的厕纸。

窗户紧闭，门也紧闭。

清晨4点钟，我在Tinka房间用被子紧紧裹住自己，在淡淡放亮的晨曦中沉沉睡去。

3天过去了，螂兄变成了一个遥远的倩影。

在Antoine对我的反复模仿和嘲笑之下，我们给这个"法国男孩"螂兄，取了一个法国名字——FranGois。用最高的人道主义关怀，表明他纯正的法国身份。

偶尔甲鱼还会问我一句："找到了吗？"

我看了一部关于螂兄的纪录片，企图通过了解敌人的方式，从内而外击破敌人的防线。在网上留下了"怎么克服对蟑螂的恐惧""怎么找到蟑螂"等十分好笑的搜索记录。

现在，最大的挑战又回到了半夜上厕所，我需要把电话连到音响上，拎着音响，听着电话那头响亮的声音，"咚咚咚"跑下楼梯。轻手轻脚地冲水，防止水声吵醒熟睡的怪物。

Antoine 会问我："你是在怕什么？难道是……"

接着就是一个令人崩溃的鬼怪故事。

但是只要回到房间里，我又安全了，可是螂兄不一样。我忘不掉那一句："不用关门了，没用的。"

我还能在烤了苹果挞的时候，开玩笑地说一句："庆祝我不再独居，有螂兄和我做伴，给螂兄也留一块。"

每天晚上，我还是在飘荡着"威猛先生"味道的房间里晃悠一圈，试图寻找螂兄僵直的身体。

戈多他还不来，他到底来不来。

连着第三个晚上去 Tinka 房间睡觉。

我做了一连串的噩梦……

断电的 15 个小时

那是一个香气扑鼻的深夜 11 点。

我刚吃完今天烤的鸡，用拆出来的鸡骨架煲了一锅浓汤，正煲在第 3 个小时的兴头上，准备加最后一次水就收工。

整个屋子黑了。

停电的那一刻，整个房子暗了下来，只剩下灶台上的红色火苗，从灶口喷出，蔓延在锅底。

我愣了一会儿，第一反应是关上火，然后走到楼梯转角看了一眼。

黑暗，纯粹的黑暗。

因为我一个人住比较小心，所以花园的木门也锁上了，房间里的灯一直全部打开。突然之间完全黑了下来，我一下子很不习惯。

上个月停过两次电，都是只有厨房的区域跳闸了，所以房东还特意给冰箱接了一条备用线，连到客厅的电源。

可是这次不一样，整个房子都断电了。拿起手机看了一眼，还剩不到一半的电。先上楼看一眼是片区停电，还是我家跳闸了。街上的灯光还在，邻居家花园里的彩灯也还在。看来是我自己家的问题，这下我的心稍微放下来了一些。

先告诉房东家里断电了，可是他住在一百公里以外，而且我的法语和他的英语旗鼓相当，现在又封城，所以他也不能保证什么时候能来修好电路。

我摸着黑躺回床上。想到刚刚在灶台上煮的汤还没有盖起来，家里的网络也断了，我只剩一个充电宝的电，冰箱里前一天才买的猪肉馅、牛肉馅正在融化……越想越气，越气越想上厕所，可是这么黑的路我又不敢下楼，打手电筒又不舍得电，实在是左右为难。

当我安静地躺在床上，如芒在背的时候，才突然发现电力原来是我生活中如此重要的一环。本来觉得我的房子固若金汤，没有什么需要担心的，却突然发现给我带来安全感的围墙，原来这么脆弱。

想着第二天房东可能会来，我可以把这个月的房租现金交给他，所以我打开手机银行，看看今天线上提交的转账申请成功了没有。结果在黑暗中刷脸刷不开，导致界面变成了输密码的模式，而我早把密码忘了，一时心急就把账号锁上了。

这下好了。

现在所有的银行网点都关闭了，我的卡在巴黎被偷了之后，新卡的权限给得特别少，所以基本只能在网点操作。

我安静地躺在床上，看着天花板，心情堪比吃了一只蟑兄。

这种恐惧不是面对暂时黑暗的恐惧，而是我心想，要是不能来人修的话，我的手机只能支撑到后天，那也就是一直维持最基本功能的状态。然后我就社会性"消失"了。

厨房除了灶台别的全都不能用，食物很快就会坏掉。当然了，第二天早上我才发现，情况更差一点，因为灶台打火是需要电的，所以在完全没电的情况下，灶台的火也是点不起来的。

最终来帮助我的还是老朋友 Antoine，他先打电话陪我上了厕所。他堪称是每天深夜的天使，陪上厕所专员，把这个光荣的称号拿捏得稳稳的。他告诉我最坏的情况就是手机里留一点电，在社会性"消失"之前跟他说一声，然后去他家就好。算是找到了一个兜底的解决之道。

然后我就安静地躺在床上，手机也不敢玩，先和老师取消了明天的课，用一秒的时间决定不告诉我爸妈。不然他们会比恐惧先杀死我。

又想起自己干的一件蠢事，自从不出门之后，我把手机套餐换成了一个月两个 G 流量的穷鬼套餐，之前从来不出门，所以无所谓，现在的流量却也难以为继。

还是安静地躺着吧。

可是之前习惯了晚睡，睡也睡不着。我就开始想，真脆弱啊。我的生活比我想象的脆弱得多。大家安之若素的底气都在于相信"这个世界不会崩溃"的基础上，但是不管是停水、停电，甚至没信号都能够完全摧毁我们的生活。

因为在家里没有随时充电的习惯，所以手机的电也不多，生活一下子难以为继。退一万步说，日出而作，日落而息，仅仅维持最基本的生存需求，保存食物也是问题，热水和暖气也是问题。

我小小的城堡原来并没有那么坚如磐石。

我薄薄的被子越来越热。

虽然说起来好像很严重，其实我并不是特别担心，因为第一，只有我家停电，所以大概率是跳闸；第二，房东很值得信任，一直有求必应，只是封城限制下的维修时间问题；第三，最坏还能去 Antoine 家摸兔子。只是突然一下变得有些焦虑，也理解了一些我爹为什么每天像一个铁娘子一样喋喋不休地担心。

"铁"字特指他恨铁不成钢的铁齿钢牙，每天咬牙切齿地说不下十遍的车轱辘话。哎呀，循环轰炸机、小剧场大喇叭、燕小六吹个不停的唢呐。望穿中法之间不存在的航班。

说起来有趣，从一周前开始，从布鲁塞尔和巴黎回广州几乎已经没有航线了，巴黎时断时续有航班，但是布鲁塞尔没有，也就意味着整个比利时到 4 月底一个飞广东的航班都没有。可以飞香港，但是从香港又不能入境。

这个时候又想到今天刚刚烤好的烤鸡，还有一大半没吃完，该不会明天就酸了吧。又想起来冷冻柜里的糍粑放在最底层，要是冰箱里的冰全融化了，那我的糍粑也没得吃了。

心里顿时十分难受。

想下楼把糍粑换个位置，但是又不敢下去。

顿时更难受了，更多的是烦躁。

为什么我非要在 11 点煲汤，煲了整整 3 个小时，煲到跳闸。我恨。恨着恨着睡着了，第二天被房东的电话吵醒。他确认了一遍家里还是没电，就请一位相熟的电工来家里修电路，下午就来。

这个时候，我就很感谢法国的"人情社会"了。

正常找电工，短则要等两三天，长则一两周，何况在封城的限制下。我在网上看到很多人家修了一半的厨房、浴室直接停工了。但是房东有属于他的电工，两个人是朋友，甚至连房子的钥匙他都有一套备用的，所以半天时间就来了。

接完房东的电话，我按出燃气之后，用火机点火，把昨天煮好的汤热了一碗，剩下的放回冰箱。摸了一下糍粑还能吃，心情好了许多。从冰箱里摸了一个苹果，切了一大块巧克力派。回到房间翻出很久没读的法语小说，坐在床上开始读书，读了没多久一阵困意袭来，我往下缩了缩回到被窝里，又睡着了。

是的，买了半年读到第 10 页。

两点多被楼下音响频繁开机关机的声音吵醒，原来电工已经来了，插着电线充电的音响随着来电和停电不断发出声音。

我小小地在心里感叹了一下，我细心布置的"防盗系统"，原来也很脆弱。刚开始自己住的时候，我就长期打开进门门廊的灯，昭告天下"家里有人"，Tinka 临街的房间也总是开着灯。又把从门廊到客厅的门用室内晾衣架斜放着半遮住，从外面是看不见这个衣架的，这样有人推门进来的话，晾衣架倒下来就会吵醒我。这里的晾衣架不是放在柜子里的衣架，是在室内架起来，能晾二三十件衣服的铁架子。

花园有两道门，一扇玻璃门，一扇木门，也全部关上。

电工有家里的钥匙倒也无可厚非，只是没想到睡回笼觉的我根本不会被两个室内晾衣架倒地的声音吵醒。

Antoine 无数次嘲笑过我，我们的门口写着大字"学生合租，有意请联系……"。他说，在法国学生的代名词就是穷，所以不会有小偷挑这家的。

等我下楼的时候电路已经修好了。原因是 Daphné 留下来的烧水壶短路了。

谢过电工之后，我又把门上了双重锁，还是把明知道没用的晾衣架顶住了客厅门。

先把烧水壶扔掉，告别喝热水的生活。心满意足地把煲好的汤拿出来热了，糍粑拿出来切块煎了。看着花园里的阳光，不由得心里有些感叹，这种平静的生活不是那么顺理成章的。

房东也同意我封城结束之后再交房租。

我风轻云淡跟我爸妈在微信里说了一句，家里停电又来电了。我爸的电话又来了，开始教育我："怎么能让外人进房子里呢？戴口罩没有？你离他多远？外面来的人碰过的地方要消毒啊！"

我说："是是，对对，放心。"

晚些时候我接到 Antoine 的电话，他说："咚咚咚，你去看看门外有什么。"

我从三楼跑到楼下打开门，看见 Antoine 骑着他的自行车站在街对面，我的门前放了一个充电宝。

他家离我家不近，我家在里尔东南部的卫星城，他家在里尔西部的另外一个城市。尽管欧洲的城市十分袖珍，但是骑车还是要将近一个小时。

我们远远地打了一个招呼，他就掉头回家了。

快乐的生活又回来了，不过现在我知道我的"安全"生活是如履薄冰的。只是因为很多人在维持社会的运转，让我们相信世道不会太坏，有一些可以在异国他乡依靠的人，还有一些有点烦人的担心，所以才变得岁月静好，所以才有底气过平静的生活。

应该多一些感谢，多一些珍惜，对那些唠唠叨叨的关心也是。

时间清除计划

从一开始被隔离的烦躁不安，到现在每天绞尽脑汁给自己找点事情做，好像也没有费很大力气。

说说我的邻居们。

我的房间对着花园，花园大概有 50 米的长度，尽头是邻居家的花园。也就是说两排房子隔着一百米遥遥相对。

有一天下课之后，我看到在我家这一侧靠左手边的墙上坐着一个男人，从他家的花园里架起梯子，爬上墙来看邻居家的花。又安静地点了一根烟，四下看着。看到我在看他，朝我招了招手。

这一侧有一户家里有秋千，一看就知道有小孩子。他们最近在花园里摆了一个小羽毛球网，一到 3 点就出来打羽毛球。有的时候小男孩还会试图和我隔壁总是在打电话的金发中年女人聊天。我闲着没事就坐在花园里听她用扬声器打电话，当作难得的法语听力练习。

这里太安静了，我连她每天在家几点开始看电视都知道。

因为空旷和平静，对面房子有人站在屋顶上打电话，我在这边也能听得一清二楚。甚至知道电话那边是一个年轻的女人，他在给她看这里的风景。

每个人家有每个人家的吵闹，我家的吵闹是郭大爷声如洪钟的相声。

可能是过于无聊导致听力和各种感官都变得敏感了吧，想要捕捉身边发生的各种事情。无花果树的花落了，Tinka房间窗外的花也落了。每天风一吹就纷纷扬扬落在我的院子里，小小的白色花瓣掉在杂草之间。天气也变得暖和，邻居家的大爷在花园里除草时打着赤膊，阳光照在他的身上发出金光。

一转眼就到了可以穿短裤，满街闪动着白晃晃大腿的天气。本来可以找一片阳光灿烂的空地，看迎来送往的漂亮男孩和女孩，感受这个世界上的两种阳光。结果却在家里发愁要干什么。

值得高兴的事情有花园里的花越开越多，最多的一种蓝紫色的小花和大大的黄花，我拔了一些回来。把喝剩的啤酒瓶、用空的调料瓶、一直没扔

的枫糖浆罐子全都洗干净，连标签的残胶都抠掉了。高高低低插在瓶子里，每天换水。阳光明媚的时候就摆出去，刮风就收回来。夜晚就放在客厅的桌上，看着她们，连吃饭的心情都会好一点。努力创造出一种还在小心翼翼维持一些东西的感觉，这样才好保持生活的平衡。

因为缺很多东西，所以诞生了很多妙用。

比如说用拆下来的调料盖子做切泡芙酥皮的模具，还有用小酱油瓶子擀包子皮。今天在垃圾桶后面发现了一个没扔的红酒瓶，又为我的采花事业添砖加瓦了，很是高兴。每天下楼第一件事就是去花园里看看我的花，黄昏的时候也去看一眼今天的阳光打在草地上的样子。

后来 Antoine 告诉我，被我视若珍宝的黄花不是什么奇珍异宝，而是蒲公英花。而且叶子还能做沙拉吃，只是夏天生长的叶子味道比较苦，但是反正法国北部的人就喜欢吃带苦味的食物，比如说被诅咒的菊苣。听说在国内也有用蒲公英叶子包饺子的做法，只是告诉我这个"秘密"的人，反复叮嘱我一定要焯水，才能去掉苦味。我打算下次包饺子试试。

我尝试把蒲公英做成干花，试图留住这个短暂的夏天，但是从现在的成果来看还完全没有实现的可能。

为自己的生活创造出挑战之后，生活就快乐了很多。

阿猫经常身手矫健地在草丛里蹦来跳去，因为天气已经暖和了，他再也没有来过我的沙发，转而经常跳上房顶，在阳台的顶棚上留下一串凌乱的脚步声。

天气特别好的时候，我出门散了散步，说是出门，其实离我家就不到两百米。

离我家一个街口就是埃莱姆的市政府，现在也没人上班，门口的国旗飘飘荡荡。反方向再走一个街口就是地铁站，还有一片公墓和野地。野地里长出了长长的芦苇，随风飘荡。

最宽的一条四车道，是东西走向，站在那里可以看见太阳东升西落。路边有一家一直营业的面包店，日落的时候，我站在店外排队。路上车来车往，太阳在很远很远的地方落下。

太久没出门，看到什么都很好看，都很新鲜，好奇中还带着一丝胆怯，很没有见过世面的样子。

我在家里自己做复活节彩蛋，煮出流心的鹌鹑蛋、用刨子把西葫芦削成薄片、摆成一个可以无限延伸的圆形、拿兔子的骨架熬出失败的汤、烤奇形怪状的泡芙。

唯一的失落就是烤箱发出香味的时候，没办法像和Tinka一起在波尔多一样，说："所有在大街上释放香气的面包店，都应该被法律严惩。"

泡芙又是一种热闹的甜品，出炉就要吃完，吃不完就会叹息一声，变软坍塌。在第二天早上吃软软的泡芙的时候，孤独的感觉变得具体起来。

最近早上吃吐司配鸭肝，一天配草莓酱吃，一天配蓝莓酱吃，一天配蜂蜜吃。今天蜂蜜吃完了，前几天打开草莓酱发现里面发霉了，冰箱里的奶酪也发霉了。

上次做的蛋挞吃了整整一周，幸好里面没有鸡蛋。

有时候很盼望天气不好，天气不好的时候日落会格外好看。这种时候从晚上 8 点开始，隔十分钟我就去花园看一眼，观察天上的云和天空的各种变化。只要天空微微泛红，我就爬上二楼，站在窗前看窗外的风景，看阳光在云层中时隐时现。

不同的天气，投射在我房间的光色也是不同的，有时候是橙色，有时候是明亮的红色。大部分时候，天上没有云，太阳四平八稳地下山，我的房间里就什么也没有了。天上乌云密布的时候，阳光不是普照大地，而是从缝隙里挤出来，所以格外耀眼，在天空留下的色彩也更加绚丽，就像他也偶尔厌倦这样平淡的起起落落。

今天的太阳在隐入对面房顶之前的五分钟，变成了一个火红的小球，远远地就能感受到他的温度。

二十分钟之后，天就完全黑了。

🍂快乐逛超市

独居整整四十天了，平静的日子流淌得很快，下午 3 点之前，可以在花园里晒太阳。中午的太阳劲头很足，晒在身上会反光。唯一能听到的声音就是鸟叫，还有不知道哪一家传出来的钢琴声和歌声。

有时候看看鸽子在树上打架来消遣时间。

有一天早上我推开窗户的时候，发现左手边一直很冷清的房子里，有一个人爬到了二楼的平台上，坐在那里晒太阳。她看起来是亚洲人。那天下午我又在花园里看到他们家的花园里开垦了两小块菜地，种了一些葱一样的植物。我严重怀疑我久不见面的邻居其实是中国人。

他们怎么能买到新鲜的葱呢？

住着三个小孩的五口之家，在院子里用木板建起了一个小房子，绑起了吊床，支起了一个纱布做窗户的小棚子。夏天到了，蚊子也来了，苍蝇也多了，中国有的，法国一点都不会少。

最闲的时候就去地下室里翻翻，因为太久无人涉足，我突然明白了什么叫作撩开蜘蛛网才能走进去。地下室有一种干燥灰尘的味道，冷飕飕的。里面有几台冰箱，一张床架，一些杂物。转了一圈也没什么有意思的，只能爬上来。值得开心的是我找到了一袋炭，终于可以在院子里点火了。

最开心的事情就是可以出门买菜，以前逛市场才觉得有意思，现在逛超市都觉得很有趣，人的要求就是一点一点降低的吧。

因为没事可做，所以打算多买一点法国奇形怪状的食材，回家好好研究一下。

没有去离家最近的超市，专门走到最远的超市，路上要半个多小时，一路慢慢走过去。好不容易有出门的机会，当然舍不得坐地铁。从家里出门的时候，一个年轻人坐在家门前喝酒，等我回来的时候，他还在家门前坐着。也许这是他想出来的既不关在家里，也不算出门的两全之策吧。

超市里我第一眼看到的是红薯和生姜，旁边还有菠萝和杧果，这个小小的货架真是亚洲之光。但是我的目的是买没吃过的法国菜，所以只是向杧果投降，就拿了一包白芦笋、一袋孢子甘蓝、一袋樱桃红萝卜、一颗战斧一样的洋蓟。货架上还有茴香球茎、仙人掌果实，还有一些更加丑陋闻所未闻的蔬菜，我打算下次再为难自己。

洋蓟是我吃过最意料之外的法国蔬菜了，长得像是一个宝莲灯。外面一瓣一瓣的叶子剥开之后，里面是心，藏了一朵花，花的下面是一层茸毛，茸毛下面有一个能吃的底座。《天使爱美丽》里面就提到过，洋蓟比有些人还好，因为它还有一颗心。

把最下面的一圈叶子切掉之后，整个放在盐水里和柠檬汁一起煮 20 分钟，煮熟之后蘸酸醋汁吃。

吃什么呢？吃叶子的底部。每片叶子底部都有一小块能用门牙啃下来的肉。拿着叶子顶部，在汁里面蘸一下，然后把那一小块肉嘬下来。

优雅。

相传洋蓟能减肥，这能不减肥吗？买回一大颗菜，折腾半个小时，最后也就吃叶子根部的一点点肉。

味道也很有趣，有一种说不出来的熟悉感。煮的时候飘出来的味道是很清新的竹子味，吃到嘴里的味道像是很"幼年"的毛栗，口感像是山药。味道淡淡的，不是很浓郁，一层一层剥开，随着热气一起散发出来的，是潮湿草丛的味道。

并不惹人讨厌，只是没什么吃头。

本身味道已经很隐忍了，蘸酱还是味道横冲直撞的酸醋汁，也可能是我自己调的问题，感觉不是很协调。

总而言之，吃洋蓟唯一重要的事情可能是优雅，这种蔬菜可能更是一种分享的下酒菜，时刻提醒着我的孤单和肥胖。

今天专门挑了天气比较差的时间出门，因为这样超市的人会少一点，可以多花点时间自由走动。

买完蔬菜之后去买肉。上次来的时候运气很不好，肉都被买得差不多了，现在肉还很充足，而且肉档也重新开放了。我找到了一盒羊排、一盒羊尾、一盒花纹美丽的五花肉，如获至宝。又找到了一根血红的马肉香肠，犹豫了一下，放进了推车里。

第一次吃马肉是在比利时的圣诞集市，没吃出什么味道，没理由不再试一下。

最让我高兴的就是这一盒羊尾，找了一些能煲汤的材料，回家第一件事就是切了一块熏肉和羊尾一起炖，还放了新买的樱桃红萝卜。美中不足就是家里没有米，不然肯定吃得嘴角流油。

羊排先煮再放进烤箱里烤，煮完的汤当高汤用。烤羊排5分钟之内消失不见，实在是非常舒适。

还在冷肉的货架上发现了成块的猪油，还有罐装的鸭油。法国人还是懂吃，猪油多香啊，鸭油也有一股别的动物油没有的味道。

买了三块鸭胸，一块兔肝，还有一点下酒的奶酪块和香肠，才悻悻然离开。奶酪配上坚果真是这个世界上最能给人满足感的味道，尤其是新鲜的奶酪入口很轻松，有淡淡的酸味和浓重的奶味。

如果在法国有什么东西让我舍不得，它能排在前三名。

然后去我最喜欢的调料区，在路上看到了罐装的干蘑菇，买了一盒牛肝菌和一盒羊肚菌，为了它们还特意买了一瓶用

来泡发的白葡萄酒。之前总是觉得贵，现在除了做饭也无事可做，吃得再好也比不上出去玩花的钱多。

可是到现在还没有在法国吃过正经鹅肝，因为又贵，分量又大，保质期就 24 个小时，这么大一块油脂，我哪能吃得完呢？

颠来倒去地看，鹅肝上又写着孤独二字。

有了牛肝菌，打算做烩饭。在调料区还真找到了藏红花，还很贴心地被分成了一克一小盒的一人份套装，还真是人性化啊。

在整排调料架上看看香茅、肉豆蔻、牛至、莳萝、丁香、鼠尾草、龙蒿、墨角兰，我越发捉襟见肘的法语就是在这里学的。

在角落里找到了一罐泡青花椒。说是一罐，也就半个手掌大，我立刻丢进推车里，脑袋里已经想好了怎么炖肉吃。

看到那些琳琅满目的调味料，我的脑袋里却是空空的。

又买了一大罐罐装栗子，打算回去做鸡肉时填充用或者煮栗子酱，最后买了几包虾片，结束了我激动人心的超市之旅。那罐栗子给我带来了巨大的快乐，一整个下午我扑在灶台前，煮栗子、熬糖浆、过筛，最后炒干，忙忙碌碌几个小时浇灌出小小一罐栗子酱。吃到嘴里的味道都发着光。只是不到半天之后，就只剩下半罐了。

虽然提了很多东西，但是我犹豫了不到两秒钟还是选择走回家，实在是舍不得浪费好不容易出来的好天气。

说起来我已经很久没有进城了，走过城市边界牌的时候，我想，提着一大袋吃的，苦兮兮跨越城市还乐在其中的事情也只有我能做出来吧。

那个时候的我，还是个没有意识到自己忘了买米的无忧无虑的孩子。

快到家的时候，遇到了一只很渴望出门的小狗，鼻子伸在开了一条小缝的卷帘门底下，小眼睛望着外面。他和在家的我，还有那个坐在门口喝酒的年轻人是一样的，都渴望一点外面的空气。

回家之后，给自己切了一颗蜜瓜，蜜瓜的颜色和这天的天气一样温柔。

花园里的蒲公英都开了，我挨个吹过去，第二天起床又是一地圆滚滚的小球。连我很久之前摘下来插在瓶子里，已经凋谢的蒲公英，也慢慢长出了爆炸头，生命力挺强。

其实这趟超市之旅也不过是不到一周前的事情，但是如我所写，这些东西我又吃得差不多了，真是让人苦恼。不好吃的白芦笋也吃完了，味道香醇的鸭胸也煎了，折腾到没什么好折腾了，四十天前订的学习计划还停留在第一天的进度。

昨天夜里，我站在窗前，听着隔壁聊天的声音，看着天空一点一点暗下去。

闲极无聊，吃一包虾片。

🍃面粉清除计划之牛角包

这是一个阴雨绵绵的下午，雨滴打在花园的棚子上发出杂乱的声响，客厅里飘出来黄油醇厚的香甜味。一边是我翘首以盼等了两天的牛角包。

做牛角包之前我只知道它很油，对于制作过程一概不知。

在还有课可上的时候，有一次在法语课上要回答每天早上吃什么，一个同学说吃牛角包，老师说："很好，但是不会天天吃吧？这样的话你要做很多运动。"

牛角包的黄油量是面粉量的一半还多，我找的食谱里，1斤面粉用到了350克黄油，简直是肥胖之源。

在面包店里一根半人高的法棍也不超过1欧，小小一个牛角包却要将近两欧，之前实在是觉得不可思议，但是自己做了一趟下来，觉得这个价格实在是不高。

首先，在开始做面包之前，叨叨两句，不辜负我吃过的这么多热量。

牛角包属于Viennoiserie，也就是甜酥面包的一种，牛角包是其中最为出名的一种。蝴蝶酥、巧克力面包、费南雪都是甜酥面包。

不得不说法式甜点的名字听起来就很让人浮想联翩，费南雪、玛德琳、蒙布朗、欧培拉、可露丽。

有一种不知所云的美感。

总而言之，这就是一种通过一层面粉、一层黄油形成酥皮的制作方法。中式点心里也有很相似的千层酥的做法，不同之处在于法式的甜酥面包是需要发酵的。介于面包和甜点之间，兼具蓬松和酥脆。

既然要发酵，就要酵母。酵母不分国界，能发包子的酵母就能发面包，但还是有一些区别。在法国要做出好吃的面包需要活酵母，活酵母要去面包店里买，用一张纸包着，里面是一个湿润的方块，就像是晾到半干的陶土。这种新鲜酵母是酵母中的最高信仰，是真正法式面包的味道之源。

超市里也可以买到保质期一个月的鲜酵母，但是只有村里默默无闻，炉子滚烫了几十年的小面包店才是唯一购买酵母的正道。

还有在超市里可以买到袋装的即食酵母，这种和国内的袋装酵母就很相似了，和另外一种用于做甜点的化学酵母在使用上也很相似。而且用起来很简单，只要直接拌进面粉里就可以了。

之前在家里用酵母做包子的时候，我理所应当觉得直接放进去就好了。现在才发现还有另外一种酵母，也就是这次我用的干制活性酵母。买来是大大的一罐，也是现在唯一好买的酵母了，一定要温牛奶恢复湿度才能用，也就是说不能直接加进面团，要先用牛奶泡 10 分钟激发活性。没有牛奶的食谱不能用这种酵母。

我很怀疑最后的失败就是因为酵母活性的问题。

绕了半天可以开始揉面了，面团一半水，一半全脂牛奶，一大片黄油，一点盐和两勺糖，揉到光滑就用油纸折一个长方形，把面团在里面擀成方方正正的形状。接下来就是漫长的等待，在冰箱里放 8 个小时到 36 个小时之间。

我找到的说法是，酵母在低温下也能发酵，只是比较缓慢，同时被减缓的还有细菌的滋生，这样的面团会被赋予丰富的风味。

让酵母缓慢释放是甜酥面包的重中之重。

第二天起床之后，切厚厚一片黄油，我的黄油是超市里卖的肥仔黄油，一块 4 斤，水分比正常黄油略低一些。油纸叠出一个比昨天的长方形小一半的矩形，黄油擀平，折起来，擀均匀，渗透到油纸每一个角落。

放回冰箱，转身去刷牙，脸不必洗了，反正也长年不见人。刷完牙，看看镜子里的黑眼圈和日渐圆润的脸庞，毫不介意地打开冰箱门，拿出面团和黄油。

黄油放在面团二分之一处，另外一半面团折起来，擀一擀，擀成长条之后再折两下。这次就不是折到中间了，世代相传的经验是牛角包要有 12 层酥皮最好吃，也就是说要一次折 3 层或一次折 4 层。

比如说拿破仑的酥皮，就要求折 5 次，起 15 层酥，最后面团擀成 6 毫米，而牛角包的面团要求是 4 毫米，这简直是一个艺术与严谨并存的食物。

一头的面团折到四分之一处，另一头折到四分之三处，再把面团对折，这样就得到了 3 层酥皮。然后不要急，把面团包起来，放回冰箱，再等一个小时。

其实我很疑惑，为什么每做一步都要回到冰箱。也许是要松弛面团，也许是要保持黄油的固态，也许是为了发酵，我也不知道。反正只要是甜酥面包就少不了这一步，就算是不需要发酵的蝴蝶酥也是一样。

一个小时之后拿出面团，擀开之后两头向中间再对折起来，这样就最终做好了 12 层的酥皮了。

擀开之后把边缘切掉，面团变成一个方方正正的长方形。勤俭持家的我以为切掉边缘只是为了形状规整，于是把边角料留下来，卷了两个小卷，却发现边缘的面团黄油分布不均匀，也不够多，所以确实没法用。一定要切开后让黄油和面团的切面露出来，才能烤出均匀的酥皮。

面团切成等边三角形，在底边的中间切一小刀，用手稍微抻长一点，从底边卷起来，直到尖角上。尖角要藏在小面团的下面，死死压住，不然就出不来好看的形状。

全部卷起来之后，再等一个小时。有人的说法是和一碗热水一起放进烤箱，有人的说法是烤箱开40度，总之就是还有最后一次发酵。这次发酵切实可以看到成果，面团会膨胀两倍。

做到最后一步的时候我才想起来家里没有鸡蛋了，不能上色，只能出门买鸡蛋。

出门前想起来家里有两张快递单，又顺便拿个快递，拿完快递想，离大超市也不远，干脆去远点的超市，于是一路折腾，我的面团就发酵了3个小时。

喜气洋洋回家的我也没有看到它们膨胀起来，为膨胀而预留的巨大空间看起来很空荡，像我过于巨大又空洞的房间一样干瘪。它们中间甚至因为空旷有回声作响。

没有办法，刷上蛋黄液，硬着头皮塞进烤箱。

果然没有发起来，但是十分令人欣喜地起酥了。

于是就回到了起点，我坐在凳子上，闻着烤箱里飘出来的香味，满足地等着牛角包出炉。刚烤好的牛角包外皮酥脆，里面却很软，虽然因为没有完全蓬发起来而不够蓬松，但是从外到内的口感变化也很迷人。手一碰到外面的酥皮，渣子就掉下来了。法国人说如果你桌子不是一团糟，那你就不是在吃一个好牛角包，只有足够新鲜的好牛角包，才会留下满地狼藉。

我一口气吃了三个，熟练地把剩下的装起来，放进冷冻柜。反正不管吃什么，总是一次不能吃完，尤其是一些吃的就是那股新鲜劲儿的食物，更要被收到冷冰冰的冷冻柜里。

但是第二天不管用多么好的方法再热一遍，也不是原来的味道了。

好在本来也没有多好吃。

其实牛角包的香味来源异常简单，黄油，大量的黄油。因为调味仅仅是很克制地放了一些糖和盐，连鸡蛋都没有，奶油更不用说。比起味道，更重要的是口感。蓬发不起来，那就是一团面疙瘩呀，就算起了酥，那也是起了酥的面疙瘩。

对我而言，很好地浪费了许多时间，但是对于一个牛角包而言，这是它备受摧残的一次经历。

重在参与。

于是我在两天的折腾之后得出一个愉快的结论，超市里有牛角包酥皮，面包店里有热气腾腾的牛角包，不必折腾。

夏天从吃新鲜法棍开始

日复一日的倦怠久久不能消失，只能靠找点事做来排解白天和黑夜的漫长。

比如说看啤酒里上升的气泡，听缱绻的风和盘托出，太阳为什么在晚上 10 点才落下。

某天在院子里摘野菜的时候，对面房子阁楼的窗户被推起一条小缝，两个小脑袋从里面探出来，他们朝我挥挥手，我也朝他们挥挥手，传来一阵远远的偷笑声。

院子里野草已经长得很高了，我看着隔壁的无花果树落尽了叶子，开出了满树的花，现在又长出了绿叶。树冠上住了一窝鸟，在树枝间"啾啾"。时间的流逝就写在这棵树上，草也长莺也飞，太阳在天上挂到晚上 10 点，这就是夏天。

有 3 个小孩的人家养了两只宠物鸡，围了一小片空地，空地中间建了一个两层的木鸡舍。我想起刚限制出行的时候看到英国的报道说，活鸡都被抢购一空，人真的很需要找点事做。

随着法国确诊增长数字不断下降，街上的人也多了起来。今天打算出门买点水果，结果走了半个多小时进了城，超市门口却排了长队。去烟店买一包卷纸，要排队，去面包店买条法棍，也要排队，隔壁的邮局门口更是排了一条十几个人的长队。

果然大家都等不及出门了。

在路上闹腾的狗也多了起来，半个小时的路程不下十次看到路上他们慷慨留下的"肥料"。带着孩子骑车出门的家长也很多。之前有规定不管是遛狗还是遛孩子都只能有一个大人陪同，现在还有街坊四邻一起出来遛弯的。也不再有疯狂买面包的人了。有一次我前面的大叔抱了一怀抱的面包，店员帮他推开店门才能出去。他出门前很羞涩地转过头，跟我们说了一声不好意思。

现在路上夹着法棍相视一笑的路人手里都只有一根单薄的法棍。按照我的吃法，一根法棍大概能吃两天，毕竟不能顿顿吃。第二天的法棍就丧失了软和脆，直愣愣的只是僵硬。要不是实在没办法，大概不会有人愿意吃隔夜的法棍，要吃到第三天的话，可以直接用那根僵硬的法棍来切腹自尽。

所以事情在显而易见地变好。

　　为了避免无功而返，到离家最近、又小又贵的超市买了一个蜜瓜、一个小西瓜、一个西柚、一个南瓜，再挑了点奶酪前菜和配法棍的鸭肝、肉冻就回家了。在冷冻蜗牛前站了很久，想到买了蜗牛又要买香料、黄油，林林总总加起来就很贵了，能吃四个小西瓜、六个小蜜瓜，太不划算，于是就回家了。现在想想真后悔，也没几天了呀，应该自作主张地在记忆里留下喜欢的东西。

　　回家择菜，挤了一根香肠，混着虾仁和野菜做了一盒子的馅。

　　香肠一根一米多，一圈一圈地盘起来，在盒子里像一条冬眠的蛇。

　　不知道为什么到了5月野菜才香起来，好像是由于这段时间温度下降之后，味道就更加浓郁了，混上虾仁的鲜味，让人感觉今天比往日格外美好。

　　昨天自己一个人做了烧烤，一大早上完课就把烤炉洗干净，炭铺出来，撕了一页又一页的作业试图点火。打火机的顶部被烧得滚烫，大拇指的内侧被摩擦式的打火机擦得生疼，火还是没有点起来。只好回屋把解冻好的鸭胸用烤箱烤了，香菇也顺便一起烤了。

　　为了特意补偿自己多花了点功夫，在鸭胸的酱汁上用红酒、牛肝菌和蓝莓一起熬出来。红酒提供醇厚的味道，沉在舌根，蓝莓酱的酸甜很跳脱，在舌尖跳跃，偏甜的味道配合鸭肉的独特香味，红酒的酸又让味道沉淀了下来。

一般鸭肉都要配酸甜的酱汁，比如橙子、醋栗、樱桃。我在伯尔瓦纳吃到的就是配了老板自己熬的黑莓酱，比外面做的酸味浓郁很多，和烤鸭胸的味道确实很搭。

而牛肝菌提供了一种萦绕在口腔里的味道。比起味道，更强烈的是嗅觉上的感受，在吃进嘴里之前就闻到它的美好了。烤的时候刷一层芥末酱，最后是吃不出来味道的，但是要靠它冲淡鸭肉偏腥的肉味。

总之吃得非常愉快，连蘑菇烤过之后也渗出了汁水，不怕胖的我把蘑菇的伞盖里填满黄油和蒜蓉，想象自己吃的其实是蜗牛。

然后我走到花园伸个懒腰，摸了一下炉子，热的，滚烫滚烫的。

在我吃午饭的时候它燃起来了，不知道是我的哪项作业起了作用，还是Tinka住房补助的空白表格带来了迟到的力挽狂澜。

我想起很多很多年前，我还是一个喜欢看贝爷，梦想着去探险的小孩子，谨记贝爷说的每一句求生技巧，以防自己有一天会用上。他说，点火就像抓蝴蝶，不能太心急，那样蝴蝶就被捂死了；不能太慢，那样蝴蝶就跑了。现在蝴蝶在我手里扑楞一阵死而复活了。

来都来了，那就再吃点。

蘑菇里塞上黄油和调料，一个个用锡纸包上丢进火堆里烤。真想要点红薯和土豆啊，那才有烧烤的感觉。

我顺手把前几天喝剩的老椰子也丢进火里了，不知道出于何种心态，可能看到火就不能不做点傻事。天色渐渐暗下去，花园里传来一声爆炸声，椰子炸了。

炸了就炸了吧。

看着地上的半拉椰子，我又想起几年前在尼泊尔烧尸庙里频繁听到的爆炸声，果然一切体形偏大，有一层硬壳，中心柔软或者空空如也的东西在火中都容易爆炸。

椰子捡起来，把椰肉抠出来切片烤成椰子干。

椰子干真的好吃，椰肉有一种丰腴的肉感，可能是在沙滩上看了很多丰腴的美好肉体。喝的时候因为老椰子汁少还觉得亏了，现在意外吃上椰子肉觉得椰子真是美妙的东西。

剩下的半个椰子壳做了一个小盆子，用来当烟灰缸也不错。家里的烟灰缸五花八门，剪开叠起来的金属易拉罐、装香料的调味瓶都是。之前去 Noé 家的时候看到他家花园的烟头开出一朵葵花子的花盘来，浑身上下充满"艺术细菌"。归功于 Raphaël，我们家的情况也差不了多少，穷鬼也不能废风雅。

因为作息时间异于常人，我的时钟整个向后推移三到五个小时，没有课就两点起床坐在床上吃一个玛德琳或者布朗尼当早餐，4 点吃午饭，10 点吃晚饭。总体来说作息很规律，不算熬夜，只是往西时区推一推。

昨天晚上睡觉的时候看到了多日不见的蟑兄，蟑兄壮实油亮了，满面黑光了，身手也敏捷了，他漂荡在一摊化学药水里的样子很安详。

其实这栋屋子的角落里应该还有很多默默陪伴着我的小动物吧，比如说花园里散落在角落砖头背面的鼻涕虫和蜗牛，还有很多我没有发现的小东西。

今天去埃莱姆政府对面的公园边缘散步，发现公园的围挡已经拆了，里面也有零零落落的人影，路上的狗屎也多了起来。

虽然过了花开得最好的时间，但是角落里的花还在开。尤其是一种几乎算作野花的小白花，白色的细长花瓣，又大又圆的黄色花蕊，很热闹的样子在草地上一开就是一大片，实在好看。

法国的花坛有一种一把种子撒下去，长出什么算什么的感觉。好像有一群闲人买了很多种子，混在一起之后随心所欲地沿路抛撒。放眼望去一片稀稀拉拉的五彩斑斓——这里一朵鹤立鸡群的大红花，那里一片星星点点的小蓝碎花，安静地在草丛中点缀着。

上次看到的花是春天大张旗鼓到来的样子，现在的春天敲着退堂鼓给夏天让路，空气里更有夏天清爽阳光的味道。

等到夏天真的到了，就都能自由出门了，我也要回家了。

🍂重返城市

　　路上每个人手上都拿着雪糕和华夫饼，脸上洋溢着快乐的笑容。一个戴着墨镜和口罩的小哥手里捧着两盆花，在太阳底下走得两腿生风，太阳晒在身上是温暖又轻盈的感觉。

　　就这样我两个月以来第一次回到了老里尔。

　　早上在楼下的时候，听到门前一阵响动，有人丢进来一个信封，上面没写名字，鼓鼓囊囊的，打开一看是里尔和埃莱姆政府发的口罩，每家两个，不够还能申请。政府已经承诺药店都能买到口罩，而且定价很低，不能超过 0.95 欧。

　　这边的口罩有很大一部分是扁的，嘴那儿像鸭喙一样伸出去，看上去就像鸭嘴兽。大街小巷就走动着大大小小的鸭嘴兽。

　　窗外的阳光很好，我敌不过心里的诱惑又换上衣服出了门，打算去一趟老城区，顺便看看两个多月没去过的学校。

　　从埃莱姆到老城区坐地铁只要 10 分钟，结果我走了一个多小时，路上一度怀疑自己走去了哪里。路过一片很有意思的工地，有一段长长的墙上画着两个变形扭曲的银发老太太，她们手牵着手，脸像是要撕裂一样被拉长，身后站了一个个头巨大，尖牙利齿的怪物。不远处还有被扭曲拉扯的猫。同一堵墙前面的部分，变成了黑色背景上的彩色光斑，像是一个喝醉了的世界一样迷幻流动。

上面被人白底黑字写上了"别打女人"。

我走的路上总是有很多有趣的东西，比如说在人行道的中间会遇到一台废弃的洗衣机。在中规中矩的社区街道上会突然看到一栋三层小楼的整个侧面画着一个凝视着路人的半身女人像，与之相对的是一栋画着小小星球的小房子。家门前的配电箱上不知何时也被画上了人像。

在城市的边缘遇到一片很有设计感的建筑，色彩斑斓却一点也不出格，顺着一堵三角形的墙往上一看，有人写着"grève et rêve ou travaille et crève"。

意思是"罢工与理想或工作与死亡"。

就连路上被扔了五瓶酒的垃圾桶都煞是好看。

自从巴黎爆炸之后除了大型分类垃圾桶，零零散散的小垃圾桶全部都换成了透明塑料袋，所谓垃圾桶也只是个框架而已。为的就是垃圾袋里的东西能一览无余，这样的垃圾桶通常会说出很多的故事。

又路过几片繁花盛开的草丛，百花铺满绿草地的草坪……

马上就到了 moulin 的公共花园，这里一直是我们不屑的一座花园。在市中心最混乱的地方，非要用红色栅栏围起来一片草地。晚上公园周围被流浪汉围绕，还有彻夜喧嚣的酒吧。

用栅栏围起来的平坦草地很违背公园的灵魂，但是现在有人反坐在公园栅栏外的长椅上，把腿和头塞进栅栏中间，假想自己坐在公园里。因为公园要等 6 月才能开门，虽然大多开放式公园早就"玉体横陈"了。

就这样边走边看，路过了大皇宫，又走过从前最热闹的 flandre 火车站，站在天桥上看交错纵横的铁轨，再走过钟楼和市政府。

我想起来再过一个街口有一家地下酒吧，我以前和 Antoine 每周四都要和排球俱乐部的朋友一起去。我们每次去之前还要在政府门口等 Micheal 下班，有时候他同事也和我们一起去。

为什么是那家地下酒吧呢？因为便宜又有现场表演。

我们最喜欢夹在钢琴和厕所之间的那张小桌子，Micheal 最喜欢在里面的歌手唱完之后喝一声响亮的倒彩，然后捂起嘴偷笑。

每次由一个人买单，大家轮流，既没有完全分账的生疏，又不至于欠人情。可是每次我买单都会被拦下来。他们说，和女生去酒吧，就没有不买酒的道理。Antoine 还喜欢在从酒吧出来之后，请我吃顿肥仔比萨，再赶在末班车之前去到车站。以小气闻名的法国人，其实也没有那么小气。

他去西边的洛斯，我回东边的埃莱姆。再次感叹一遍，作为上法兰西大区最大的城市，横向地铁 20 分钟就能穿过，实在是太小了。Tinka 每次都会强调一遍："Marcia 是一个来自小城市的女孩，她的'小村庄'只有两千多万人，也就两个捷克那么多。"

顺带一提，她看到我出来走过了我们之前无数次走过的大街小巷时，很是羡慕，并向我展示了她被摔断的腿。她在家门前的路上滑滑板，把腿摔断了，因此虽然捷克早就能出门了，但是她除了医院哪里也没去过。

政府的门前就是我们的小凯旋门，巴黎桥，在那里有我第一次认识秋天和雪梨的小饭馆。那个饭馆对学生有特惠，卖很难吃的意面和算是不错的甜点。我们也就去过那么一次，毕竟谁吃将近 8 欧的速食意面啊。从这里认识的秋天和我一起去了西班牙、荷兰、奥地利、斯洛伐克、比利时。

再往前转一个弯就是我读了一年的学校了，学校和对面的图书馆都关门了，9 月之前应该没有开门的可能性。永远被拿着咖啡和烟卷的学生围绕的阶梯空空荡荡。

学校里的那台热饮机真是最美好的回忆，我从来没有喝过那么好喝的 0.8 欧一杯的热巧克力。以至于不管我走到哪里，在哪个国家的高级咖啡店里喝着纯巧克力和牛奶泡的热巧克力，嘴上挂着一圈棕色的胡子，也还是会想起那纸杯装的热巧克力。浓郁、香甜、廉价的巧克力粉的苦味儿是回忆里的味道。喝到最后的时候，还有沉淀的巧克力粉留在杯子里。

Tinka 临时决定走的那天，我们在乒乓球室后面的天井，她一根一根抽着烟，我一口一口喝着热巧克力。

她的脸颊绯红，眼眶湿润，我的舌根发苦，胃里滚烫。

我在学校门前的楼梯上度过了很多课余的时间，Mikako 是我法语课后和美国移民政策课前的永恒的巧克力友。冬天的时候，两个人下课之后裹起外套，坐在楼梯上，一人捧一杯热巧克力，话题不知道飘到什么地方。

过了学校，再往前走就是美术宫了，里尔学生的心脏所在。当然现在是不开门的，但是门前广场上的喷泉已经开始汩汩地流淌了，广场上坐满了出来晒太阳的人。

温度并不高，外套是脱不掉的，但是坐在太阳底下就有暖暖的感觉。这才是欧洲人喜欢晒太阳的精华所在啊，广东的大太阳任谁也遭不住一顿晒，哪有什么小麦色，直接变成大闸蟹色了。这里的阳光和风细雨，难怪法国人这么喜欢成堆地聚在街头。

说实话，这么久没来，我都忘记了美术宫原来也是金碧辉煌的。我还记得某天夜里我走过的时候，广场上人声鼎沸，整个美术宫被打上了国旗的颜色。这个广场是罢工最常聚集的地方，动不动就浮动着彩旗，挤着黑压压的人群。

都不知道销声匿迹多久了。

Tinka 决定走的那一天，广场上又有罢工，还开了一排面包车，车上顶着充气的橙色吉祥物，不知道是什么工会的标志。我和 Tinka 站在人群前笑靥如花地留影，记录下最法国的时刻。

我在广场的阳光下坐了很久，脱掉外套，试图和身边的一群鸽子保持社交距离。

再拐一个弯就是老里尔了。过红绿灯的时候我犹豫了一下，和人群一起闯红灯过去了。没有法国人看红绿灯，这不只是中国人的劣根性。法国闯红灯不需要凑够一撮人，单枪匹马就能走。法国司机有着难以言喻的耐心和礼貌。

就像在《托斯卡纳艳阳下》里的意大利男人回答"交通灯只是摆设吗"这样的问题。

他说："绿灯行，黄灯是摆设，红灯是建议。"

通常没有人听取建议。

老里尔的人很多，饭店还没有开门，一些临街的小吃店开门了，卖卖可丽饼、华夫饼、薯条、雪糕。大家喜气洋洋排在店门口，隔出了一米的距离。

再往前走就是教堂了，刚到里尔的第一周，学校组织的城市旅游第一站就到了这里，当时我觉得这是一个灰蒙蒙的小教堂。现在也还有一股被雾气笼罩的气质。但是不管什么在我眼里都是欢喜的，路上的鸭嘴兽们也是欢喜的。

就这样，我换了一条路慢慢走回了家里，一路上看见什么都倍感珍惜。去我最喜欢的面包店买了一根法棍，刚开门的花店买了一束花，超市买了奶酪。在之前存下来的调料瓶里精挑细选了一个玻璃罐，把花插上。从此之后白天放在花园里，晚上收回家里，为自己找到了些生机。花的颜色五彩缤纷，大大咧咧，艳得俗气，现在就是要多点俗气才好。

晚上躺在床上的时候，强烈的夕阳会把那棵邻居家的树影投映在我书桌前的墙上，摇摇晃晃的，在房间里增加了流淌的东西。

在法棍僵而又僵的第三天做了吐司。

每天就靠这些细小的快乐算着日子生活。

🍂在洛斯的四天

Antoine 是我在法国除了 Thomas 之外最好的朋友，也是这段时间以来最亲密的朋友。

我们 11 月认识，和他一起打排球、滑雪、喝酒，每周见一次面聊聊天。跟他一起度过了我的生日，在他也过完生日之后我终于要离开了。

想起 Antoine，全都是好话。

几天前的一个晚上，他给我发信息，让我给他发一条语音信息。

我问他为什么。

他说："你就要走了，以后这个手机号你就不会用了，我会想念你，我把这些信息收藏起来，这样就能听到你的声音。"

我心里想："又不是再也见不到了，还能继续聊天嘛。"

面不改色举起手机把信息发了过去，心里突然涌起一种空洞的感觉，鼻子和上颚发酸，眼睛湿润。

我说："别说啦。"缩进被子里打算睡觉，毕竟已经快要两点钟了。

结果立刻收到了他的电话，他说："别哭，你要不要接着电话睡觉？"

我本来收回去的眼泪又流出来了，我想起了很多事情，里尔冬天的阳光、夏天的凉风、我的小房子在晚上"嘎吱"作响的声音、每天傍晚的夕阳。还有 Antoine 看着我在雪山上笨拙地滑行、我和 Micheal 组队打排球、Antoine 家那只毛茸茸的老兔子、和 Noé、Arthur、Simon 度过的许多个神情恍惚的晚上。

我会想念很多事情。

电话那头的 Antoine 说了几句法语，然后对我说："我妈妈现在开车来你家，我们 20 分钟之后到。"

我说："两点诶！"

他说："就是两点所以才要来接你呀。"

我坐在床上想了想，晕头转向地收拾了点东西，拿上了摆在桌上的花瓶，在客厅里坐着等他们。

Antoine 妈妈无数次收拾过我们的烂摊子，有一次晚上 3 点钟从 Simon 家把我们接回去，又有一次早上 7 点把在 Noé 家沙发上东倒西歪睡了一个晚上的我们分别送回家，而且从无抱怨。

没过多久响起了响亮的敲门声，Antoine 顶着小光头出现在了门前，他妈妈在车里朝我挥挥手。

我拿起花瓶走了出去。

Antoine 妈妈说："Marcia，我特别开心今天把你接到和我们一起，我知道你马上就要走了，一个人肯定很孤单，和我们在一起会好很多。"

我只能反复感谢她，说他们实在是太好了。

Antoine 说："现在你的眼泪可以收回去了吧？"

我系上安全带，白了他一眼，要不是他深夜突然多愁善感的话，我现在应该躺在床上笑呵呵地看搞笑视频。

其实我们一起做的事情也不多，也不有趣，他从冰箱里拿出两瓶啤酒，在沙发边的凳子上一放，我们就坐在沙发上玩游戏。我们很少做"有意义"的事情，但是对于在异国他乡的我来说，最重要的也不过就是坦诚和惦记。

什么东西往冰箱里一放就可以保质，但是感情不行，只有长久温热的联络才让大家成为很好的朋友。

最后眼睛都睁不开的时候，Antoine 问我："还难过吗？"

我说："挺难过的，和一个这么无聊的人玩一晚上游戏还不能睡觉。"

他看了我一眼，把沙发打开，丢给我一床被子，回了房间。

想起 Antoine，最先想起的是温柔。

回想起细节的时候最为致命。他原本不过是聚会上一个萍水相逢的朋友，在聚会上问了一圈有没有人想和他一起去滑雪，我正有此意，就成了熟人。

一开始觉得这个光头小男孩不过是一个聚会上大着舌头

开玩笑的普通人，后来一次聚会我去上厕所的时候看见他坐在饭厅角落里玩手机。好奇心驱使下我去看了一眼，发现一旁的 Arthur 正抱着水桶吐，Antoine 不时看一眼，扶他一下。

他对着我笑一笑说："没办法，总要有人看着他，头埋进去的话很危险。"

聚会结束之后，每个人都找到了一个房间睡了下来，我的充电器不见了，正在客厅里翻箱倒柜地找。看见黑暗里一个高高瘦瘦的身影把用过的酒杯收进厨房，又把喝空的酒瓶收在一起。

我过去帮忙，他说："这样不错，Noé 爸妈回来他不会被骂到太惨。"

我们的聚会永远是谁的爸妈不在家就去谁家。但是每次收拾残局的人总是他。

那天晚上我盖着 Antoine 给我的外套在沙发上睡到了天蒙蒙亮，被响亮的喷嚏声吵醒了。我茫然地睁开眼睛，看到他正躺在另一个沙发上，我说："你冷吗？"

他说："要是知道晚上这么冷的话，我的外套绝对不会给你。"

太晚了。

我是那个聚会上永远手足无措的外国人，用脚指头抠地板，抠出一张清明上河图。

Antoine 每次都会坐在我身边，跟我用英语解释大家在做什么。有时候会偷偷埋头在我耳边说一句法语，眨眨眼睛，示意我说出来，假装是自己想出来的。其实他声音挺大的，大家都心知肚明，但是 Arthur 和大家总会很捧场地说："哇！Marcia 法语好好！"

后来只要是我在的场合，大家都会换成磕磕巴巴的英语。

每次有 Antoine 在的聚会，大家就能放心喝酒，因为一群人走在前面东倒西歪，Antoine 总是走在最后面，安静地看着前面的我们。

我有两个学校发的书包，送给他一个，另一个我偶尔背在身上，他总会接过我的包，挎在身上之后跳一跳说："好像是我自己的包，里面的钱也是我的钱吧。"

每次去聚会之前，我都会说："I'm nervous。"

他总是说："Hi nervous！"

这个很不搞笑的笑话让我们乐此不疲。

他转而又会说："不用化妆哦，在法国自然的样子是最好看的，而且你总是哭哭啼啼，晕开的眼影看起来像巫婆。"

我说："那我怎么能在聚会上艳压群芳？"

他突然正色说："我希望你不要关心任何浅薄的东西。"

总之就这样，和这群小孩还有 Antoine 熟悉了起来。去年圣诞节的时候，我的钱包和银行卡在巴黎被席卷一空，第一反应竟然是给当时并不太熟悉的 Antoine 打电话。

后来银行被锁上了，没有办法交房租，也只能让他和他妈妈代为转账，他拿着我给他的一沓厚厚的钞票，很兴奋地放在鼻子前嗅着，他说："我从来没有拿到过这么多现金。"

再后来，和他一起在排球俱乐部打球，认识了 Micheal
和他的教父，又在雪山认识了他的许多老友，度过了很多一
想起来就觉得快乐的时光，但是又因为快乐得太纯粹，而带
着一些不够真实有些虚幻感觉的怅然若失。

多谢他，我认识了很多朋友，土里土气的北方法语说得
一天比一天好。

我离开法国的时间将近，所以更加在乎和朋友一起度过
的时间。

第二天，他和我说："三天之后是我的生日，如果你可以
在这里的话，我会非常开心。"我犹豫了一会儿，还是拒绝了
他生日当晚的大聚会，毕竟 Arthur、Noé、Simon 这群上蹿
下跳的小孩，不知道去过什么地方，现在还是不要见面比较好。
但是这两天会和排球俱乐部的朋友见一面，既是庆祝，也是
告别。

就这样，每天晚上我回家睡觉，
早上一起床就到洛斯摸兔子，以至于
Jenna 一看到我就会开心地跳过来，
因为我总是给她好吃的。

Antoine 妈妈有一个小小的花园
和露台，花园不大但是种满了树，露
台也简简单单。她让我摸摸每一棵植
物，告诉我她在建一个气味露台，每
一种植物的气味都是不一样的，不是

花朵浓郁的香味，而是草本植物的气味。她还收集了吃剩下的各种种子，泡在水里等着合适的时机种下去。连超市里买来的茴香球茎都被泡在水里等着发芽。还有一个小小的水盆，是用来给小鸟洗澡的。

我对于法国的喜爱就藏在这种小小的细节之中，大家如此细致地装点自己的生活，让一个小小的露台都变得饶有一番风味。

Antoine 作为一个马上 19 岁的小孩，双层床的第二层摆满了小玩偶。

第二天的下午，他教父和妻子来他家吃饭，我也带来了长久放在冰箱里，自从打开就没有吃过的奶酪。Antoine 妈妈并不知道，只是抽着鼻子在家里到处找什么东西。直到我拿出奶酪的时候他们才恍然大悟地告诉我，这种风味很强的奶酪，味道闻起来就像是屋子角落里死了很久的老鼠，但是反复强调，抹在面包上就会很好吃。

我的味觉还没有如此开化，享受不了这样曲高和寡的味道。

晚饭也异常简单，基本上打开包装袋就是丰盛的晚餐，我尤其喜欢大蒜味的薯片和奶酪，虽然我在他们的餐桌上从来没有吃饱过。

每次回家都要偷偷给自己煮上一碗意面。

我们经常漫无目的地聊天，说起让他痛苦与快乐并存的数学，抱怨迟迟不到的空军录取通知书，他说："不管结果怎么样，我起码想知道，他们是否知道我的存在。"

我说说我的生活，我如何智斗蟑螂，如何在深夜一个人走过"嘎吱"作响的楼梯去上厕所。

我还记得停电的那天下午，他穿着厚厚的大衣站在我家门口，在冷风里骑在单车上朝我挥手。

当然更多的是互相嘲笑和打趣，有时候说着说着，我因为不够牙尖嘴利，眼睛又蒙上一层雾气。他总是对他妈妈嘲笑我："Marcia 太玩不起了，连说都不给说一下。"

其实我是因为这一刻的快乐和美好，当然还有些许的委屈而突然感受到一阵无法挣脱的难过。

在洛斯的这些天，我对时光的流逝全无察觉，我很少感觉到分别的难过，因为生活的充实和快乐占据了全部。我很想回到我的家人和朋友身边，没有人比他们对我意味着更多，但是在离别之前，我已经开始想念现在在我身边发生的一切。

一天之后，我们去市中心吃雪糕，坐在长凳上晒太阳，等着晚上去 Micheal 家里。

我看着他光亮的小脑瓜，问他："你在想什么？"

他说："我在想我以后要有一个大房子，在对着公园的路上，我每天下午坐在阳台上看风景，有时候牵着我的妻子，带着我的孩子和狗去公园里晒太阳。"

我说："哪个女人这么倒霉要和你一起啊？"

他作势要来打我。

走到 Micheal 家楼下的时候，隧道边上围了一群黑人，他说他很害怕。

我说："你是一个快一米九的男生，为什么要害怕，怕的应该是我这个带着口罩的中国人吧？"

我又问："要是他们来打我，你能让我先跑吗？"

他说："今天是一个阳光明媚的日子，我有权利享受快乐的生命。"

好的。

Micheal 的身影从隧道的角落里闪出来，他说："先生，没戴口罩是被禁止的，罚款 135 欧。"

Micheal 是一个很有生活情调的法国人，厨房里挂着日本的日历，墙上贴着他去过的山川的图画和照片，在厕所里一面挂着李小龙，一面挂着美国地图。

Flora 带来蓝莓芝士挞，Marine 带来自己做的番茄芝士培根蛋糕，还有自家花园里的小草莓，酸溜溜的，咬一口要眯一下眼睛。Antoine 在厨房里削丑丑的蜜瓜片，我站在阳台上看公园的风景，电脑里放着《圣斗士星矢》。

我觉得一天很长，一年却很短。

最后 Antoine 妈妈开车送我回家，路上她很开心地对我说，Antoine 受到我的鼓励，为了聚会收拾了他的房间，上一次收拾可能是几个月之前的事情了。我只好告诉她，第二天我上午会来，晚上的生日会却不会参加，因为实在是放心不下。她点点头，表示理解，说她其实也很担心，所以聚会的时候她会去朋友家睡觉，等这群小孩子闹腾完了，开窗通风后她再回来。

最后一天，也是我离开法国的倒数第三天。

我帮着 Antoine 把 Jenna 围进围栏里，这条 9 岁的老兔子平时自由自在地在家里游荡惯了，对于突然被关起来很不满意，上蹿下跳想要突出重围。

我问他："晚上会吵到她吗？"

Antoine 说："应该不会，我和我邻居关系很好，我不希望他们讨厌我，毕竟这条街上两年前有一个邻居杀死了另外一个邻居。"

我说："那你要小心一点了。"

他看了我一眼说："你确定不来吗？那我们只能周一见面送你走了。"

我点点头。

他说："我送你回家吧，只有一面可以见了哦。"

我抿着嘴，眉毛又耷拉下来了。

他拿出我的墨镜，又拿出口罩给我，说："你知道病毒的好处是什么吗？有很大很大的悲伤的人都可以偷偷哭。"

我接过墨镜，下楼和他妈妈告别，她紧紧地抱着我亲了我的头发一口，说："See you，这几天有你真的很高兴。"

我愣了一下，see you，这个小小的单词都会在我心里引起一阵震动，不是 bye 也不是 adieu，而是像 au revoir 一样的"下次再见"。

多久是下次呢？

我说："See you。"

在楼梯转角，她又朝我喊了一句："给你很多的吻。"

我一时不知道怎么回答，Antoine又像在聚会上那样偷偷凑过来，说："给她很多的吻和谢谢。"

我带上墨镜和口罩，和他一起走出家门。

我们平时的话很多，但是那天却很沉默。

走到半路上的时候他说："Marcia，不管你在法国还是中国遇到什么问题，你随时给我打电话，不管是多晚的夜里，你的电话我一定会接，你不会打扰到我。"

我说："我回到中国，回到自己的家人和朋友身边，你觉得会遇到什么问题需要找你解决吗？"

他说："我不知道。"

他又说："You have the big sad。"

我扭过头去，眼泪汪汪。

他说我有很大很大的悲伤。

他说："你的眼睛是不是又亮晶晶的？"

我没有说话。

过了一会儿我说："你的生日礼物没有买给你，我不想随便挑礼物给你，你要慢慢等我寄给你了。"

他说："那我给你寄礼物地址要写中文吗？我不会怎么办？"

我说不用。

他说："你知道我家的地址，我妈妈一直都会在，如果有一天你会来，就是她最高兴的礼物。"

我说好。

我不知道怎样才能说出自己心里空空荡荡的感觉，像是喜欢洗东西的小浣熊，不停地洗一块棉花糖，像是里尔的夏天很热，空旷的房间里却冷冰冰的，像是没有眼泪要流出来，却觉得眼眶发胀。我希望这里的一切还会与我有关，我希望有一天我可以回到这里，再摸摸那颗像我眼睛一样亮晶晶的小光头。

Antoine 只是我在法国遇到的众多朋友中的一个缩影，我和他认识的时间不过半年，和最好的朋友 Thomas 都已经认识四年多了。但是他给我的感觉异常真实，也异常美好，当我回想起法国的诸多经历时，最先在我脑海中闪过的就是那个光亮的小脑袋，还有阳光底下那个气味露台。

亮闪闪的。

🐦 在法国的最后两天

离开里尔的前一天晚上我在床上辗转反侧，看着房间空空荡荡的样子，大得不像话。

房东把花园的草割了之后，连花园也不是原来的样子了。我站在窗口，能看到因为新鲜的草根被翻出来了，所以总有5只黑白色的大鸟在草地上蹦蹦跳跳，啄食草籽。

那天下午房东来了，检查了房子之后问我："烤箱和微波炉你没用过吗？"

我说："用过，但是我实在没事干，全都打扫干净了。"

第二天离开的时候我收到了房东的短信和邮件，告诉我只要愿意回来，我的房间还是留给我，对着我一通夸，夸得我头晕目眩。

那天他和太太站在花园里，我说我离开这个地方还是伤心的。

房东说："没办法，这是人生必然要发生的事情。"

在邮件里他说："离开你生活了几个月的地方和人肯定是会难过的，这很好理解。"

我房东真是一个可爱的老头儿。

睡不着的时候我躺在床上看《大佛普拉斯》，看到那句矫情的"人类早就可以坐太空船去月球，但是永远无法探索别人心里的宇宙"，觉得深以为然。我自以为比大部分在别人文化的河床边浅尝辄止的人做得已经好多了，起码我在各种朋友的支持下努力在河里泅水。但是回头看来，一年的时间远远无法探索那个巨大的宇宙，对文化谈不上了解，对人也谈不上了解。就像是坐着太空飞船周游了一遭，以为看尽了风景，最终还是要降落。

有人说："在人与人之间还没有摸透、还不能对对方作出正确的判断时，他们总是互相爱慕、互相尊敬的，这种热烈的渴望，就是彼此还缺乏了解的证明。"

恰恰也是这种不了解，才有了更多了解的渴望，但是也要告一段落了。看着看着天就亮了，那天晚上Antoine也一晚没睡，我们有一搭没一搭地聊天，说好他9点来我家，中午送我走。

6点多的时候我在房间

里来来回回走了几圈，收拾了一下出门买东西，顺便叫他可以出发来我家了。街道上基本没人，垃圾车还在"嗡嗡"地运转，路上竟然有散步的鸭子，大摇大摆地走着。

我常去的商店也还没开门，七拐八拐走去了另外一家商店，买好东西回家坐在家门口的台阶上等 Antoine。街对面的台阶上也坐了一个百无聊赖的人，我们可能心里都在想，这么早出来，却无所事事的人都在干吗呢？

只有等人说得通，要是有人可等的话。

我告诉 Tinka 我要走了，所以社交软件都不能用了，她说："你一定要再回欧洲，我们还有马赛没去呢。"我们彼此留下邮箱，好像能做的也不多了。

Thomas 说："那就明年见了，我还是打赌你不来里昂，保罗博古斯是意料之中的。"

他是对的。

Antoine 顶着小光头从街角出现了，戴着阿炳的墨镜，背着我送给他的书包。我把没有带走的毯子都送给他了，我的滑雪服和头盔本来也想留给他，但是他说："我身边没有像你一样矮的女生可以用诶。"

他又补充了一句："准确来说我不认识什么关系好的女生。"

我说："那你也太惨了。"

我又问他大早上太阳又不大，为什么要带墨镜。

他说："这样我就能在地铁上悄悄瞄女孩子，没人能发现。"

很好。

Antoine 的性格很温和。有一次我在地铁上因为疫情被人骂了，无能狂怒的我在别人面前唯唯诺诺，却对着他重拳出击。

我说："法国太差了吧，一点也不友好。"

他说："对啊，我也觉得法国太差了，让我妈把我送到中国怎么样。"

我说："我讨厌你。"

他说："对啊，我也讨厌我自己。"

我的重拳突然打不出去了。

我们一起看了一部电影，《巨蟒与圣杯》，一部无厘头的70年代英国电影，他笑到眼泪都要流出来。这个时候就更能感受到永远无法消解的文化差异，这部他们家里都会放着录像带的电影，我却闻所未闻，无厘头的笑话有时让他笑得前仰后合，我却不知道哪儿好笑。用我在聚会上学会的本事，只要别人笑，我也笑就好，懂不懂不重要。

很快就到了中午，我们都一晚上没睡，顶着深沉的黑眼圈把行李搬下了楼。

我从巴黎飞回广州，是第二天中午的航班，提前一天的下午就到巴黎，借住在两个妹妹家里，第二天再去机场。从里尔去巴黎也有认识的人来接，所以基本上一路不太需要担心。

我们坐在客厅里，看着两个行李箱，原来我的一年时光用两个不大的箱子就能装得下。

我说："一会儿先把你送回家再走吧。"

他说："为什么不呢，这样能多十几分钟呢。"

我上上下下跑了几趟，反复确认所有东西都收拾好了，给房东发了一条短信，听到门外的汽车声响起就出门了。Antoine 拖着我的大箱子跟在后面，他把箱子放在尾箱，说："好不容易，终于把你送走了。"

我爬上车，坐在最后一排，他坐在中间的那排，侧着坐在座位上，小光头抵着车窗，我问他："你难过吗？"

他说："有一点，以后没人每天惹我生气了。"

我说："对啊，多可惜，以后没办法天天被人欺负了。"

他说："我不会忘掉你，不要担心，你软软的灰色被子还在我的床上，睡觉前我都会想起你。"

我打断他："哥，蓝色的。"

大家沉默了 5 秒，很尴尬。

从我家到他家只要 16 分钟，很快就到了，快得不像话。这条路我们两个人风吹雨打走了半年，一条很长的路也被走短了。

车子停在他家门口的时候，刚好看到他妈妈从家里走出来，我赶快冲下车子，和他妈妈说再见。他妈妈抱着我说，我是她最喜欢的中国女生。我心里想，我应该是她唯一认识的中国女生。

嘴上说："哎呀，我也好喜欢您。"

她又转向 Antoine 说："如果你要去中国旅行的话，我和你教父商量好了，我们给你出机票，你做你想做的就行了。"

Antoine 说："中国家长给孩子买房子，我也想要。"

他妈妈没理他。

他拍拍我说："你爸妈缺儿子吗？会说法语的。"

我说："他们的儿子每天在家里抓苍蝇，和猫打架，暂时不需要了。"

Antoine 撇嘴："那我先排队吧。"

就这样我们三个人走向不同的方向，我踏上了去巴黎的路。里尔到巴黎要两个半小时，说远不远，睡一觉就到了。一上车，接我的哥哥就递过来一张出行一百公里以上的出行证。现在虽然可以自由出行，但是超过一百公里还是需要解释理由。

我一路昏睡，很快就到了巴黎的住所。

两个妹妹都是在巴黎出生的，叔叔和阿姨 20 世纪 80 年代就来了法国，家里有一个大大的花园，还有一条小白狗。小狗和烧饼很像，不管人走到哪里，她就跟去哪里。

我安顿下来之后，大女儿和小女儿都回到了家，她们带着我到花园里看她们亲手种下去的樱桃树、橄榄树、桃树。橄榄树开了一树的花，空气里有一股淡淡的香气。她们说大家都知道橄榄，但是很少有人知道橄榄花有这么淡雅的味道。花园角落有一个小蜂巢，是她们买来蜂蛹带回家，让蜜蜂给家里的花授粉的。

小妹妹眉飞色舞地给我讲她怎么繁殖多肉，又指着墙根底下一丛半人高的仙人掌说，这是她从北非背回来的，当时只是掰了一小块，没想到回来长出了一大丛。一旁还有一丛薰衣草，樱桃树也结果了，红彤彤的樱桃挂在树上，不用等多久就能成熟了。

屋前有几丛玫瑰，盘绕在墙边，散发着淡淡的香味。厨房的花瓶里还插了院子里剪下来的黄玫瑰。

这些小小的用心，让人更觉得生活美好。

大女儿带着我看她整理的书架，客厅的一整面墙都是书，她分门别类地摆了起来。小女儿讲她去面试的志愿者活动，她想参加医疗安全的志愿服务，想上岗还需要实习和考试。叔叔开了一瓶酒，给我看他们家里一个很深的陶瓷缸子，里面装满了橡木塞。

小狗不知疲惫地围着我们打转。

这样的生活状态真是舒适，生活得如此用心，因为生活本身就值得用心。

我们三个人在厨房里忙活晚饭，叔叔在客厅熨衣服。

虽然是第一次见面，但是一点生疏的感觉都没有，果然在异乡见到中国人，不管怎么样都格外透着亲切啊。

有时候我想想这两个妹妹，从小在法国长大，小学回到国内，经历一次语言和文化冲击，初中回到法国，再经历一次语言和文化冲击，竟然能在两边都如鱼得水，这比我所遇到的困难多多了。只要想想自己初中转学的经历，就觉得紧张,何况当时还只是在同一个城市,只是隔了十几分钟的距离。也许小孩子最脆弱的时候,也就是最坚韧的时候吧。

晚饭之后,我们坐下来看《不成问题的问题》,叔叔开了一瓶自己酒庄的红酒,我们两个就着核桃一口一口地喝,两个妹妹点上蜡烛。黑白电影平静却又意味深长地在这个静谧的夜里流淌。

我真羡慕这样安静却又有滋有味的生活,但是转念一想,其实她们也在付出比我更多的努力吧。

第二天清晨起床,叔叔怕我路上饿,就煎了牛排给我,一路聊天,送我到了机场。

上飞机前我告诉了几个朋友,在摆渡车上给 Antoine 打了一个电话,告诉他我要走了。他半睡半醒,迷迷糊糊地回答着。他说过打给他的电话一定会接,果然没有食言。我又想起他以前不管在夜里 1 点还是清晨 5 点接到我的电话,最多好声好气地说:"要是现在我能回去睡觉,那我就太高兴啦。"

就这样,我离开了巴黎,离开了法国。

现在的广州下着雨,洒水车在放儿歌。江里有人游泳,有人站在江边吊嗓子,偶尔传来月光下的凤尾竹,偶尔听到"友谊地久天长"。听到这些声音的时候,不由得觉得一阵熟悉,这些我从来没有注意过的声音伴随了我 18 年,现在我终于回到他们身边。

我告别我的生活,也回到我的生活了。

不过夏天的雨,还是让人想起一些琐屑的事情。

我如何从法国回家

　　一起床就收到姨妈和表姐的消息，她们在家里给我做了饭送到酒店。还在楼下朝我挥挥手，她们说看到很高的楼上从窗户的缝隙里伸出来一条小小的胳膊，很努力地摇晃。

　　她们走了之后，我回到屋子里打开饭盒，里面是去了虾线的大虾、麻辣牛肉、油麦菜和青豆玉米饭。一起送来的还有一大袋子零食和两杯奶茶。

　　又是饱不胜收的一天。

　　我已经在小黑屋里被关了一周多了，几乎每天都能收到朋友和叔叔阿姨投喂的水果和零食，当然还少不了老师给我的练习册和单词书。

　　房间里有一扇很大的落地窗，占据了一整面墙，窗外就是珠江辽阔的江面。我能看到江里游泳的人小小的身影，大部分时候只能看见一个黑色的小脑袋，还有他们绑在身上的彩色游泳圈。再往远处望去是绵延到远方的江水。

早上起来的时候，通常
天很蓝，白云层层叠叠，两
岸的建筑闪着明亮的光。到
了中午，天上总是不可避免
地蒙上一层雾气，江面也
变得暗淡无光，泛着黄绿
色。要是不下雨的话，最
好看的时间就是日落。阳

光并不强烈，所以江水变成深沉的颜色，变得尖锐的阳光在
江面上留下一道窄窄的轨迹。江水流淌带起的小小波纹闪着
亮光，时不时打破平静的船只身后跟着的一圈又一圈的涟漪，
细碎的金光也一圈一圈地荡漾开来。然后外面的整个世界被
深沉的蓝色渲染，逐渐黯淡下去。

我在房间里看看书，或者画画。

这和我想象的隔离生活不大一样。

我以为会被关在一个小黑屋里，吃着难吃的配餐，窗外
是老旧的居民楼，还有各种在网上看到的奇怪传闻。

所以我更想记录我回国一路的经历了，在出发之前我一
直百般担心路上会遇到各种各样的困难，但最后也成功地回
来了。

当然，只是我的个人经历。

首先，不得不说，老人家上网冲浪，尤其是只看标题惊
人的微信推送实在害人。从 3 月开始，我博览群公众号的老

父亲就让我立刻出去买至少能放半年的食物，一会儿又说，千万别出去。还反复问我："法国持枪违法吧？"又听说哪里的华人被打了，生怕别人看到我是中国人要来我家打我。

我有了口罩之后，百般叮嘱千万不要让人知道。一副我生活在水深火热之中，每天面临生命威胁的样子，又是要让我不计代价要立刻回家。最终我的意面连一半都没吃完，而且每次出门从来没见过货架上空空如也的情况，法国社会也完好无损地运转。

但是反驳是不可能的，反驳就是"傲慢""轻视""目光短浅""盲目""出去没学好的"。

"傲慢"如我，也被他紧张的情绪搞得疑神疑鬼。

其实在两边信息不对称的情况下，媒体偏爱夺人眼球的报道，让大家很不必要地在心里滋生这种抵触和紧张情绪。家长对于有关小孩的一切事情，又总是抱着"小心点，哪怕过分总比不小心好"的心态。

最开始法国开始恶化的时候，我就放弃了看新闻，反正看了就是紧张难受，不如好好在家里待着，做点自己的事情。偶尔瞄到一些国内网站的"留学生求生指南"，比如大量囤水以防停水，备至少多少个充电宝以防止长期断电，准备防身的器材，好像末世将至。我都觉得不可思议，我们在一个成熟的社会啊，就算有一些荒唐的事情发生，那也是极个别事件，怎么被管窥之后，就会让所有人相信，一个成熟稳定运转了多年的社会，就在涣散的边缘摇摇欲坠了呢？

　　我亲爱的老父亲老母亲在各种新闻轰炸的焦虑之下，通过不间断的转发和电话，不断地"警醒"我，让我无法逃离焦虑和烦躁。

　　后来被催烦了，看到电话就心里一紧。

　　我只能循循善诱，告诉他们和大家一起挤着回去风险更高，以其人之道还治其人之身，转发各种回国道路艰险的文章给他们。

　　最后我爸主动说："那先别回来吧。"

　　皆大欢喜。

　　但是操心还是一样的，先是寄了几百个口罩，又寄了防护服，发现忘了护目镜，又寄了护目镜，再寄了额温枪。结果又发现忘了手套，又要寄手套，被我拦了下来，我已经可以开药店了。

　　法国买票还算容易，一开始我和我的朋友们都抱着"晚点走，说不定就不用买天价票"这种想法，等了两个多月，但是外航的机票陆陆续续都被取消了，眼看着这种现状要一直延续到 10 月。虽然法国政府有签证延期的政策，所有符合条件的签证都被自动延期半年，但是我的签证在限制出行结束之后才到期，所以并不属于自动延期的范围，只能压着签证过期的日期回家。

　　而且就算延期了，"五一政策"结束我也等不起。

　　毕竟还想要回到法国，不想为了模棱两可的延期许可留下不好的记录。

我买过一张从比利时先去埃及，再回广州的机票，不出意外被取消了，退款排队排到了7月。

因为里尔在边境，其实条件算是不错，可以从比利时走也可以从巴黎走，从比利时走的价格是从巴黎走的一半，但是只有从巴黎走才能回广州，所以好不容易买到了尽早从巴黎走的机票。起码在法国的情况是票从来都不难买，只是贵而已，我在毕业季之前离开，所以只提前了20天的样子就买到了票。再往后票会稍微紧张，因为大家都毕业要回国了，但总归是能买到的。

买了票之后，每天写健康码就成了围绕在我心头的一件大事。健康码的系统是中国时间，而且必须满足在24个小时之内填写的条件，也就是说如果前一天是8点填报，第二天就要在8点之前完成，如果8点01分没填就算漏填。我的脑瓜子总是转不过来，漏过三次，好在有薛定谔补填机制，但只是很模糊地写了"多次漏填会影响记录"，要是太多次就不能登机。

具体是多少次，试试才知道。

这把悬在我头顶的利剑，让我在最后几天有事没事就拿起手机登记一次。最后这半个月的填码得到了在机场换来的机票名字上荧光笔的一小道痕迹。

早知道我就去买荧光笔了。

因为是中午的飞机，所以提前一天借住在巴黎的朋友家里，第二天由叔叔开车送我去机场。

出发之前，我爸说："你怎么也要提前 5 个小时吧。"我心想，提前 5 个小时干什么？我的朋友都告诉我机场空空荡荡啊。

但是读书人就是要讲策略，不能强夺，要智取。

我说："机场人那么多，去了在大厅等那么久，感染的风险更大，把位置先留下来，晚点去领个登机牌就走，减少风险。"

我爸很高兴，连连夸我懂事。

要智取，要皆大欢喜。

那天早上叔叔送我去机场的路上，我们一路谈笑风生，我突然说："我想拿下包，看下我的护照。"车速立刻降了下来，车内出现一阵沉默。其实我只是有偶尔看一眼的习惯，可能是被偷怕了。

叔叔特别好，我本来打算到了之后自己去办手续，结果叔叔坚持停好车，和我一起去办手续。我们走到南航的柜台，愣了一下，人呢？新闻里说的要排一两个小时的队呢？机票取消了吗？柜台没开？

原来是单纯不用排队而已。

于是两分钟之内我托运了行李，拿到了登机牌。

我的行李少到不可思议，除了带来的衣服，我只多带了几本书、一对耳环、一个集市上的杯子，除此之外不是送人就是丢了。

我感觉没有什么非要不可的东西。

然后在巴黎的戴高乐机场，我身后响起了一声响亮的中文："中国人是吧，过来看下健康码。"折磨了我半个月的健康码检查完了，告别叔叔之后我走进安检口。

叔叔说："这一路有点太顺利了，这也太快了，祝你后面也一路顺利。"

我也心想，传说中会遇到的问题明明都不存在嘛，要是提前 5 个小时那真的没必要呀。

安检口空空荡荡，5 分钟就通过了。

很快我就到了登机口，那附近一片区域是中国飞机停靠区，连广播都是中文的。路上没有看到很多穿防护服的小白人，到这边也多了起来。我坐了一会儿之后，也去洗手间换上了防护服，带上手套，我就是现世"装在套子里的人"，被紧紧捂在里面，护目镜让眼前变得一片模糊，手套连手机屏幕都点不了，实在是难受。

好在一切顺利。

我的航班上大部分都是转机来的，从巴黎出发的并不多，大多是从美国、英国、加拿大来的学生。举目望去，全是和我一样年纪轻轻的留学生，扭捏、紧张、担心。也许在英、美留学的学生条件会好一些，但是欧洲留学成本很低，对于很多学生来说这样价格的机票真的是一件需要犹豫的事情。

我冬假的时候回过国，刚好赶在疫情暴发之前到法国，所以当时还是一切正常。我当时的往返机票，再加上这小半年的全部花费也就刚刚够一张机票。当然，因为疫情，这小半年的花费就是很基础的生活费，和上学期到处玩的花费没有比较价值。

家里也很支持我尽快回来，我还是在买票之前犹豫了很久，不是买不起，是觉得不值得。作为一个在20欧60个蜗牛和15欧30个蜗牛之间，一定会挑20欧的的人，我不在乎多花钱，我更在乎我会得到什么。但是我耗不下去，国内航空机票价格稳定高昂，外航稳定取消，签证即将到期，在法国也是无所事事。

其实我在法国的生活条件很好，稳定、安静，有朋友，兜里的钱也比现在略多几万。新闻里的所谓动荡与我的生活一点关系都没有，甚至新冠治疗也是免费的，我没有被宿舍赶出来，没有被迫中断学业，我就是许许多多单纯想回家的留学生中的一个。

说是为了避难回家也好，还是因为该回家而回家也好，该做的都做了。我是有权利理直气壮回家的，也对为了防控境外输入而付出了很多的人们，尤其是各行各业的一线工作人员心存感激。

我记得在入关的重重检查时，工作人员问我因为什么目的回国，我说："回家。"

她说："不是回国治病吧。"

我说："不是。"

总之，正常登机，坐摆渡车，上飞机。

我身后有一个男生拿着手机在录视频，一直在解说发生的一切，包括要检测体温啦，摆渡车上只能有二十几个人啦，大家都是什么状态啦。大家都把这当作一次不可多得的人生经历，我们也只能这么想了，反正我是最擅长自我开导的了。

我的座位在经济舱第二排靠窗的位置，身边本来有人，但是靠走道的位置是空的，所以她主动换了过去。

每个人的座位上有一袋零食，这就是我们在路上的餐食，为了安全取消了热餐的供应。

落座之后，我取下了手套和护目镜，换了一个口罩，是真的戴不住。像是背着氧气瓶，沉在深海里，手上还黏黏糊糊的，出了汗又被捂在里面。穿防护服的人不少，但是戴着护目镜的人并不多。大家一上飞机就开始睡觉，偶尔会有工作人员过来查体温。我一直睡不着，就安安静静地看电影，现在耳机也是不提供的，可能是怕不安全，那我就看无声电影。一边看一边吃东西，吃东西是没问题的，就是注意不要和边上的人同时吃就好了。结果坐到一半想上厕所，本来做好打算一路不吃不喝不上厕所光睡觉的，结果一个也没做到。去厕所的路上，看到整个飞机格外安静，一个个小白人闭着眼睛，头歪在一边，有一小部分没有睡觉的人，蒙着白色口罩的脸上被屏幕打上彩色，他们的脸颜色闪烁。

飞机里安静得不像话。

后来我边上的女孩儿两次测体温温度都偏高，我迟疑着关上了手里的薯片，又换了一个口罩，在她偶尔取下口罩喝水的时候小心翼翼地屏住呼吸。

好在最后她体温正常了。

到了之后，体温不正常的十几个人先被叫下飞机，剩下的人正常排队下飞机。

不记得究竟经过了几道关卡，五六个总是有的。

我大概记得是先填一个海关的表格，每人会有一个数字，按照数字的顺序拿着护照和二维码去检查，顺便查体温，得到一个二维码，再去登记一些基本信息。然后在一些小桌子前回答一些问题，再去采样，采完咽喉、鼻腔，还有血液之后，得到一个"已采样"的贴纸。检查完贴纸之后可以去拿行李，拿完行李过海关，出口处有工作人员往身上贴编码，编码就是车号，不同的车去不同的酒店，随机分配。

下了车之后，在酒店前台排队登记，要签一些关于身体情况证明，还有一些健康状况的问卷。

可以点外卖，也可以订酒店的餐。

每天早上和晚上都有工作人员来检查体温和血压，每人发一个血压计，提前测好把数字报给工作人员。我被隔离的酒店核酸检测两次都是在咽喉采样，比鼻腔采样好受很多。鼻腔采样的时候，采样的阿姨比较直接，我觉得我的脑瓜子都被搅浑了，我第一次知道鼻腔这么长。采样完之后我哼哼唧唧难受了半天，鼻子一直很难受。

有天早上我没睡醒，做了一个很吵闹的梦，最后被电话吵醒，工作人员说他敲了很久的门，以为我出事了，我很抱歉地说："不好意思，我睡得比较死。"看了下时间，中午11点，更不好意思了一点。

当时到酒店的时候，我把旧衣服换下来，躺在床上，才突然有了一种真实的回家了的感觉。

不管这一路有多少坎坷，总算是安全回来了。

一天之后核酸结果出来，整架飞机都没有感染，就等着一周之后出去了。

Le pont Mirabeau
米拉波桥

Guillaume Apollinaire 纪尧姆·阿波利奈尔

Vienne la nuit sonne l'heure
Les jours s'en vont je demeure

夜幕降临钟声回荡时
时光已然流逝而我依然幸福